Für Sarah Massini

»Es ist der ewige Kampf zwischen diesen beiden
Prinzipien – gut und böse.«

Abraham Lincoln

»Von denen, die im Land des Staubes schlafen,
werden viele erwachen, die einen zum ewigen Leben,
die anderen zur Schmach, zu ewigem Abscheu.«

Das Buch Daniel 12, 2

Prolog

Ich bin nicht wie Evie. Ich gehöre nicht in eine große romantische Liebesgeschichte, sondern bin nur die gute Freundin im Hintergrund. Immer verlässlich, immer mit beiden Beinen auf dem Boden. Die gute alte Sarah. So war es immer schon. Bis zu diesem Moment.

Jetzt muss ich die schwerste Entscheidung meines Lebens treffen. Weitermachen oder aufgeben.

Ich stehe auf den Hügeln hoch über Wyldcliffe. Gerade geht die Sonne unter, und mein Blick schweift über das weite schroffe Land. Ich liebe diesen Ort. Ich liebe den Wind auf meinem Gesicht, die schrillen Schreie der Vögel, ich liebe die Geheimnisse und das verborgene Leben in dieser urzeitlichen Hügellandschaft. Wie Knochen liegen die Felsen da, überwuchert von Ginster und Heidekraut, und sie erzählen mir von Macht, Stärke und Ewigkeit.

Als alles begann, dachte ich, ich könnte genau so sein wie diese Steine: unerschütterlich, stark und eine Stütze für die anderen. »Die gute alte Sarah, die wird mit allem fertig.« Doch ich habe erfahren müssen, dass ich auch schwach bin. Dass ich mich nicht nur um die Sorgen und Nöte der anderen kümmern will. Auch ich bin ein Mensch aus Fleisch und Blut. Ich liebe. Ich hasse. Ich bin wütend. Und meine Gefühle machen mir Angst. Sie stehen mir womöglich im Weg bei dem, was ich tun muss.

Die Sonne ist jetzt fast verschwunden, und langsam legt sich die Dämmerung über die *Moors*. Irgendwo dort draußen, im weiten Land, das ich so liebe, muss Evie sein. Der Feind hat sie sich geholt, sie ist eine Gefangene der verborgenen Welt. Nur ich kann sie retten. Es ist an mir zu handeln.

Wo ist mein Mut geblieben? Meine Tatkraft? Was soll ich tun?

Es gibt keine Antworten. Der Tag neigt sich seinem Ende zu, und ich muss mich entscheiden. Unter dem finster werdenden Himmel, der sich über den Hügeln wölbt, mache ich mich auf den Weg ins Tal des Todes.

Eins

Das hatte ich nicht erwartet. In all dem Chaos und der Unsicherheit der vergangenen Monate hatte ich gelernt, mich selbst mit noch so seltsamen Dingen abzufinden, und ich hielt mich für abgeklärt genug, dass mich nichts mehr aus der Bahn werfen könnte.

Aber dann kam sie.

Velvet Romaine.

Natürlich hatte ich schon von ihr gehört; jeder kannte Velvet Romaine. Die schillernden Details ihres sechzehnjährigen Lebens waren durch den Blätterwald der Regenbogenpresse gerauscht. Aber ich hatte nicht erwartet, sie in der Wyldcliffe Abbey School für junge Ladys auftauchen zu sehen. Wyldcliffe ist nicht gerade die Art von Schule, die Töchter von Rockstars anzieht. Die Töchter von Herzoginnen vielleicht, aber nicht ein schrilles, rebellisches Mädchen wie Velvet, das sich gegen alles auflehnt. Und dennoch: Als ich am ersten Tag des Sommerhalbjahrs in die Abteischule kam, war sie da und sorgte für Aufsehen. Eine protzige Limousine hatte vor dem altehrwürdigen gotischen Gebäude gehalten, und kaum war sie ausgestiegen, wurde Velvet auch schon von aufgeregten Schülerinnen und einer Horde Paparazzi umringt. Sie schien das Blitzlichtgewitter der Fotografen und die allgemeine Aufmerksamkeit regelrecht zu genießen. Dabei sah sie aus, als hätte sie sich für einen Auftritt in irgendeinem schmierigen Nachtclub zurechtgemacht.

Aber das soll nicht abwertend klingen. Denn: Hey, ich bin's doch, Sarah Fitzalan, der bodenständige, fürsorgliche Typ, für jeden ein freundliches Wort, immer das Gute im Blick, allseits bereit, sich für die Underdogs einzusetzen. Sagt man jedenfalls.

Ich hatte die Rückkehr in die Schule voller Ungeduld herbeigesehnt. Nicht dass ich ein Genie wäre oder so. Der Unterricht in Wyldcliffe war es nicht, der mich zurück in das abgeschiedene Tal zog. Es waren auch nicht die verwunschenen wilden *Moors*, wo Ginster und Schlüsselblumen blühen. Die erwachende Erde rief nach mir, doch ich wandte meinen Blick von den Hügeln ab und dachte an nichts anderes als an mein Wiedersehen mit Evie und Helen.

Was sagen viele Mädchen über ihre Freundinnen? »Wir sind uns so nahe, dass wir Schwestern sein könnten?« Nun, Evie, Helen und ich sind tatsächlich Schwestern. Uns verbindet zwar keine Blutsverwandtschaft, dafür aber etwas viel Tieferes. Mystische, elementare Kräfte halten uns zusammen, in diesem Leben und darüber hinaus auch im nächsten. Es mag seltsam klingen, aber ich habe immer schon daran geglaubt, dass es Dinge im Leben gibt, die wir nicht verstehen oder die wir nicht sehen, und trotzdem sind sie da. Das Gefühl für einen Ort, für Stimmungen, Warnzeichen und Prophezeiungen – ich glaube, all das hat eine Bedeutung, einen tieferen Sinn. Ich glaube an die Unsterblichkeit der Seele und daran, dass Tote zu uns sprechen können. Und als Evie damals als schüchterne Stipendiatin zum ersten Mal nach Wyldcliffe kam und sie Visionen von einem Mädchen aus längst vergangener Zeit hatte, habe ich sie nicht für verrückt erklärt. Ich habe ihr geglaubt. Ich habe ihre Geschichte und alles, was danach kam, akzeptiert.

Ich habe akzeptiert, dass das Mädchen aus der Vergangenheit Lady Agnes Templeton war, Evies Urahnin. Dass Agnes vor mehr als hundert Jahren die Geheimnisse des Mystischen Weges entdeckt hatte und eine Dienerin des Heiligen Feuers geworden war. Dass Agnes' früherer Verehrer, Sebastian Fairfax, identisch war mit dem geheimnisvollen jungen Mann, den Evie heimlich traf. Dass Sebastian besessen war von seinem sinnlosen Streben nach Unsterblichkeit. Dass wir drei Schwestern die Elemente entdeckt hatten, die uns Kraft gaben: Wasser für Evie, Luft für Helen und Erde für mich, und dass diese Kräfte der Natur schließlich geholfen hatten, Sebastians Seele zu retten. Und auch die Tatsache, dass Sebastian letzten Endes von uns gegangen war und Evie mit dem Schmerz einer hoffnungslosen Liebe zurückgelassen hatte.

Gesprächsstoff gab es also genug. Wir hatten gemeinsam Verluste erlitten und dem Tod ins Auge gesehen. Evie hatte ihre erste Liebe verloren, und Helen trauerte um ihre Mutter. Und ich litt mit ihnen. Ich hatte wie immer all meine Kraft aufgebracht, sie zu verstehen, mit ihnen zu fühlen und mich um sie zu kümmern. Doch um ehrlich zu sein: Als ich mich am Ende des Halbjahrs von ihnen verabschieden musste und nach Hause fuhr, fühlte ich mich verloren und entwurzelt. Als würde ich ohne Evie und Helen und ihre Probleme nicht existieren, als ob ich nur am Rand meines Lebens entlangwandern würde. Sarah, die Nette, die Hilfsbereite … Doch wenn es niemanden gab, der meine Hilfe brauchte, was sollte ich dann tun?

Und dann hatten die Träume begonnen.

Jede Nacht die gleichen, immer und immer wieder. Ich war in einer finsteren Höhle, Fackeln spendeten spärliches Licht. Jemand war in meiner Nähe. Wir sahen uns an. Es war jemand, der mich kannte, durch und durch. Jemand, vor dem ich keine Geheimnisse hatte. Jemand, der mich liebte. Nicht deswegen, weil ich hilfsbereit und stark war, sondern nur um meiner selbst willen, so wie ich war, mit guten und schlechten Seiten. Ich wollte ihn küssen, ich sehnte mich nach seinen Lippen, und dann plötzlich der Schock: Das Gesicht verwandelte sich in eine schrumpelige Maske. Da war ein Messer. Ich hatte Schmerzen. Dichter Rauch hüllte mich ein. Musik und Gesang waren zu hören und der Klang von Trommeln, es trommelte in meinem Kopf, lauter und lauter, bis ich dachte, ich würde den Verstand verlieren.

Vielleicht war das nur eine Reaktion auf all das, was ich mit Evie und Helen erlebt hatte, aber ich war sicher, dass es ein unheilvolles Omen war, ein Zeichen drohender Gefahr. Was auch immer es sein mochte, die Träume und die Finsternis zogen mich nach Wyldcliffe zurück, und ich sehnte mich danach, meine Freundinnen wiederzusehen. Deshalb war ich von Velvet Romaines schrillem Auftritt gar nicht begeistert, der den Alltag in der Abteischule durcheinanderzuwirbeln schien.

Da stand sie und posierte neben ihrem Luxusschlitten. Die Stimmen der Fotografen überschlugen sich: »Velvet! Ja, genau! Schenk uns ein Lächeln!« Aber sie lächelte nicht, im Gegenteil, sie wirkte wütend. Ihr tiefschwarzes Haar war zu einer Kleopatra-Frisur geschnitten, und sie strahlte eine bedrohliche Sinnlichkeit aus, genau wie ein klassischer Filmstar. Ihre nicht enden wollenden Beine wurden von dem Minirock kaum verdeckt, dazu trug sie verschlissene Netzstrumpfhosen und sündhaft teuer aussehende schwarze Schnürstiefel. Die Wyldcliffe-Schülerinnen dagegen trugen triste grau-rote Schuluniformen und starrten Velvet ungläubig an. Ich fragte mich, wie Velvet wohl aussehen würde, wenn die Lehrerinnen ihr die Designerklamotten, den dicken Eyeliner und den Gruftilippenstift erst einmal abgenommen hätten. Doch in diesem Augenblick hatte sie ihren großen Auftritt, machte einen Schmollmund für die Fotografen und gab sich temperamentvoll und rebellisch. Welche Geheimnisse aus der Vergangenheit Wyldcliffe auch verbergen mochte, so etwas hatte es sicher noch nicht gegeben. Mich erinnerte Velvet an ein in die Enge getriebenes Tier, das trotzig ein letztes Mal die Zähne zeigt, bereit, jeden zu attackieren, der sich ihm in den Weg stellt.

»Ist sie das wirklich?«, flüsterte Camilla Willoughby-Stuart, ein Mädchen aus meiner Klasse. »Velvet Romaine?«

»Sieht so aus.«

»Was macht sie hier? Lebt sie nicht in L. A. oder so? Sie wird sich in Wyldcliffe bestimmt zu Tode langweilen, wo sie doch sonst auf diesen Megapartys mit Filmstars und Rockstars unterwegs ist. Das steht schließlich in allen Zeitschriften. Und letztes Jahr ist sie mit einem Typen durchgebrannt, doppelt so alt wie sie …«

Andere Geschichten über Velvet Romaine tauchten in meiner Erinnerung auf. Allem Reichtum und Glamour zum Trotz hatte sie auch schon die Schattenseiten des Lebens kennengelernt. Ich erinnerte mich daran, dass sie in einen schweren Autounfall verwickelt gewesen war, bei dem ihre Schwester getötet wurde. Und dann gab es da noch die Sache mit dem Feuer in dem Internat, in dem sie zuletzt gewesen war, aber da wusste ich nichts Genaueres. Normalerweise las ich Pferdezeitschriften und keine Klatschblätter. Camilla dagegen schien alles über sie zu wissen.

»Ooh, an der École des Montagnes muss es schrecklich für sie gewesen sein«, sprudelte es aus ihr heraus, »das ist eine fantastische Schule in den Schweizer Alpen, alle europäischen Adelsfamilien lassen dort ihre Kinder erziehen. Ihre beste Freundin war nach diesem Feuer dort für immer traumatisiert. Kein Wunder, dass Velvet nicht bleiben wollte. Aber warum gerade Wyldcliffe? Das ist doch viel zu spießig für jemanden wie sie!«

»Vielleicht ist es genau das, was ihre Eltern für sie wollen«, sagte ich, »du weißt schon, Ordnung, Disziplin, Zielvorstellungen und all das. Traditionelle Werte.«

Camilla zog eine Grimasse. »Sie wird es hassen. Hast du ihre Klamotten gesehen? So was von cool. Ich wünschte, meine Mutter würde mich solche Stiefel tragen lassen.«

Während Camilla weiter plapperte, tauchte eine Frau mit streng zurückgekämmten Haaren in der massiven Eichentür auf, ging die Treppenstufen hinunter und stellte sich neben Velvet. Der Trubel schien sie nicht im Mindesten zu beeindrucken. Es war Miss Scratton, unsere Geschichtslehrerin. Mit kalter Stimme herrschte sie die Fotografen an: »Sie befinden sich auf Privatbesitz. Wenn Sie diesen Ort nicht unverzüglich verlassen, sehe ich mich gezwungen, die Polizei zu rufen. Respektieren Sie bitte die Tatsache, dass dies eine Schule und ein Ort des Lernens ist.« Dann wandte sie sich an Velvet. »Ich bin Miss Scratton, die neue Schulleiterin von Wyldcliffe. Ich möchte dich gerne bei uns willkommen heißen, aber lass uns an einen ruhigeren Ort gehen. Und ihr? Was steht ihr hier herum mit offenen Mündern wie die Goldfische? Ziemlich unangemessen. Ich bin sicher, ihr habt mit Auspacken und Einrichten genug zu tun, bevor morgen der Unterricht wieder beginnt.«

Die gaffenden Mädchen zogen sich murrend zurück und Miss Scratton winkte mich zu sich. »Sarah, wartest du bitte einen Moment?« Sie lächelte schwach. »Du bist genau die Person, die ich gesucht habe. Du kannst Velvet herumführen.«

Velvet Romaine warf mir einen kurzen hochnäsigen Blick zu, als wäre ich einer ihrer Dienstboten. Mir rutschte das Herz in die Hose. Normalerweise half ich gerne neuen Schülerinnen, aber sie wirkte so feindselig. Als ob sie meine Gedanken lesen könnte und nicht viel von ihnen halten würde. Aber wenn Miss Scratton wünschte, ich solle freundlich zu Velvet Romaine sein, würde ich natürlich mein Bestes geben. Auch wenn ich eigentlich so schnell wie möglich meine Freundinnen treffen wollte. Ich fühlte mich unbehaglich und blickte mich um. »Hmm, eigentlich war ich auf der Suche nach …«

»Evie und Helen?« Wieder blitzte ein Hauch von Sympathie in Miss Scrattons dunklen Augen auf. »Sie sind noch nicht eingetroffen. Ich nehme an, sie sind gemeinsam im Zug nach Wyldcliffe unterwegs. Du wirst sie noch früh genug treffen. Und jetzt kommt, ihr beiden, folgt mir!«

Das Blitzlichtgewitter der Fotografen verfolgte uns, bis wir hinter Miss Scratton durch die schwere Eingangstür im Haus verschwunden waren. Sie schloss die Tür, und ich fand mich in der vertrauten Eingangshalle wieder. Die nüchternen schwarz-weißen Kacheln, die imposante Marmortreppe und der gemauerte Kamin: Alles war wie immer, und doch hielt ich überrascht den Atem an. Einen Augenblick lang meinte ich, auf der anderen Seite der spärlich erleuchteten Halle Evie zu sehen. Das Gesicht eines Mädchens mit meergrauen Augen und langen roten Haaren zog mich in seinen Bann.

»Du bewunderst das Porträt von Lady Agnes, wie ich sehe«, sagte Miss Scratton zu mir. »Ich habe es während der Ferien hier aufhängen lassen. Es kommt in der Eingangshalle sehr gut zur Geltung, meinst du nicht auch?«

Einen Moment hatte es mir die Sprache verschlagen, aber Velvet blickte flüchtig auf das Bild und sagte dann in unverschämtem Tonfall: »Sie sieht genauso verrückt aus wie alles hier. Wer ist sie überhaupt?«

»Lady Agnes war die Tochter von Lord Charles Templeton, der dieses Haus im 19. Jahrhundert errichten ließ.« Miss Scratton antwortete betont langsam und ruhig. »Sie war eine außerordentlich talentierte junge Frau, die leider früh verstorben ist. Ich finde es nur recht und billig, dass wir uns ihrer erinnern.«

Dann rauschte sie durch die Halle und bog in einen fensterlosen düsteren Korridor ein. Unsere Schritte auf dem Steinboden hallten von den Wänden wider, während wir ihr folgten. Velvet trottete gelangweilt hinter Miss Scratton her, und auch ich versuchte möglichst desinteressiert zu wirken. Aber so unvermittelt auf das Porträt von Agnes zu stoßen hatte mich aus dem Konzept gebracht.

Für mich war sie nicht nur einfach ein Stück würdevoller Geschichte, an das man sich in Ehrfurcht erinnern konnte. Für mich war sie real. Agnes war Evies Verbindung zur Vergangenheit, und sie war unsere mystische Schwester, die das vierte Element verkörperte: das Feuer. In ihren meergrauen Augen hatte eine unmissverständliche Warnung gelegen: Obwohl wir den Kampf im letzten Halbjahr gewonnen hatten, war er noch nicht vorbei.

Zwei

»Ich wollte nicht nach Wyldcliffe kommen. Ich bin bereits von sechs Schulen geflogen, und wahrscheinlich werden Sie mich hier auch rausschmeißen.« Velvet blickte Miss Scratton angriffslustig über den Mahagoni-Schreibtisch hinweg an. Wir waren im Arbeitszimmer der High Mistress, dessen Wände mit Büchern bedeckt waren. Ich fragte mich, ob Velvet mit ihrem aggressiven Verhalten über ihre Einsamkeit hinwegtäuschen wollte, doch als sie sich jetzt lässig im Besucherstuhl zurücklehnte und die Beine übereinanderschlug, machte sie einen ausgesprochen selbstzufriedenen Eindruck. Ihre tiefe Stimme klang rau, und ihr Tonfall war eher amerikanisch als englisch.

»Nun ja, deine Eltern haben mir bereits über deine bewegte Schullaufbahn berichtet, Velvet«, antwortete Miss Scratton. »Hoffen wir, dass die Disziplin, der geregelte Tagesablauf und die Traditionen in Wyldcliffe dir die so nötige Sicherheit geben werden. Wenn du Schwierigkeiten mit dem Eingewöhnen haben solltest, kannst du dich an mich oder an Sarah wenden. Sie wohnt im gleichen Schlafsaal wie du und ist bereits seit fast fünf Jahren in Wyldcliffe. Sarahs Mutter war auch schon Schülerin hier, genau wie ihre Großmutter, Lady Fitzalan, und sie weiß alles über die Gepflogenheiten der Schule.«

Als sie den Namen meiner Großmutter hörte, blitzte

auf Velvets verkniffenem Gesicht ein Hauch von Überraschung und Interesse auf. »Hat hier etwa jeder einen Titel? Das ist ein ziemlich versnobter Schuppen, was?«

»Wir sind glücklich darüber, Töchter aus den altehrwürdigsten Familien des Landes erziehen zu dürfen. Aber wir sind darüber hinaus davon überzeugt, dass jeder die Werte erwerben kann, die eine echte Lady auszeichnen: Selbstlosigkeit, Loyalität und Ehre. Wir interessieren uns für den Menschen und nicht für seine Ahnentafel.«

»Tja, meine macht auch nicht viel her«, meinte Velvet amüsiert, »mein Vater verbrachte seine Kindheit in den Slums, und meine Mutter war erst sechzehn, als ich zur Welt kam. Aber die beiden haben immerhin etwas, was Ihre aufgeblasenen Ladys hier nicht vorweisen können: Talent!«

»Dann können wir ja hoffen, dass du etwas davon geerbt hast. Wyldcliffe bietet viele Möglichkeiten, sich der Musik zu widmen.«

»Sie haben es nicht kapiert, oder? Mein Vater ist Rick Romaine, der größte Rockstar dieses Planeten! Ich habe mit ihm eine Hitsingle aufgenommen, als ich zwölf war, und ich werde nicht in irgendeinem spießigen Schulchor singen. Ich werde überhaupt nichts tun, was ich nicht will, und Sie können mich zu nichts zwingen.«

Miss Scratton hielt Velvets provozierendem Blick einen Moment stand, dann seufzte sie. »Wir wollen dir und deinen Eltern nur helfen, Velvet. Du weißt hoffentlich, dass dich keine andere seriöse Schule mehr aufnehmen würde. Wyldcliffe könnte somit deine letzte Chance sein.«

»Na und? Vielen Dank für Ihre Güte und so weiter, aber je früher ich aus diesem alten Kasten wieder rauskomme, desto besser.«

»Wir werden sehen«, entgegnete Miss Scratton ruhig. »Sarah, würdest du Velvet bitte die Schule zeigen? Und dann bringst du sie in den Schlafsaal. Sie muss noch die Schuluniform anziehen, bevor es zum Abendessen klingelt.«

Ich bemerkte, dass Velvets Gesicht wieder diesen rebellischen Ausdruck bekam, und zog sie schleunigst aus Miss Scrattons Arbeitszimmer, bevor sie eine weitere Szene machen konnte. Wir waren kaum draußen, da bedachte sie mich mit einem charmanten Lächeln, aber ich fühlte, dass sie wieder nur eine Pose ausprobierte.

»Tut mir leid, dass ich deine ach so geliebte Schule miesmache«, sagte sie lachend, »aber ich muss rechtzeitig damit anfangen, wenn ich mein Ziel erreichen will.«

»Was meinst du damit?«

»Wenn ich richtig Stunk mache, wird es wohl nicht mehr als vier Wochen dauern, bis sie mich rausschmeißen. Dann kann ich wieder zurück nach L. A. Mein Gott, ich habe keine Ahnung, wie du das hier nur aushältst. Das wirkt alles so tot«, meinte sie, während ihr Blick die alten Stiche und Gemälde an den Wänden streifte. Auf unserem Weg durch die Schule zeigte ich ihr noch die prachtvolle Bibliothek und die Klassenräume mit den hohen Decken. »Okay, das ist ja alles ganz schick«, gab Velvet zu, »aber das heißt nicht, dass ich bleiben werde. Ich bin ja schon viel rumgekommen, aber diese Schule hier ist mit Abstand die seltsamste. Keine Jungs, keine männlichen Lehrer, kein Fernsehen, kaum Kontakt mit der Außenwelt und noch dazu am Ende der Welt, mitten in der Pampa. Meine Eltern müssen nicht ganz zurechnungsfähig gewesen sein, als sie dieses Höllenloch für mich ausgesucht haben.«

»Vielleicht wollten sie dir nur helfen.«

»Auf diese Art von Hilfe kann ich verzichten.« Einen Moment lang zitterten ihre Lippen, und sie wirkte seltsam hilflos, aber dann fing sie sich wieder und sagte: »Okay, was hast du sonst noch zu bieten? Kalte Duschen? Verliese?«

»Komm mit nach draußen, dann wirst du schon sehen.« Ich schlug den Weg zu den Parkanlagen ein. Die meisten Mädchen waren in den Schlafsälen und packten ihre Koffer aus, aber einige wollten den wundervollen Aprilnachmittag genießen. Alles sah frisch und grün aus. Sie hatten es sich in kleinen Gruppen unter den Bäumen bequem gemacht oder tollten über die Rasenfläche, die vom Hauptgebäude bis zum See reichte. Auf der glatten Wasseroberfläche spiegelten sich die verfallenen Gemäuer der alten Klosterkapelle. Jenseits des von Wald gesäumten Sees erstreckten sich die wilden *Moors* bis zum Horizont. Der Anblick war atemberaubend. Selbst Velvet konnte davon nicht unberührt bleiben.

»Das ist echt cool«, sagte sie und ging auf die Kapelle zu. »Sieht aus wie das Schloss von Dornröschen oder so. Was geht hier so ab?«

»Nicht viel. Aber wir haben jedes Jahr eine Prozession zur Erinnerung an Lady Agnes' Todestag.«

»Dann ist diese Lady Agnes hier eine große Nummer? Coole Sache. Ich stehe auf Gespenster.«

»Sie ist kein Gespenst«, antwortete ich knapp, aber Velvet hörte mir gar nicht zu. Die Neugier hatte sie gepackt, und sie war inzwischen ins Innere der Kapelle geschlendert. Die Wände standen nur noch zum Teil, und die Überreste des großen Ostfensters zeichneten sich wie ein zerfetztes Spinnennetz gegen den Himmel ab. Wie steinerne Zeugen erhoben sich zerborstene Pfeiler, dort, wo einst eine Reihe von Rundbögen die Seitenschiffe der Kapelle markiert hatten. Heute wuchs Gras zwischen den verwitterten Steinen, und das Dach war längst eingestürzt. Velvet stand auf dem grünen Hügel, wo sich einst der Altar befunden hatte, und reckte ihre Arme dramatisch gen Himmel. »Hier geht richtig was ab! Ein Voodooritual oder irgendwas mit schwarzer Magie. Mein Vater steht auf so was.«

Ich erinnerte mich dunkel an einen Skandal im Zusammenhang mit Rick Romaine vor einigen Jahren, der mit seinen sogenannten »okkultistischen Performances« zu tun gehabt hatte. Einige Eltern hatten damals ein Verbot gefordert und wollten Warnhinweise auf seine CDs drucken lassen. Velvet warf den Kopf zurück und begann sich hin- und herzuwiegen, dabei zuckte sie rhythmisch mit dem Oberkörper, sie wirkte wie in Trance. Dann begann sie mit klagender dunkler Stimme zu singen, als ob sie unsichtbare Mächte anrufen wollte.

»Hör auf!«

Sie brach abrupt ab und starrte mich an. »Hey, das war doch nur Spaß. Was ist los, Sarah, hast du etwa Angst vor dunklen Mächten? Ich nicht. Ich habe vor nichts und niemandem Angst. Ehrlich gesagt finde ich diesen heidnischen Kram echt klasse. Ich sehe mich schon als Priesterin! Und du?«

Ich versuchte ihre Show zu ignorieren. »Ich sehe nur, dass du einen Tadel bekommst, wenn du nicht deine Schuluniform trägst, bevor es zum Abendessen läutet. Komm, wir gehen in den Schlafsaal.«

»Aber ich habe doch noch gar nichts gesehen«, maulte sie. »Was für cooles Zeug gibt's denn noch? Miss Scratton meinte doch, du solltest mir alles zeigen.«

»Ich fürchte, die Ruinen sind das Highlight des Rundgangs. Es gibt noch ein Freischwimmbad hinter den Bäumen dort, das wir im Sommer nutzen können«, erklärte ich und deutete in die Richtung.

»Klingt gar nicht übel.«

»Ich an deiner Stelle würde nicht allzu viel erwarten, das Wasser ist normalerweise ziemlich kalt. Und die Sportanlagen sind hier den Weg runter, an der großen Eiche vorbei. Wir spielen Hockey und Lacrosse. Die Ställe liegen in der Nähe des Haupthauses.«

»Mein Gott, ich hasse Mannschaftssport. Dann lieber zu den Ställen. Aber ich bin hier eigentlich noch nicht durch. Mit diesen verfallenen Gemäuern könnte man irgendwann noch etwas starten.«

»Etwas starten? Und was?«

»Keine Ahnung, vielleicht eine heidnische Party«, antwortete Velvet lässig, »das wäre ziemlich cool. Magie um Mitternacht, was meinst du? Das würde den Ruinen ein bisschen Pep geben.«

Ich schlug den Weg zu den Ställen ein. Ich hatte kein gutes Gefühl dabei, Velvet so über Rituale und Magie lästern zu hören. Für mich und meine Freundinnen waren all diese Dinge Realität. Bedrohliche, sogar tödliche Realität. Es gab zwei Wyldcliffes. Auf der einen Seite die exklusive Traditionsschule mit Unterricht und Examen. Dort waren gute Noten und die Vorbereitung auf die Universität wichtig, aber auch der sportliche Erfolg der Schulteams sowie Einladungen zu gesellschaftlichen Ereignissen während der Ferien. Aber es gab auch das andere Wyldcliffe: ein Schlachtfeld im Kampf zwischen Finsternis und Licht. In dieser Welt herrschten die Mächte der Vergangenheit und die mystischen Kräfte.

An diesem strahlend hellen Frühlingstag war es schwer zu glauben, dass wir erst vor wenigen Wochen erleben mussten, wie Sebastians Seele in die Ewigkeit entlassen wurde und Mrs Hartle, die frühere Schulleiterin und Helens Mutter, als rachsüchtiger Geist auf die dunkle Seite wechselte. Sie hatte sich entschlossen, ihre bizarre Persönlichkeit dem durch und durch verdorbenen König der Unbesiegten zu unterstellen, jenen schrecklichen Mächten, die den Tod betrogen und eine unheilige Allianz mit der Schattenwelt eingegangen waren. Wer konnte wissen, ob sie uns jetzt in Ruhe lassen oder einen weiteren Angriff planen würde? Und was war aus Mrs Hartles Hexenzirkel der Dunklen Schwestern geworden? Hatten sie ihr Streben nach elementarer Macht aufgegeben, oder warteten sie nur darauf, sich wieder zusammenzuschließen, um noch gewaltiger und gefährlicher zu werden als zuvor? Als ich mit Velvet durch den erblühenden Frühlingsgarten lief, schlug mein Herz wie eine Trommel in meiner Brust, und ich fühlte, wie mich in den Hügeln verborgene Augen anstarrten wie beutegierige Aasgeier. Das Trommeln erfüllte nicht nur meinen Körper, sondern auch meinen Kopf und machte mir Angst.

Mein Wyldcliffe, mein reales Wyldcliffe, war ohnehin schon voller alltäglicher kleiner Dramen, da hatte mir Velvets selbstverliebter Schwachsinn gerade noch gefehlt. Ich musste unbedingt Evie und Helen treffen, um unsere nächsten Schritte zu besprechen. Ich würde Velvet noch die Ställe zeigen, sie zum Schlafsaal bringen und dann dort alleine lassen, damit sie auspacken und sich einrichten konnte. Dann hätte ich meine Pflicht erfüllt und könnte meine Freundinnen begrüßen. Außerdem brauchte mich Velvet Romaine wohl kaum als Babysitter.

Je näher wir den Ställen kamen, umso ruhiger wurde ich. Pferde hatte ich schon immer gemocht, das ist wie eine Familientradition. Mein Vater trainiert Rennpferde, mal seine eigenen, mal die Tiere anderer wohlhabender Leute. Der mir entgegenströmende erdige Geruch der Ställe gab mir Trost und Zuversicht, eine würzige Mischung aus Stroh, Futter und dem süß-scharfen Duft von Pferdehaaren. Das alles erinnerte mich an eine Zeit, in der die Natur noch ursprünglich gewesen war und wir in Harmonie mit unseren Pferden und der Landschaft lebten. Ich ging zu einer der Boxen, wo mein Pferd Starlight schon wartete, und küsste es auf seine weiche Nase. Einer unserer Stallburschen hatte es schon gestern mit dem Anhänger nach Wyldcliffe gebracht, zusammen mit Bonny, meinem lustigen, geduldigen und ziemlich übergewichtigen Pony. Eigentlich war ich ein bisschen zu groß für ihn, aber ich hatte Bonny für Evie mitgenommen, die auf seinem breiten Rücken das Reiten gelernt hatte und sich auf anderen Pferden unsicher fühlte.

»Deins?«, fragte Velvet und tätschelte Starlights Hals. »Hübsch.«

»Ja. Reitest du auch?«

»Allerdings. Wir haben einige Zeit in Argentinien gelebt, und ich habe mich mit dem Poloteam herumgetrieben. Coole Sache. Wow, wem gehört denn dieses Prachtexemplar?« Sie ging zur anderen Stallseite und bewunderte die herrliche weiße Stute, die in der großen Box angebunden war. Velvet pfiff durch die Zähne und begutachtete das Tier von allen Seiten. Sie war es gewöhnt, mit Pferden umzugehen, das konnte man sehen. »Du hast es verdient, geritten zu werden, meine Schönheit«, sagte sie leise, dann drehte sie sich zu mir. »Wem gehört sie?«

»Seraph ist Miss Scrattons Pferd. Niemand sonst darf es reiten.«

»Was du nicht sagst. Das werden wir ja noch sehen.«

»Mal ehrlich, Velvet, mach bloß keine Dummheiten.«

»Wo ist das Problem?«, fragte sie. »Was kann sie mir schon tun? Mich rauswerfen? Tja, das ist doch genau das, was ich will. Außerdem bin ich eine echt gute Reiterin. Mir passiert schon nichts.«

»Ich dachte eher an das Pferd«, antwortete ich kühl.

Velvet starrte mich verdutzt an, dann brach sie in schallendes Gelächter aus. »Ich mag dich, Sarah. Du bist irgendwie anders. Auf den ersten Blick wirkst du so, wie soll ich sagen, so hilfsbereit, aber ich bin nicht sicher, ob du wirklich so nett bist, wie du tust.«

Ich wurde rot. Evie hatte mich immer »die Gute« genannt. Süß, gut und bekömmlich wie eine reife Frucht. Aber manchmal war es auch anstrengend, gut zu sein. Gut zu sein bedeutete, nicht zuerst an sich, sondern an die anderen zu denken. Auf Dinge zu verzichten, die man selbst gerne mochte. Ich schüttelte nur den Kopf und wandte mich ab. Velvet sollte nicht merken, wie sehr mich ihre Worte getroffen hatten. Ich öffnete die Tür zu einer kleinen Kammer, wo die Sättel und das Zaumzeug gelagert wurden, und begann über das Erstbeste zu sprechen, was mir in den Kopf kam. »Wenn du gerne Reitstunden bei Mrs Parker nehmen möchtest, dann musst du dich hier in das Buch – oh.«

Meine Stimme stockte. Zwei Gestalten, die sich im Dunkel der Kammer sehr nahe gewesen waren, stoben schuldbewusst auseinander. Ein hochgewachsener junger Mann mit weizenblonden Haaren – Josh Parker. Und … Evie.

Drei

Oh, Sarah, ich wollte gerade nach dir sehen!«

Evie trat einen Schritt nach vorne und schlang die Arme um mich, doch einen Augenblick lang fühlte ich Enttäuschung in mir aufsteigen. Evies erster Weg nach ihrer Ankunft in Wyldcliffe führte sie nicht zu mir, sondern zu Josh. Und was hatten die beiden da in der schummrigen Ecke gemacht? Hatte sie Sebastian etwa schon vergessen? Doch sofort schämte ich mich meiner egoistischen Gedanken. Ich war einfach überempfindlich. Welches Recht hatte ich, Evie zu verurteilen? Nur unsere Freundschaft zählte, alles andere war unwichtig. Ich drückte sie fest an mich.

»Ich bin so froh, dass du da bist, Evie. Wo ist Helen? Miss Scratton meinte, ihr würdet zusammen ankommen?«

»Stimmt, vor ungefähr zehn Minuten. Helen meinte, sie brauche nach all den Stunden im Zug und im Taxi einfach etwas Bewegung. Sie macht einen Spaziergang ins Dorf, um frische Luft zu schnappen, bevor sie mit dem Auspacken anfängt.«

»Ist sie wirklich ganz allein unterwegs?«

»Aber klar, warum nicht? Unser Jahrgang darf das Schulgelände an den Sonntagen verlassen.«

Das wusste ich auch. Ich dachte vielmehr an die unsichtbaren Gefahren, die rund um Wyldcliffe lauerten.

»Evie, ich gehe dann besser«, sagte Josh, »ich muss mich um die Pferde kümmern. Wir sehen uns, Sarah«, fügte er beiläufig hinzu und schob mich zur Seite, als er die Kammer verließ. Ich spürte den mir wohl bekannten Schmerz, als sich unsere Körper flüchtig berührten. An der Tür blieb er stehen und nickte Velvet zu, die ihn anerkennend musterte, dann wandte er sich wieder zu Evie. »Morgen nach der Schule?« Joshs Stimme war warm, voll von verborgenem Glück. Offensichtlich war er schwer verliebt, aber eben leider nicht in mich. Natürlich nicht. »Um fünf, was meinst du, Evie?«

Doch Evie machte nicht gerade einen glücklichen Eindruck, lächelte aber zurück. »Einverstanden, bis morgen.«

Er ging, und eine bedrückende Stille entstand. Zum Glück hatte ich in Wyldcliffe perfekte Manieren gelernt. »Das ist Velvet Romaine, unsere neue Mitschülerin. Ich habe ihr alles gezeigt. Velvet wird in unsere Klasse gehen. Velvet, das ist meine beste Freundin, Evie Johnson.«

»Hi«, grüßte Velvet betont lässig, »wo habt ihr den denn aufgetrieben? Ich dachte, hier sei männerfreie Zone?«

»Josh ist kein Schüler, er arbeitet manchmal in den Ställen und unterstützt seine Mutter beim Reitunterricht«, erklärte Evie.

Aber Josh war mehr als nur das. Er war unsterblich in Evie verliebt. Nichts Neues für mich, denn ich wiederum war lange Zeit unglücklich in ihn verliebt gewesen. Er hatte sein ganzes Leben in Wyldcliffe verbracht, war mit vielen Geheimnissen vertraut und wusste auch von Evies Verbindung mit Sebastian und dem Hexenzirkel. Aber Josh hatte sich davon nicht abschrecken lassen und selbst in schwierigsten Situationen an Evies Seite gestanden. Und auch jetzt hatte sich daran nichts geändert. Er war für sie da, hingebungsvoll und selbstlos. Ansonsten war Josh ein cleverer Typ, der mit beiden Beinen fest auf dem Boden der Tatsachen stand. Aber nicht nur das, er sah auch verdammt gut aus, was Velvet wohl nicht verborgen geblieben war.

»Bei ihm könnte ich mir irgendwann auch mal eine Reitstunde vorstellen«, Velvets Augen blitzten herausfordernd unter ihrem rabenschwarzen Haarschopf hervor, »und wer weiß, vielleicht kann ich ihm ja auch das eine oder andere beibringen.«

Evies Lächeln erstarb, sie war verärgert. »Du bist also DIE Velvet Romaine? Die aus den Zeitschriften?«

»Genau! Die mit den berühmten Eltern, der verkorksten Kindheit, den Drogenproblemen und den unpassenden Freunden? Genau die.« Velvets dunkle Augen funkelten zornig.

»Entschuldige, ich wollte nicht …«, begann Evie.

»Vergiss es. Das bin ich gewöhnt. Und es geht mir am Arsch vorbei, wie man so schön sagt.«

Ich versuchte die Situation zu entspannen: »Ich bringe dich jetzt besser zum Schlafsaal, Velvet, dann kannst du dich umziehen. Können wir beide noch vor dem Essen miteinander reden, Evie? Wir könnten Helen ein Stück entgegengehen. Hast du schon gehört, dass Miss Scratton die neue Schulleiterin ist? Wusstest du das?«

»Mmm … ja, einige der anderen Mädchen sprachen darüber.« Evie wandte ihren Blick von Velvet ab und sah mich an. »In ein paar Minuten am Tor? Ich warte dort auf dich.«

»Alles klar. Komm schon, Velvet, wir müssen uns beeilen.«

Wir verließen die Stallungen und gelangten durch einen der vielen Seiteneingänge ins Hauptgebäude. Rasch durchquerten wir einen hallenden Korridor und standen schon bald wieder in der schwarz-weiß gefliesten Eingangshalle, von der die breite Marmortreppe in die oberen Stockwerke führte. Ich ging voran.

»Im zweiten Stock sind die Zimmer der Lehrerinnen und ihr Aufenthaltsraum«, erklärte ich Velvet. »Wenn du die Hausdame suchst oder ins Krankenzimmer musst, dann gehst du ebenfalls in den zweiten Stock. Die Schlafsäle sind alle im dritten Stock.«

»Ich hasse Schlafsäle. Ich hasse es, mit jemandem ein Zimmer zu teilen.«

Während wir die gewundene Treppe hinaufgingen, fragte ich mich, wie sich Velvet jemals in Wyldcliffe einleben sollte. So vielen Menschen war hier schon Leid angetan worden, Agnes, Laura, Helen, Evie und selbst der armen kleinen Harriet, die von Mrs Hartle im letzten Halbjahr für ihre Zwecke missbraucht worden war. Sie alle waren wie orientierungslose Vögel im tosenden Sturm gewesen, unfähig, dem Fluch dieses mysteriösen Tales zu entfliehen. In diesem Moment durchfuhr mich ein erschreckender Gedanke: Bald würde ich an der Reihe sein.

»Deine Mutter war auch hier?«, fragte Velvet. »Und deine Großmutter?«

»Beide Großmütter eigentlich«, ich lächelte sie fast entschuldigend an, »und meine Urgroßmutter auch. Ich fürchte, ich bin durch und durch eine Wyldcliffe.«

»Deine Familie muss ziemlich vornehm sein, wenn deine Großmutter Lady Dingsbums war und so.«

»Wahrscheinlich ist die Tatsache, dass dein Vater ein

Rockstar und deine Mutter ein Topmodel ist, für die Leute viel interessanter als irgendjemand aus meiner vornehmen Familie. Amber Romaine gilt als eine der schönsten Frauen der Welt, oder?«

»Ja stimmt, vor allem in ihren eigenen Augen«, antwortete Velvet sarkastisch, »sie ist selbst ihr größter Fan.«

Ich war ein wenig überrascht, Velvet so von ihrer Mutter sprechen zu hören. Ich wollte nicht neugierig sein, aber einen Augenblick lang hatte Velvet ihre Maske fallen lassen, und ich hatte einen Anflug von Trauer in ihrem Gesicht entdeckt. »Ihr versteht euch also nicht so gut?«

Velvet zuckte die Schultern. »Es ist kein Geheimnis, dass wir dauernd Krach haben. Warum würde sie mich sonst in all diese Internate stecken? Meine jüngere Schwester Jasmine war immer schon ihr Liebling. Aber sie lebt nicht mehr.« Velvet starrte mich herausfordernd an. Mir war klar, dass es nichts gab, was ich hätte erwidern können, außer irgendetwas Abgedroschenes.

»Ich habe davon gehört. Es tut mir wirklich leid.«

»Tja. Wahrscheinlich sind wir uns einfach zu ähnlich, Amber und ich. Und eine Tochter im Teenageralter zu haben stand bei ihr einfach nicht auf dem Programm. Lässt sie älter wirken, nehme ich an. Wir streiten, dass die Fetzen fliegen, und mein Vater versucht uns dann jedes Mal zu beschwichtigen, indem er uns tonnenweise Geschenke kauft. Komisch, aber sein ganzes Geld nützt ihm nichts. Sie hasst mich trotzdem.«

Ich war schockiert. Ich liebte meine Mutter über alles, und obwohl es Dinge gab, die ich nicht mit ihr teilen konnte, geheime Träume und Hoffnungen zum Beispiel, war sie immer in meiner Nähe, umsorgte und unterstützte mich. Wenn ich in der Schule mit Evie und Helen zusammen war, sprach ich nur selten über sie, denn ich hatte immer im Hinterkopf, dass Evies Mutter tot war und Helens Mutter ihr nichts als Kummer und Leid gebracht hatte. Und jetzt kam auch noch Velvet, die so abschätzig und aggressiv über ihre Mutter sprach.

»Sie kann dich nicht hassen, sie ist deine Mutter.«

»Was soll's.« Velvet kehrte wieder zu ihrer oberflächlichen Fassade zurück. »Erzähl mir lieber was über deine Großeltern-Snobs.«

»Sie sind keine Snobs«, wehrte ich mich, »die Mutter meines Vaters ist eben Lady Fitzalan, aber sie ist sehr bodenständig und bescheiden, eine typische Engländerin vom Land, sie liebt Pferde und Hunde und ihren Garten.« Gegen meinen Willen lächelte ich. »Zugegeben, meine andere Großmutter von der Talbot-Travers-Seite der Familie war ziemlich eingebildet. Aber ihre Mutter wiederum, meine Urgroßmutter, kam aus einfachen Verhältnissen. Man gab ihr den Namen Maria, denn sie war eine Waise, ein Romakind, das von einer wohlhabenden Familie adoptiert worden war.«

»Echt? Eine richtige Roma? Das ist cool.« Immerhin ein Punkt, in dem Velvet und ich uns einig waren. »Das heißt, du hast Zigeunerblut in dir?« Sie musterte mich eingehend, als ob ich mich als Model beworben hätte. »Natürlich, jetzt sehe ich es, diese schwarzen Locken und diese Ausstrahlung …«

»Mmm … vielleicht hast du Recht«, murmelte ich. Aber die Verbindung zwischen mir und Maria war viel, viel tiefer als die Haarfarbe und die äußerliche Ähnlichkeit.

Ich hatte oft an meine Urgroßmutter Maria gedacht und fühlte, welch entscheidende Rolle sie in meinem Leben spielte. Ich hatte jedes Fitzelchen über sie und ihre

Romafamilie ausgegraben, das ich finden konnte. Es mochte merkwürdig klingen, aber ich fühlte eine spirituelle Verbindung zu Maria und ihren familiären Wurzeln. Sie war von ihren Adoptiveltern vor vielen, vielen Jahren nach Wyldcliffe geschickt worden, und manchmal hatte ich den Eindruck, als würde sie noch heute in der Schule über mich wachen, als wüssten wir alles voneinander und würden uns blind verstehen. Das klingt unmöglich, ich weiß. Aber als ich im letzten Semester Cal kennengelernt hatte, einen jungen reisenden Roma, hatte ich Gelegenheit bekommen, diese Welt für mich zu entdecken. Eine kurze Zeit lang hatte ich gedacht, dass ich von der quälenden Einsamkeit, die tief unter meiner ach so friedlichen Fassade verborgen war, befreit werden würde. Es ging mir doch gut, es fehlte mir an nichts. Ich hatte eine fürsorgliche Familie und ein großartiges Zuhause. Ich hatte meine Pferde und meine Freundinnen, ich liebte die Landschaft, in der ich lebte, und die Erde unter meinen Füßen, und ich würde meinen Prinzipien treu bleiben und den Mystischen Weg weitergehen. Aber ganz tief in mir war der Wunsch nach mehr. Ich wollte einen Menschen an meiner Seite, der mich wirklich verstand. Oder war das zu viel verlangt?

Als Velvet mir die Treppenstufen in den dritten Stock hinauf folgte, dachte ich zurück an meinen Traum, an die warmen Augen, die in den meinen versanken. Ich dachte an die Art, wie Cal mit mir gesprochen hatte, so als ob ich wirklich wichtig für ihn wäre. Ich dachte an seinen aufmerksamen Blick und das raue Lachen. Ich dachte an die Verbindung zwischen uns. Aber Cals Familie war weitergezogen, weg von Wyldcliffe, und ich war geblieben. Cal hatte gesagt, er wolle mich wiedersehen, und versprochen zu schreiben, aber ich hatte nie wieder von ihm gehört. Und ich hatte keine Möglichkeit, Kontakt mit ihm aufzunehmen, er hatte nicht einmal ein Handy. Jetzt war er wahrscheinlich schon weit weg.

Plötzlich fühlte ich mich unendlich müde. Ich hatte Cal vertraut, aber er schien mich vergessen zu haben. Und jetzt, zurück in der Schule, flammte die Enttäuschung wieder auf, dass ich für Josh nie mehr als eine gute Freundin sein würde. Ein nettes Mädchen, die gute alte Sarah eben. Ich zwang mich, mit hocherhobenem Haupt den Korridor mit den vielen Türen entlangzugehen, und ärgerte mich über meine Schwäche und mein Selbstmitleid. Ich hatte Freundinnen, echte treue Freundinnen: meine Schwestern Evie, Helen und Agnes. Das allein war wichtig für mich. Liebe brauchte ich nicht. Das sagte ich mir jedenfalls und versuchte, daran zu glauben.

Ich öffnete eine Tür, die in einen schlichten Raum führte. Unser Schlafsaal war kleiner als die meisten in Wyldcliffe, es standen nur drei schmale Betten darin, doch die nüchterne Einrichtung war die gleiche. »Du schläfst unter dem Fenster, genau neben mir. Schau, dein Gepäck ist auch schon da. Im dritten Bett schläft Ruby Rogerson. Sie ist sehr nett, ziemlich ruhig, ein Genie in Mathe. Früher hat Caroline Woodford hier geschlafen, aber sie ist mit ihren Eltern nach Australien gegangen.«

Velvet starrte in das Zimmer mit den kahlen, weiß gestrichenen Wänden und sagte angewidert: »Das ist ja wie im Gefängnis hier, nein, noch schlimmer! Im Gefängnis könnte man wenigstens Bilder an die Wände hängen. In den anderen Internaten durften wir wenigstens unsere Zimmer selbst gestalten. Das hier ist so … so kalt und seltsam. Als ob wir Nonnen wären oder so.«

»Das ist Wyldcliffe. Hier ist es eben anders.«

Velvet ließ sich auf ihr Bett fallen, und einen Moment lang sah es so aus, als ob ihre Verzweiflung echt wäre. Es ging in Wirklichkeit nicht darum, mit anderen ein Zimmer zu teilen oder ein Metallica-Poster aufzuhängen: Sie war verzweifelt, weil ihre Eltern sie im Stich gelassen hatten. Ihre im Rampenlicht stehende Mutter hatte sie nach Wyldcliffe abgeschoben, weil sie zu schön und zu beschäftigt war, um sich um eine Tochter im Teenageralter zu kümmern. Da halfen ihr auch ihre berühmten Freunde nicht. Ich ging zu Velvet hinüber und legte ihr meine Hand auf die Schulter.

»Du hast vorhin gesagt, ich sei gut. Das ist nicht wahr, jedenfalls nicht so, wie du das meinst. Aber ich helfe dir, wann immer ich kann. Vergiss das nicht.«

Velvet schüttelte meine Hand ab. »Lass das, es ist alles okay.«

Sie öffnete den Louis-Vuitton-Koffer und kippte den Inhalt aufs Bett. »Wenn ich schon diese ekelhafte Uniform anziehen muss, dann am besten gleich. Wolltest du dich nicht mit deiner Freundin treffen, die mit den tollen roten Haaren? Ich habe das starke Gefühl, dass sie mich nicht mag.«

»Evie hat harte Zeiten hinter sich«, setzte ich an, um sie zu verteidigen, »sie hat viel durchgemacht. Sie lebte bei ihrer Großmutter, aber die ist gestorben. Deshalb musste sie hierher kommen, ins Internat. Das war nicht einfach, und …«

»Schon gut. Sie will halt nicht, dass ich was mit ihrem knackigen Stallburschen anfange. Er steht auf sie, das sieht ein Blinder, sie hat ja auch was. Sie sieht aus wie eine viktorianische Meerjungfrau. Hey, sie erinnert mich irgendwie an Lady Agatha auf diesem komischen alten Schinken, von der die Direktorin erzählt hat.«

»Lady Agnes. Äh … meinst du wirklich? Oh, wie die Zeit vergeht, es ist schon spät.«

»Okay, dann geh runter«, Velvet kramte in ihren Klamotten, »ich komm schon klar.«

»Weißt du noch, wo der Speisesaal ist?«

»Ich habe mich selbst in Manhattan nicht verlaufen. Und das war an Silvester, und ich war total breit. Ich werd's schon schaffen.« Sie hielt kurz inne und sah mich durchdringend an. »Hör zu, Sarah, es gibt keinen Grund, warum du nett und freundlich zu mir sein musst oder so tun müsstest, als ob du mich magst. Ich brauche dich nicht und auch sonst niemanden. Ich will nur so schnell wie möglich wieder hier raus. Und normalerweise bekomme ich das, was ich will, egal um welchen Preis. Komm mir also besser nicht in die Quere.«

Ich fühlte mich klein und irgendwie bloßgestellt, wie ich da vor ihr stand. Wusste sie etwa mehr über mich, als sie wissen konnte? War ihre Warnung wirklich ernst gemeint? Velvet schien innerlich so verbittert zu sein, dass jeder, der ihr zu nahe kam, von dieser Bitterkeit vergiftet werden würde. Ich wünschte, sie wäre nie nach Wyldcliffe gekommen. Ich konnte nichts für sie tun. Es gab Wichtigeres, worüber ich mir Sorgen machen sollte.

Ich ließ Velvet stehen und eilte die Marmortreppe hinunter. Evie würde schon warten. Aber als ich in die Eingangshalle kam, war sie noch nicht da. Ich öffnete das Portal, trat auf die ausgetretene Steinstufe hinaus und schaute auf die Einfahrt. Die Spätnachmittagssonne leuchtete in mattem Gold, und die Amseln begannen, ihr Abendlied zu singen. Die Hügel rund um die alte Abtei, die jetzt so friedlich dalagen, waren durch gigantische Erdauffaltungen entstanden, durch urzeitliche Vergletscherungen und gewaltige Erdbeben. Welche Erschütterungen würden uns noch erwarten? Die Idylle trog.

Wieder fühlte ich mich entblößt und verwundbar, als ob ich dem lauernden Feind hilflos ausgeliefert wäre. Ich versuchte, die Gedanken abzuschütteln und an Maria zu denken. Auch sie musste hier auf dieser Stufe gestanden und in die Landschaft gesehen haben, als sie einst Schülerin in Wyldcliffe gewesen war. Ich fragte mich, was sie wohl über die Schule gedacht hatte, wer ihre Freundinnen waren und ob man sie wegen ihrer Abstammung gehänselt hatte. Was hatte sie in Wyldcliffe gesehen, gefühlt und erfahren, das mir heute helfen konnte?

»Maria?« Ich versuchte durch meine Gedanken Kontakt mit ihr aufzunehmen. »Maria, kannst du mich hören? Sind wir immer noch in Gefahr? Was soll ich tun?« Der Wind fuhr durch die Blätter an den Ästen der mächtigen Eichen, die beide Seiten der Einfahrt säumten, aber ich bekam keine Antwort. Ich versuchte meine Enttäuschung zu unterdrücken und sah auf die Uhr. In diesem Augenblick kam Evie aus Richtung der Ställe auf mich zu.

»Hey«, sagte sie leise und lächelte mich an, aber ihre Augen waren voller Trauer. Ich erwiderte ihr Lächeln. Ich wollte ihr helfen, jetzt wo sie an den Ort zurückgekehrt war, an dem Sebastian gelebt hatte und wo er gestorben war. Allein zu sein musste für Evie unerträglich sein, und ich wünschte, ich hätte gewusst, wie ich sie trösten konnte.

»Sie will keinen Trost, sie will Josh«, flüsterte eine bösartige Stimme in meinem Kopf, aber ich hörte nicht hin. Ich hakte mich bei Evie unter, und wir gingen ein Stück die Einfahrt hinunter. »Erzähl mir davon, wenn es dir hilft«, sagte ich.

Evie drückte sanft meinen Arm. »Danke, Sarah. Du bist wunderbar. Ich weiß nicht, was ich ohne dich machen sollte.«

Gute Sarah. Freundliche Sarah. Genauso musste ich sein – heute, morgen, bis in alle Ewigkeit.

Vier

Wir schlüpften durch das große Tor am Ende der Einfahrt und bogen auf die Straße ein, die ins Dorf führte. Wenn man in die entgegengesetzte Richtung ging, schlängelte sich ein schmaler Weg hinauf in die *Moors* und zu den Schauplätzen, die sich uns für immer ins Gedächtnis gebrannt hatten: Uppercliffe Farm, wo Agnes ihre kleine Tochter vor den Augen der Welt versteckt, und Fairfax Hall, wo Sebastian seine Kindheit verbracht hatte.

Evie holte tief Atem. »Es ist irgendwie eigenartig«, sagte sie mit gedämpfter Stimme, »diese Gegend ist so wunderschön und gleichzeitig so qualvoll. Ich denke immer wieder daran, wie ich hier zum ersten Mal Sebastian getroffen und Agnes gesehen habe, wie wir unseren ersten Zirkel abgehalten haben … aber jetzt ist alles vorbei.«

»Ist es das wirklich?«

Sie schaute mich leicht verblüfft an. »Es muss zu Ende sein. Ich habe in den Ferien lange darüber nachgedacht. Sebastian wollte, dass ich weitermache, und das werde ich auch tun, für ihn und um meiner selbst willen. Ich muss es einfach versuchen und so weiterleben, wie er es gewollt hätte. Ich muss versuchen, wieder glücklich zu sein, damit sein Tod nicht umsonst gewesen ist. Das war sein Geschenk an mich und meines an ihn. Ich muss es versuchen und so leben, als hätte es Sebastian nie gegeben.«

Es klang wie eine einstudierte Rede, die sie sich selbst wieder und wieder gehalten hatte.

»Aber was ist mit dem Mystischen Weg? Was ist mit deiner Macht?« Evies mystisches Element war das Wasser, und im vorangegangenen Schuljahr war es ihr durch ihren Talisman, eine geerbte kostbare Kette, sogar gelungen, das Heilige Feuer zu beschwören, das Element von Agnes. »Du kannst nicht einfach so tun, als wäre nichts gewesen. Du bist immer noch ein Teil davon.«

»Nein, das tue ich ja auch nicht«, entgegnete Evie und schüttelte den Kopf. »Sebastian zu lieben war das tiefste Gefühl, das ich jemals erlebt habe. Aber ich kann nicht in der Vergangenheit leben. Es ist vorbei. Und ich glaube, dass uns die elementaren Kräfte vielleicht nur deshalb verliehen wurden, um ihn retten zu können, nur für diese Zeit und nur zu diesem Zweck. Um eine unsterbliche Seele zu retten. Und das war es doch wert, oder?«

In ihren Augen schimmerten Tränen, aber Evie schluckte sie herunter. »Ich bin so dankbar, dass wir den Mystischen Weg mitgehen durften, um Sebastian zu helfen. Und ich danke dir und Helen für all das, was ihr für mich getan habt, aber jetzt ...«, ihre Stimme zitterte, und sie musste schlucken.

»Aber was? Was ist los, Evie?«

Ihr Gesichtsausdruck verhärtete sich. »Sebastian ist tot, Sarah. Ich will nicht in der Vergangenheit wühlen. Ich kann das nicht. Ich glaube, dass ich noch nicht einmal mehr darüber reden will. Wir müssen nach vorne schauen.«

»Und Josh gehört dazu?«, fragte ich beiläufig, doch bei diesen Worten spürte ich einen Stich in meinem Herzen. Eifersucht. Ich entzog mich Evies Arm.

»Ich weiß es nicht. Im letzten Halbjahr habe ich Josh

gesagt, dass ich für eine neue Beziehung noch nicht bereit bin. Oh, wie ich dieses Wort hasse! Es klingt so übertrieben!« Sie beugte sich nach unten und pflückte ein paar Gänseblümchen, die im Gras neben der Straße wuchsen, und verknotete sie zu einer Kette. »Ich weiß es einfach nicht. Ich mag Josh. Er ist so warmherzig und freundlich und voller Lebensfreude. Er gibt mir das Gefühl, dass die Sonne wieder scheint.« Unvermittelt warf sie die Blumenkette zu Boden. »Wir sind einfach Freunde. Das reicht doch für den Moment, meinst du nicht? Ich will mich nicht quälen und alles hinterfragen müssen. Ich will doch nur glücklich sein.«

»Wollen wir das nicht alle?«, erwiderte ich. Meine Verbitterung konnte ich dabei nicht verbergen.

»Oh mein Gott, was habe ich da gesagt? Du musst mich ja für total oberflächlich und egoistisch halten! Aber so habe ich das gar nicht gemeint. Es war einfach alles zu viel für mich.« Evie seufzte tief. »Als Frankie krank wurde und ich nach Wyldcliffe gehen musste, hat sich mein Leben verändert. Ich vermisse sie immer noch so sehr. Und dann habe ich auch noch Sebastian verloren. Zum Glück habe ich dich und Helen.«

»Und Josh.«

»Stimmt, Josh auch.« Evie sah mich ängstlich an. »Es stört dich doch hoffentlich nicht, dass ich mit Josh befreundet bin?«

»Stören? Warum sollte mich das stören?« Ich zwang mich zu einem Lächeln. »Es ist wirklich toll, dass du jemanden hast, mit dem du reden kannst, ehrlich. Aber dir muss auch klar sein, dass Josh mehr will als nur Freundschaft. Du musst ehrlich zu ihm sein, auch wenn es ihn vielleicht verletzen wird.«

Wieder erschien der leicht verwunderte Ausdruck auf ihrem Gesicht. »Jede Beziehung, egal ob Freundschaft, Liebe oder was auch immer, kann schmerzhaft sein. Alles ist ein Risiko. Das ganze Leben. Josh ist bereit, dieses Risiko auf sich zu nehmen. Verstehst du nicht, dass wir zu allem bereit sein müssen? Wir müssen stark sein, was immer auch geschehen mag. Und Leid und Schmerzen gehören zum Leben einfach dazu, so lange man dafür mit allen Sinnen fühlen und das Schöne genießen darf. Sebastian hat mir beigebracht, das Leben zu nehmen, wie es ist, im Guten wie im Bösen, in Freude und Schmerz. Und genau das versuche ich zu tun.«

Ich antwortete nicht. Das war genau das Problem, dachte ich resigniert. Hatte ich bisher überhaupt richtig gelebt? Ich scheute das Risiko, ich hatte Angst, andere zu verletzen, und Angst, verletzt zu werden. Und genau das hatte mich geprägt und mit dieser qualvollen Leere zurückgelassen. Evie *lebte* wenigstens, in ihr loderte ein nie erlöschendes Feuer.

Wir legten den restlichen Weg schweigend zurück, und schon bald erreichten wir das Dorf mit den dicht an dicht stehenden Häusern und der Kirche aus geschwärzten Steinen. Der einzige Laden war geschlossen, keine Menschenseele weit und breit, außer einem alten Mann, der seinen Hund ausführte.

»Wo könnte Helen sein?«

»Wahrscheinlich dort drüben.« Wir gingen zum Friedhof. Ein düsterer Ort mit Reihen windschiefer Grabsteine und schwarzen Eibenbüschen, trostlos und finster trotz der leuchtend blühenden Blumen, die da und dort auf den Gräbern wuchsen. Wir sahen Helen allein an einer überwucherten Grabstätte sitzen, wo eine eindrucksvolle Engelsstatue einen langen Schatten warf. Hier ruhte Lady Agnes Templeton. Im Dorf waren Gerüchte in Umlauf, ihr Geist würde aus der geweihten Erde aufsteigen und durch die geschlossene Tür in die Kirche treten, und wer den Grabstein berührte, der würde gesund werden. Es hieß sogar, dass Lady Agnes in der Stunde der höchsten Not nach Wyldcliffe zurückkehren würde, um alle zu retten.

Das meiste war nur Aberglaube und hysterisches Geschwätz, doch selbst Miss Scratton meinte, dass ihr Grab für uns ein Schutzort wäre. Ich verstand sehr gut, warum Helen gerade hier sitzen wollte, bevor das neue Schulhalbjahr begann, um in Ruhe neue Kraft aus der Vergangenheit zu schöpfen. Sie hatte nie so richtig nach Wyldcliffe gepasst, und so manche Mitschülerin hatte ihr das Leben schwer gemacht.

Helen saß auf dem Boden und hatte die Arme um die Knie geschlungen. Ihr langes glattes Haar fiel ihr tief ins Gesicht. Anfangs dachte ich, sie würde weinen, aber als ich ihren Namen rief, sprang sie auf, lächelte mich an und hielt mir die Wange hin.

»Wie geht es dir, Helen?«, fragte ich und gab ihr einen Kuss.

»Oh, ich weiß auch nicht … ganz gut, glaube ich«, antwortete sie, sah mich aber nicht an. »Ich dachte nur gerade an Agnes. Ob wir sie wohl je wiedersehen werden?«

Evie, Helen und ich standen vor dem Grab und schwiegen. Wir fassten uns an den Händen und gedachten unserer mystischen Schwester. Der steinerne Engel zeigte eine Inschrift, die mit der Zeit durch Regen und Wind verwittert war: LADY AGNES TEMPLETON, VON GOTT GELIEBT. Einen Moment lang schien es mir, als ob der Engel verschwimmen und stattdessen Agnes vor uns stehen und uns aus ihren sanften Augen liebevoll anlächeln würde. Dann verwandelte sich die Statue erneut, und eine schwarz gekleidete Gestalt erschien, die uns voller Hass anknurrte. Kurz danach war alles wieder wie zuvor: der stille Friedhof, die moosbedeckten Gräber und meine Freundinnen, in ihre Gedanken versunken. Ich trat einen Schritt zurück und löste meine Hände aus ihrem Griff. Sie schienen nichts gesehen zu haben.

»Lasst uns in die Schule zurückgehen«, sagte ich rasch, »wir sollten nicht zu spät kommen. Bald wird es zum Abendessen läuten.«

»Ist es denn schon so spät?«, fragte Evie überrascht.

Helen sah mich hilfesuchend an und seufzte dann. »Gut, gehen wir. Man kann seinem Schicksal nicht entfliehen.«

Wir verließen den Friedhof und eilten mit schnellen Schritten die Straße zurück zum Schultor.

»Hast du in den Ferien deinen Vater besucht, Helen?«, fragte Evie.

»Ja.«

»Und wie war's?«

»Hmm. Sonderbar.«

»Was meinst du mit sonderbar?«, fragte ich.

»Nun …«, Helen runzelte die Stirn, »es war ganz anders als erwartet. Tony war allein, aber ich fühlte keine richtige Verbindung, keine Nähe zu ihm. Aber es muss doch eine Verbindung geben, immerhin ist er mein Vater. Ich komme damit immer noch nicht klar.«

»Ich glaube, das braucht einfach seine Zeit«, versuchte ich zu trösten.

Helen schien verwirrt, dann sprudelte es aus ihr heraus: »Es fällt mir schwer zu glauben, dass er meine Mutter jemals geliebt hat. Er hat mir Fotos aus seiner Jugend gezeigt, aus der Zeit, bevor sie ihn verließ, aber nachdem sie bemerkt hatte, dass sie schwanger war. Er schwärmte, wie schön sie gewesen ist, wie geistreich und abenteuerlustig.« Sie zuckte niedergeschlagen die Schultern. »Diese Seite kannte ich gar nicht an ihr.«

Es musste schwer für Helen gewesen sein, in einem Waisenhaus aufzuwachsen, ohne jeden Kontakt zu ihren Eltern. Und dann hatte die damalige Schulleiterin Mrs Hartle sie zu sich nach Wyldcliffe geholt, ihr aber verboten, irgendjemand zu erzählen, dass sie ihre Tochter war. Und als Helen sich geweigert hatte, ihre elementaren Kräfte für den Zirkel der Dunklen Schwestern einzusetzen, war es noch schlimmer geworden: Ihre Mutter hatte sie schlichtweg verstoßen. Erst nach Mrs Hartles Tod im letzten Halbjahr war es ihrer Nachfolgerin Miss Scratton gelungen, Helens Vater auf die Spur zu kommen.

»Wie ist dein Vater so? Ist er verheiratet?«, wollte Evie wissen.

»Ja, seine Frau Rachel ist sehr nett. Sie ist Ärztin, und sie haben zwei kleine Jungen.«

»Dann hast du ja zwei Brüder! Großartig!«, rief ich. Wie gerne hätte ich einen Bruder gehabt. Meine Mutter hatte mir erzählt, dass sie im Jahr nach meiner Geburt ein Kind verloren hatte und danach keine Kinder mehr bekommen konnte. Deshalb war ich von dieser Neuigkeit tief bewegt. Ich hatte geglaubt, wir wären alle Einzelkinder, Helen und Evie und Agnes und ich. Aber jetzt würde sich Helens Leben von Grund auf ändern. »Du hast jetzt eine richtige Familie, das ist wunderbar.«

Helen lächelte freudlos. »Oh ja, natürlich.«

»Was ist denn los mit dir?« Wir hatten die Schule jetzt fast erreicht.

»Ich weiß auch nicht, es ist schwer zu erklären. Ich will nicht undankbar sein, aber Tony, Rachel und die Jungs, sie sind schon eine Familie. Sie brauchen mich nicht. Sie wissen gar nicht, wer ich bin. Natürlich haben sie sich viel Mühe gegeben, damit ich mich bei ihnen zu Hause fühle. Aber genau das war's. Es kam nicht von Herzen, und das machte alles noch viel schlimmer. Tony ist zwar mein Vater, aber er ist mir immer noch fremd. Ich weiß nicht, ob ich jemals zu ihm und seiner Familie gehören werde.« Ihre Stimme war nur noch ein Flüstern.

»Du gehörst zu uns«, sagte ich entschieden, »oder was meinst du, Evie?«

In diesem Moment schwor ich mir, dass ich immer für die beiden da sein würde, was immer auch passieren mochte. Ich war davon überzeugt, dass Evie sich irrte. Es war noch nicht vorbei, der Mystische Weg war noch nicht zu Ende. Die Zeichen waren überall. Meine Träume, die Trommeln, der stechende Blick dieses hasserfüllten Gesichts: Dieses Tal war voller Gefahren für mich und meine Schwestern. Ich musste Josh vergessen, ich musste Cal vergessen, einfach alles. Es ging um unser Leben. »Wir gehören zusammen, nichts kann uns trennen«, sagte ich. »Wir sind Schwestern. Habt ihr das etwa vergessen?«

»Schwestern«, murmelte Evie, und Helen sagte leise: »Danke, Sarah.«

Von jetzt an würde ich wieder so sein, wie ich für meine Schwestern sein musste: stark, fürsorglich und ausgeglichen, verlässlich und beschützend, wie die uns umgebende Natur. All meine Wünsche, Sehnsüchte und Hoffnungen würde ich tief in meinem Innern vergraben.

Ich setzte mich neben Helen und Evie an einen der langen Holztische. Der kühle Speisesaal mit der gewölbten Decke wimmelte von Schülerinnen unterschiedlicher Altersstufen, die nicht nur alle die gleiche Wyldcliffe-Uniform trugen, sondern auch die gleiche gelassene Selbstsicherheit ausstrahlten. Es waren etwa zweihundert. Einen Augenblick später läutete es, und die Mistresses zogen in den Speisesaal ein. In ihrer schwarzen akademischen Tracht sahen sie aus wie ein Schwarm Krähen. Die Schülerinnen erhoben sich respektvoll von ihren Stühlen. Ich hatte allerdings den Eindruck, dass der Speisesaal nicht ganz so voll war wie sonst. Außerdem konnte ich Velvet nirgends entdecken, aber bevor ich mir zu viele Gedanken machen konnte, begann Miss Scratton zu sprechen.

»Mit großer Freude begrüße ich euch als neue Direktorin in Wyldcliffe. Das Sommerhalbjahr ist üblicherweise eine heitere Zeit, und ich werde alles dafür tun, dass es auch dieses Mal so sein wird, besonders nach den zurückliegenden traurigen Ereignissen. Ich möchte außerdem den hohen akademischen Standard halten, den Mrs Hartle hier etabliert hat, deren Verlust uns immer noch vor Augen ist.« Miss Scratton machte eine Pause und blickte bedeutungsvoll in die gespannten Gesichter. Dann fuhr sie fort: »In Wyldcliffe blicken wir auf eine große Vergangenheit zurück. Tradition war immer eine der Leitlinien dieser Schule. Als Historikerin sehe ich mich in der Pflicht, diese Philosophie fortzuführen und die Lehren aus der Vergangenheit zu ziehen. Und doch müssen wir in die Zukunft blicken. In anderen Worten, wir müssen uns den Herausforderungen der modernen Zeit stellen.«

Aufgeregtes Gemurmel machte sich breit, als hätte sie

einen Brandanschlag auf die Schule angekündigt. Einige Lehrerinnen reagierten mit deutlicher Missbilligung.

»Unsere doch sehr bescheidene Ausstattung mit Computern wird aufgestockt werden. Außerdem schaffen wir neue Bücher an«, fuhr Miss Scratton fort. »Die unbenutzten Bereiche im roten Flur jenseits der Bibliothek wurden während der Ferien in Aufenthaltsräume umgebaut, die abends genutzt werden dürfen. Dort gibt es Radio und Fernsehen, Spiele und Zeitschriften. Natürlich sollten diese neuen Medien mit Bedacht genutzt werden und nur dann, wenn alle Hausaufgaben erledigt und die Vorbereitungen für den nächsten Tag abgeschlossen sind. Darüber hinaus bin ich entschlossen, Wyldcliffe der Öffentlichkeit zugänglich zu machen. Wir stehen schon zu lange in dem Ruf, exklusiv und ausgrenzend zu sein, und dieses Bild muss sich ändern. Ich habe eine Gruppe Grundschulkinder aus dem Dorf eingeladen, uns einmal in der Woche zu besuchen und das Schwimmbad und die Tennisplätze zu nutzen. Ich hoffe, das wird dazu beitragen, die bestehenden Vorurteile abzubauen. Außerdem wird es in diesem Schuljahr eine Reihe von Veranstaltungen jenseits der Schulmauern geben, die in einem Sommerfest ihren Abschluss finden werden. Für die jüngeren Mädchen wird es eine Gartenparty und Schwimmwettkämpfe geben, für die älteren unter euch wird ein Tanzabend veranstaltet. Ich habe diesbezüglich bereits Kontakt mit der St. Martin's Academy aufgenommen. Ihr wisst ja, dass diese Jungenschule in Wyldford Cross nur etwa zwanzig Meilen von Wyldcliffe entfernt liegt. Wenn dieser Abend ein Erfolg wird, plant die Direktion der St. Martin's Academy eine Gegeneinladung zu ihrem Weihnachtsball. Meine Damen, wir brauchen mehr Licht und Offenheit in Wyldcliffe!«

Nach anfänglicher Stille brandete frenetischer Jubel unter den Schülerinnen auf. Auch ich war angenehm überrascht. Seit Generationen hatte sich Wyldcliffe jeder Veränderung verweigert, und wenn jemand diese Schule ins 21. Jahrhundert versetzen konnte, dann war es Miss Scratton. Die auf den ersten Blick spröde und streng wirkende Lehrerin war in Wirklichkeit eine ganz andere. Sie hatte uns in unserem Kampf mit dem Hexenzirkel geholfen und sich als prophetische Wächterin entpuppt, die von Anbeginn ein Teil der Geschichte dieser Schule gewesen war. Jetzt lächelte sie und genoss den Applaus, dann hob sie die Hände, um für Ruhe zu sorgen. Genau in diesem Moment rauschte jemand in den Speisesaal. Es war Velvet.

Selbst die strenge Schuluniform hatte sie nicht daran gehindert, ihren aufreizenden Look beizubehalten. Sie hatte ihren Rock hochgeschoben und den Kragen der Bluse aufgeknöpft. Dazu trug sie schwarze Highheels mit 12 cm Absätzen. Vielleicht war es aber auch die Souveränität, mit der sie den Raum betrat. Wie auch immer, sie sah sensationell aus und … das wusste sie. Es wurde still, alle starrten sie an. Nur Helen atmete kurz hörbar ein und schlug sich auf den Arm, als ob sie etwas gestochen hätte. Ich drehte mich um und sah sie fragend an, aber sie schüttelte nur warnend den Kopf, denn Miss Scratton ergriff wieder das Wort.

»Guten Abend, Velvet«, sagte sie, »da ich das Tischgebet noch nicht gesprochen habe, bist du offiziell noch nicht zu spät, aber versuche in Zukunft pünktlicher zu sein. Nimm bitte neben Celeste van Pallandt Platz.« Sie wies auf einen leeren Stuhl neben Celeste, die nicht gerade begeistert über ihre neue Nachbarin zu sein schien. Celeste war es gewöhnt, die uneingeschränkte Königin von Wyldcliffe zu sein und von allen hofiert zu werden. Jetzt schien es so, als müsse sie diese Position an unseren Neuankömmling abtreten. Mir wurde eng ums Herz. Wie ich es hasste, wenn Mädchen mit ihrem Auftreten, ihrer Kleidung und ihrem Reichtum versuchten, sich gegenseitig auszustechen! Ich wünschte, ich könnte jetzt draußen sein, auf dem Rücken eines Pferdes über die *Moors* galoppieren und den Wind in meinen Haaren und das Hufgeklapper in meinem Herzen spüren. Aber mein Kopf war erfüllt von einem quälenden, nicht enden wollenden Trommeln, so schmerzhaft, dass ich am liebsten aufgeschrien hätte. Ich sah die flackernden roten Flammen der Fackeln, roch den beißenden Rauch, fühlte eine Klinge an meinem Hals und sah die Augen, die mich zu durchbohren schienen …

Ich klammerte mich an meinen Stuhl und zwang mich, die Bilder aus meinem Kopf zu vertreiben. Helen zupfte mich am Ärmel.

»Können wir uns heute Nacht treffen?«, flüsterte sie mir zu. »Am üblichen Ort? Wir können hier nicht reden. Ich wollte es dir eigentlich nicht sagen, aber … da ist etwas. Ich brauche deine Hilfe.«

»Klar«, flüsterte ich zurück. »Was ist mit Evie?«

Helen zögerte einen Moment, dann nickte sie. Miss Clarke, die immer etwas ungepflegt wirkende Lateinlehrerin, die gerne ihre Schülerinnen drangsalierte, sah stirnrunzelnd in unsere Richtung, und wir verstummten.

»Lasst uns jetzt das Tischgebet sprechen und für die gnadenvollen Gaben des Herrn danken«, sagte Miss Scratton gerade, »*Benedic, Domine, nos et dona tua …*«

Als die Schülerinnen einstimmten, betete ich insgeheim mein eigenes Gebet. »Bitte halte deine schützende Hand über meine Schwestern, allmächtiger Schöpfer, und behüte sie vor den düsteren Schatten Wyldcliffes.« Miss Scratton hatte vorhin über Licht und Offenheit gesprochen, aber als ich wieder aufsah, konnte ich durch die Reihe der hohen Fenster erkennen, dass der strahlend helle Frühlingstag zu Ende war. Nacht und Finsternis legten sich einmal mehr über die Abtei.

Fünf

Maria Melvilles Tagebuch,
Wyldcliffe, 3. April 1919

Hier in Wyldcliffe ist es so furchtbar dunkel. Das erste Mal in meinem Leben habe ich richtige Angst. Miss Scarsdale hat mir vorgeschlagen, ich solle alles über meine Ängste aufschreiben, solange ich mit meinem gebrochenen Knöchel hier liegen muss. Deshalb hat sie mir auch dieses Buch gegeben und meinte, die Alpträume würden aufhören, wenn ich alles aufgeschrieben hätte. Dem Himmel sei Dank für Miss Scarsdale. Ohne sie wäre ich verrückt geworden, glaube ich. Es ist schwer zu entscheiden, wo ich anfangen soll, aber ich werde es versuchen.

Ich heiße Maria Adamina Melville, bin fünfzehn Jahre alt und Schülerin in der Abteischule Wyldcliffe. Anfangs war ich sehr gespannt darauf, wie diese Schule so ist, obwohl es mir leid tat, Grensham Court verlassen zu müssen. Grensham ist das schönste Haus in ganz Kent, jedenfalls meiner Meinung nach, und meine Mutter und mein Vater sind die besten Eltern der Welt. Ich bin von Herzen dankbar, dass ich sie habe und für alles, was sie mir beigebracht haben. Solange ich mich zurückerinnern kann, waren sie meine besten Freunde und Gefährten. Ich vermisse sie so sehr.

Am besten denke ich gar nicht an zu Hause. Mein Vater wollte unbedingt, dass ich nach Wyldcliffe gehe, und ich bin seinem Wunsch gefolgt wie ein Soldat einem Befehl. Peter Charney aus unserem Dorf war auch Soldat und ist aus dem Großen Krieg nicht wieder nach Hause gekommen, dabei war er erst siebzehn. Ich muss genau so tapfer sein wie er. Auch Mutter meinte, es wäre gut für mich, diese Schule zu besuchen und Freundinnen in meinem Alter zu finden. Und statt von meiner Gouvernante, der guten alten Miss Frenchman, würde ich von den besten Lehrerinnen des Landes unterrichtet werden und später vielleicht sogar auf die Universität gehen. Mutter ist davon überzeugt, dass die Welt sich jetzt verändern wird, nach diesem schrecklichen Krieg. Uns Frauen würden jetzt viele Möglichkeiten offenstehen, wir müssten nicht mehr nur auf einen Ehemann warten. Wir dürfen jetzt sogar wählen, Mrs Pankhurst und ihren tapferen Mitstreiterinnen sei Dank. Wyldcliffe ist die beste Mädchenschule Englands. Hier lerne ich Mathematik, Latein und Naturwissenschaften, genau wie ein Junge auch. Aber Freundinnen habe ich noch nicht gefunden. Zum Glück weiß meine Mutter das nicht. Am ersten Tag, als mich meine Mutter hierherbrachte, zeigte uns die Oberste Mistress Miss Featherstone die Schule. Miss F. lächelte die ganze Zeit und war sehr freundlich, aber ich mochte sie nicht. Sie lächelte mit den Lippen, aber ihre Augen blieben kalt. Die High Mistress machte viel Aufhebens um Mutter und Vater, bestimmt, weil meine Eltern reich sind, aber ich hatte den Eindruck, dass sie insgeheim wütend auf sie war. Daphne Prettywood und ihre Busenfreundinnen erzählten mir später, warum.

»Du bist nur hier, weil deine Eltern dafür bezahlt haben, dass die Schule dich aufnimmt«, sagte Daphne mit höhnischem Lächeln.

»Aber für einen Platz in einem Internat muss doch jeder bezahlen, das ist ganz normal!« Ich verstand nicht, was sie meinte.

Daphne lachte: »Ja schon, aber deine Eltern mussten sehr viel mehr auf den Tisch legen. Wie ich gehört habe, waren es fünftausend Pfund, sonst hätte Miss Featherstone nicht eingewilligt. Sie wollte dich hier nicht.«

Mir wurde schwindlig. Selbst für reiche Leute waren fünftausend Pfund ein Vermögen. »Erzähl doch nicht solche Dummheiten, Daphne. Das kann nicht stimmen.«

»Ich habe gehört, es sollen sogar zehntausend gewesen sein«, lästerte ihre Freundin Florence Darby.

»Und ich zwanzig!«, fügte Winifred Hoxton boshaft hinzu.

»Hört auf! Was meint ihr damit?«

Daphne drückte ihr Gesicht ganz nah an meines. Sie zitterte vor Wut und Abscheu. »Deine Eltern mussten die Schule bestechen, mit einer richtig großzügigen Spende, damit du kommen durftest. Normalerweise ist in Wyldcliffe für Leute wie dich kein Platz.«

»Was für Leute?« Jetzt zitterte auch meine Stimme.

»Zigeuner! Denn das bist du – eine dreckige Zigeunerin!«

»Dreckige Zigeunerin!«

»Diebische Zigeunerin!«

»Du gehörst nicht nach Wyldcliffe, und du wirst niemals dazugehören«, zischte Daphne schonungslos. »Ehrlich gesagt frage ich mich, warum deine Eltern so viel Geld für dich opfern. Meine Mutter hat mir alles erzählt, deine Eltern sind nicht deine richtigen Eltern. Sie sollten dich besser in dieses dreckige Zigeunerlager zurückschicken, da, wo du hingehörst!«

»Los, zurück mit dir, zurück!« Winifred und Florence schienen sich köstlich zu amüsieren, sie schubsten und rempelten mich an. Sie zogen meine Verzweiflung ins Lächerliche und beglückwünschten Daphne sogar dazu, es mir so richtig gezeigt zu haben. Dann verschwanden sie. Und das sollten intelligente junge Frauen sein, die Elite der Gesellschaft und ein Muster an gutem Benehmen? Ich zitterte vor Wut und Verzweiflung über die Ungerechtigkeit der Welt. Ich wollte nicht weinen, aber es brach einfach aus mir heraus. In diesem Moment kam Miss Scarsdale zu mir. Sie empfahl mir, diese arroganten dummen Dinger einfach zu ignorieren. Wenn sie nicht gewesen wäre, wäre ich damals einfach davongerannt. Nur weg von hier, bis nach Hause, bis nach Grensham.

Mein Handgelenk schmerzt vom vielen Schreiben, aber der Schmerz in meinem Herzen ist viel schlimmer. Ich wünschte, ich könnte alles vergessen, was ich an diesem seltsamen Ort in den Hügeln gesehen habe, aber wenn ich meine Augen schließe, dann sehe ich alles wieder vor mir. Ich fühle mich, als ob ich immer noch wie gelähmt in der Finsternis sitze und die Ungeheuer nach mir greifen, um mich zu zerstören.

Sechs

Als ich meine Augen aufschlug, war es dunkel. Ich hatte einige Stunden tief geschlafen, und jetzt weckte mich der kleine Wecker, den ich unter meinem Kopfkissen versteckt hatte. Die Zahlen auf dem Display leuchteten grün, es war kurz vor Mitternacht. Vorsichtig setzte ich mich auf. Velvet, die ewig geseufzt, gejammert und sich herumgeworfen hatte, bevor sie endlich eingeschlafen war, lag auf dem Rücken, den Arm um das Kopfkissen geschlungen. Durch das Fenster drang schwaches Mondlicht und beleuchtete ihr Gesicht. Ohne Make-up sah sie jünger und hübscher aus, sie schien ganz ruhig zu schlafen. Vielleicht träumte sie, denn sie seufzte und drehte sich um, als ich aus dem Bett kletterte, aber sie wachte nicht auf. Glück gehabt. Ruby schlief wie üblich tief und fest und schnarchte leise. Ich zog mich an und schlich mich aus dem Zimmer, wobei ich vorsichtig meinen Weg ertastete.

Ich wusste genau, wo ich hinwollte. Im Flur vor Evies und Helens Schlafsaal gab es eine Treppe, die in einer Nische versteckt war, hinter einer mit einem Vorhang verdeckten Tür. Sie führte nach oben zu einem unbenutzten Dachboden im vierten Stock und nach unten in die leer stehenden Dienstbotenquartiere und stillgelegten Küchen. Evie hatte diese geheime Treppe sehr oft genutzt, um sich nachts nach draußen zu schleichen und Sebastian zu treffen. Vor kurzem hatten wir auf dem Dachboden Lady Agnes' privates Studierzimmer entdeckt und zu unserem geheimen Treffpunkt gemacht. Ich erreichte die Nische, zog den Vorhang zur Seite, öffnete vorsichtig die Tür, schlüpfte hindurch und zog sie wieder zu. Die Luft in diesem Seitenflügel des Gebäudes war abgestanden, es roch muffig, aber das war mir egal. Ich schlich langsam die schmalen Stufen hinauf. In der Ferne sah ich einen schwachen Lichtschein, wahrscheinlich waren die anderen schon da.

»Ich bin es, Sarah«, rief ich leise und hatte schon bald den staubbedeckten Treppenabsatz erreicht, von wo aus man in die einzelnen Dachkammern gelangte. Helen und Evie standen vor der verschlossenen Tür des Studierzimmers, in dem sich Bücher, verschiedene Gefäße und weitere Utensilien befanden, die Agnes einst für ihre Studien über den Mystischen Weg und ihre Arbeit als Heilerin benutzt hatte.

»Was ist los? Warum steht ihr vor der Tür?«, fragte ich leise.

Helen wandte sich zu mir um, im grellen Schein von Evies Taschenlampe sah sie ganz bleich aus. »Wir können die Tür nicht aufmachen, wir haben es versucht. Sie ist von innen verschlossen, genau wie beim ersten Mal, als wir das Zimmer entdeckt haben.«

»Kannst du nicht durch die verschlossene Tür gehen, Helen?«, fragte ich überrascht. Schlösser und Riegel waren für unsere mystische Schwester der Luft normalerweise kein Problem; sie konnte mit der Kraft ihrer Gedanken nicht nur Barrieren überwinden, sondern auch weite Strecken zurücklegen. Mit dem Wind tanzen, so nannte sie es.

Sie hatte damals Lady Agnes' Studierzimmer für uns geöffnet, indem sie sich vor unseren Augen in silbernen Nebel verwandelt hatte und unsichtbar durch die verschlossene Tür in das Zimmer geglitten war. Von innen hatte sie dann den Riegel geöffnet.

»Nein, ich habe es zwei Mal versucht«, antwortete Helen, »und beide Male musste ich abbrechen. Etwas, das stärker ist als ich, lässt mich nicht passieren. Das ist mir vorher noch nie passiert.«

»Was könnte es sein?«, fragte ich. »Der Hexenzirkel vielleicht?«

»Aber der Zirkel wurde in der Nacht, als Mrs Hartle starb, durchbrochen und in alle Winde zerstreut«, entgegnete Evie. »Jetzt, wo Miss Scratton Schulleiterin ist, müsste diese Gefahr doch gebannt sein. Es wird so sein, wie ich vermutet habe: Wir brauchen unsere Kräfte nicht mehr, weil alles vorbei ist.«

Ich erkannte die Hoffnung in ihrer Stimme und die Angst in ihren Augen. Die arme Evie, sie hatte so viel durchgemacht. Sie war hin- und hergerissen, von einer Sekunde auf die andere wechselten ihre Gefühle von neu gewonnener Stärke bis zu dem Wunsch, vor der Vergangenheit einfach nur davonzulaufen. Was hätte ich in diesem Moment dafür gegeben, die Situation nach ihrem Wunsch verändern zu können. Aber ich konnte es nicht. Ich hätte ihr so gerne die Wärme von Joshs Lächeln und den Trost seiner Umarmung geschenkt.

»Ich kann mir nicht vorstellen, dass es ein für alle Mal vorbei ist, Evie«, sagte ich sanft. »Glaubst du nicht auch, dass der Zirkel wieder zusammenfindet? Diese Frauen hassen uns. Warum sollten sie uns in Ruhe lassen? Mrs Hartles Körper mag zwar tot sein, aber ihr Geist ist es nicht. Wir haben sie selbst mit ihrem Unbesiegten Meister ins Reich der Schatten gehen sehen.«

»Stimmt, aber wir wissen nicht, ob sie die Kraft hat, wieder in die irdische Welt zurückzukommen«, antwortete Evie. »Außerdem war sie ohnehin nur an Sebastians Macht interessiert, und jetzt ist Sebastian …« Sie stockte, dann sprach sie mühsam weiter. »Sebastian ist tot. Er hat seinen Frieden gefunden. Warum sollte uns der Zirkel noch weiter verfolgen?«

»Aber wieso habe ich dann immer noch das Gefühl, beobachtet zu werden?«

Evie schauderte. »Ich hoffe, du irrst dich, Sarah. Ich hoffe es von ganzem Herzen.«

»Ich denke, Sarah hat Recht«, schaltete sich Helen ein, »etwas oder jemand versucht uns zu erreichen. Mich jedenfalls. Ich wollte es dir nicht erzählen, Evie. Ich wollte, dass dieses Halbjahr ein Neuanfang wird. Das hast du verdient nach allem, was du durchgemacht hast. Aber ich bin Sarahs Meinung. Es ist noch nicht vorbei.«

»Aber warum denn nicht?«, fragte Evie mit ängstlichem Blick. »Was ist los?«

»Ich muss euch etwas zeigen.« Helen rollte einen Ärmel ihres Nachthemds hoch. Auf ihrem dünnen, blassen Arm prangte ein Zeichen, ein Kreis mit einem Muster, das so ähnlich aussah wie die Flügel eines Vogels. Vielleicht waren es aber auch zwei gekreuzte Klingen. »Schaut euch das an. Es lässt sich nicht abwaschen. Das Mal ist in meine Haut eingebrannt, fast wie ein Tattoo.«

»Wie um alles in der Welt ist das passiert?« Ich schnappte nach Luft.

Helen rollte den Ärmel wieder herunter. »Das erste Mal tauchte es in den Ferien auf.« Sie starrte nachdenklich vor sich hin. »Ich war bei meinem Vater in London und wachte völlig verwirrt mitten in der Nacht auf. Ich schlief im Gästezimmer der Wohnung, aber das begriff ich anfangs gar nicht. Ich fürchtete, wieder im Kinderheim zu sein und dass man mich zur Strafe eingesperrt hätte, wie so oft. Ich musste unbedingt frische Luft auf meinem Gesicht spüren, deshalb kletterte ich aus dem Bett und öffnete das Fenster. Vor dem Fenster waren Gitter, die Wohnung ist relativ weit oben, und Rachel, die Frau meines Vaters, hatte mir erzählt, das sei zum Schutz für die Kinder. Doch auch daran konnte ich mich nicht mehr erinnern. Ich dachte, ich wäre in einer Art Gefängnis, und wollte ausbrechen. Ich fasste mit den Händen an die Gitterstäbe und stellte mir vor, dass sie sich bewegten und auflösten – und das passierte dann auch. Aber vielleicht war das alles nur ein Traum.« Sie wischte sich die Haare aus dem Gesicht und runzelte die Stirn.

»Jedenfalls stellte ich mir vor, wie ich mich durch die Gitterstäbe quetschte, bis ich draußen auf dem Fenstersims stand. Es war weit bis nach unten auf die Straße. In meiner Vorstellung war ich wieder im Kinderheim und kletterte auf das Dach. Ich sah nach unten und wollte nur noch, dass der Schmerz, dass mein Leben endlich vorbei wäre. Deshalb war ich bereit zu springen. Doch dann sah ich meine Mutter unten auf der Straße stehen. Sie sah aus wie ein Engel. Ich wollte ihr in die Arme springen und in ihrer liebevollen Umarmung eingehüllt werden. Ich wollte es so sehr.«

»Oh, Helen …«

Sie winkte ab und fuhr fort: »Aber dieses Bild wurde unterbrochen wie eine Störung bei einem alten Fernseher. Alles veränderte sich, und ich sah eine andere Szene.

Sie schien in der Vergangenheit zu spielen. Meine Mutter war jung und schön wie auf den Fotos, die mir mein Vater gezeigt hatte. Sie hielt ein Kind im Arm und weinte. Sie weinte um mich. Ich sah, wie sie mich ins Waisenhaus brachte, nur mit ein paar Kleidern und persönlichen Erinnerungsstücken. Eines war eine kleine goldene Brosche, die sie an meinem Umhang festgesteckt hatte. Dann ging sie. Es kam jemand herein, ich weiß nicht genau wer, vielleicht eine Schwester, ich konnte ihr Gesicht nicht sehen. Jedenfalls kam sie und nahm mich auf den Arm. Dann löste sie die Brosche und steckte sie in ihre Tasche.« Zögernd blickte Helen auf. »Die Brosche sah genauso aus wie das Mal auf meinem Arm.«

»Erzähl weiter, was passierte dann?«, fragte ich.

»Es gab noch mehr Bildstörungen und Blitze. Ich stand wieder auf dem Fenstersims und sah die Straße unter mir. Meine Mutter rief: ›Komm schon, Helen, du musst nur springen! Ich fange dich auf.‹ Plötzlich verwandelte sich ihr lächelndes Gesicht in eine schreckliche Maske wie ein geschrumpfter weißer Totenkopf. ›Komm zu mir, komm, meine Tochter‹, lockte sie wieder und wieder. ›Nein, niemals‹, schrie ich, und dann hörte ich ein grauenvolles Geräusch. Es waren Trommeln, die wie wild schlugen, ohne Unterlass, so laut, dass ich Angst bekam, ihr Dröhnen könnte mich zerstören.«

»Trommeln?«, flüsterte ich. »Aber ich …«

»Es war nur ein Traum, Helen«, unterbrach Evie, »du darfst dir das nicht so zu Herzen nehmen.«

»Ja, aber als ich aufwachte, spürte ich einen brennenden Schmerz in meinem Arm, und da war dieses Mal.« Wieder berührte sie ihren Arm und strich über die Stelle, wo das Mal unter ihrem Nachthemd verborgen war. »Irgendwann hörte der Schmerz auf, aber als Miss Scratton vorhin vor dem Abendessen ihre Rede gehalten hat, begann es wieder. Da habe ich beschlossen, euch einzuweihen.«

Träume. Maskenhafte Gesichter. Dröhnende Trommeln. Genau das hatte auch ich erlebt, gesehen und gehört. Einen Moment war ich wie gelähmt. »Also … was könnte das Mal auf deinem Arm bedeuten?«, stammelte ich dann. »Was wird geschehen?«

»Ich glaube, meine Mutter versucht, aus dem Reich der Schatten Kontakt zu mir aufzunehmen und mich in ihre Welt hinüberzuziehen. Sie wird nicht aufgeben, bis ich ihre willenlose Kreatur geworden bin. In dieser Nacht in den *Moors*, im letzten Halbjahr, drohte sie mir, ich würde sie als Mutter und als Oberste Mistress anerkennen, noch bevor sie ins Schattenreich hinübergleiten würde.«

»Aber sie ist keine Schulleiterin mehr«, widersprach Evie, »sie ist tot. Sie ist von uns gegangen, Helen. Könnte das alles nicht nur ein böser Traum gewesen sein?«

»Wie erklärst du dann das Mal?«, fragte Helen zurück.

»Aber das könnte doch auch ein gutes Zeichen sein«, meinte Evie, »eine Art Schutz.« Helen war wenig überzeugt, und Evie sah mich flehend an. »Was meinst du, Sarah?«

Ich wusste auch nicht, was ich davon halten sollte. »Es könnte ein gutes Omen sein«, begann ich vorsichtig. »Hoffen wir zumindest, dass es so ist. Aber warum ist Lady Agnes' Studierzimmer für uns verschlossen? Wer oder was steckt dahinter?«

Evie reagierte spontan: »Vielleicht Agnes selbst? Vielleicht versucht sie uns zu sagen, dass der Mystische Weg für uns zu Ende ist. Und wenn das Mal auf Helens Arm ein Schutzzeichen ist, dann will uns Agnes vielleicht auf diesem Weg mitteilen, dass unsere Aufgabe erfüllt ist.«

»Und wenn das Mal bösartig ist und Mrs Hartle oder der Zirkel dahinterstecken, dass wir nicht durch die Tür gehen können?«, fragte ich.

Evie antwortete mit entschiedener, aber seltsam angespannter Stimme: »Natürlich ist es auch denkbar, dass das Mal eine Art psychosomatische Reaktion ist …«

»Oh, wie vernünftig und logisch!« Helens blasse Augen waren voller Wut. »Ja, natürlich kann das sein. Ich kann mir alles nur eingebildet haben. Es hält mich sowieso jeder für halb verrückt. Du etwa auch, Evie?«

Bleierne Stille machte sich breit. So nah waren wir einem ernsthaften Streit noch nie gewesen. Ich musste eingreifen, versuchen, Frieden zu stiften.

»Evie meint es nicht so, Helen. Sie ist nur erschöpft und gereizt. Es war sehr schwer für sie, das dürfen wir nicht vergessen.«

»Ich weiß«, begann Helen.

»Wirklich? Weiß denn irgendeine von euch, wie es ist, ich zu sein?« Evie begann zu weinen. »Ich habe es so satt, mich in den Schatten zu verstecken, mit Tod und Trauer konfrontiert zu sein und immer noch mit Fehlern und unheilvollen Mächten der Vergangenheit kämpfen zu müssen. Sebastian wollte, dass ich in die Zukunft sehe, im Licht lebe, und das versuche ich zu tun. Ich habe genug! Die Grenze des Erträglichen ist erreicht.«

»Meinst du etwa, nur du hättest es schwer gehabt im Leben?« Helen war außer sich. »Ich wurde von meiner Mutter Tag für Tag gequält, lange bevor du nach Wyldcliffe kamst, Evie. Du und Sarah, ihr habt beide eure Familien. Und du hattest Sebastian, wenigstens für eine kurze Zeit. Ihr wurdet und werdet geliebt! Und ich? Niemand … niemand hat mich je geliebt.«

Helens Gesicht war schmerzverzerrt, voller Verzweiflung sank sie gegen die Wand. Ich wollte ihr helfen, wollte sie trösten, aber sie war wie von einer unsichtbaren Mauer umgeben. Evie weinte leise vor sich hin, gefangen in ihrem eigenen Leid.

Das durfte nicht sein. Wir mussten Schwestern bleiben. »Hört auf, ihr beiden«, flehte ich, »bitte, lasst uns nicht streiten. Evie, lass das nicht zu!« Evie atmete tief ein und wischte sich die Tränen aus den Augen, dann riss sie sich zusammen und tat den ersten Schritt.

»Entschuldige, Helen, ich wollte dich nicht verletzen«, sagte sie etwas gezwungen.

»Wir lieben dich, Helen, das weißt du«, fügte ich hinzu. Ich nahm sie in den Arm, aber sie reagierte nicht. »Vergiss nicht, was Miss Scratton gesagt hat. Eines Tages wirst du jemanden finden, der dich liebt …«

»Über die Grenzen unserer Welt hinaus«, beendete Helen den Satz mit zitternder Stimme. »Ja, ich erinnere mich. Allerdings kann ich nicht sehen, wie das je geschehen soll. Aber das ist nicht so wichtig. Vergesst bitte, was ich gesagt habe. Das Zeichen auf meinem Arm ist allein mein Problem. Und ich möchte, dass du glücklich bist, Evie. Du sollst den Frieden finden, den du dir so sehr wünschst. Ich meine es ernst.«

Für den Augenblick war die alte Vertrautheit wieder da. Aber wie lange würde dieser Zustand anhalten?

Sieben

Evie seufzte. »Das Zeichen ist nicht allein dein Problem, Helen. Sarah hat Recht. Wir stecken da gemeinsam drin. Was sollen wir tun?«

Helen schüttelte resigniert den Kopf. »Ich weiß es nicht. Ich habe keine Ideen mehr. Und ich habe das Gefühl, dass mir nicht mehr viel Zeit bleibt.«

»Mach dir keine Sorgen«, murmelte Evie, »alles wird gut.« Aber ich spürte, dass das nur Lippenbekenntnisse waren. Aus dem Herzen kamen diese Worte nicht. Das einst so feste Band zwischen uns dreien erschien mir plötzlich schmal und brüchig. Wir standen schweigend im Dunkeln und warteten. Und wieder war es an mir, eine Lösung zu finden.

»Wir könnten einfach weggehen«, begann ich behutsam, »und so tun, als ob nichts passiert wäre. Sebastian, Agnes und den Zirkel einfach vergessen. Aber da ist das Mal auf Helens Arm. Es erschien nach diesem Traum, oder sagen wir der Vision, über Mrs Hartle, und das kann kein Zufall sein. Und ich hatte …«

Ich stockte. Aus irgendeinem Grund wollte ich ihnen nicht von meinen Träumen erzählen. Diese Alpträume, mit dröhnenden Trommeln und verzerrten Bildern, aber vor allem konnte ich den Blick aus diesen Augen nicht vergessen. Irgendjemand hatte mich fixiert, jemand, der mich bis in mein Innerstes kannte. Jemand, der mich liebte und nach dessen Lippen ich mich sehnte … Nein, das war zu intim, selbst für meine besten Freundinnen.

»Nun, wie ich schon sagte, ich glaube, dass uns jemand beobachtet«, fuhr ich fort, »und jetzt hindert uns etwas daran, Lady Agnes' Studierzimmer zu betreten. Vergesst nicht, dass das Buch dort liegt. Warum will man uns davon abhalten, es in die Hände zu bekommen?«

»Das Buch«, sagte Helen und sah interessiert auf. »Vielleicht steht da etwas über das Mal auf meinem Arm drin. Es könnte uns weiterhelfen. Ich muss wissen, was das bedeutet.«

Sebastian hatte damals das Buch über den Mystischen Weg entdeckt, eine alte Sammlung mit überlieferten Zaubersprüchen. All die Jahre hatte es überdauert und war heute für uns von unschätzbarem Wert. Die andere Reliquie des Mystischen Weges war Evies Talisman, ein altertümliches Schmuckstück, das ihr Agnes vererbt hatte. Es war ein kunstvoll gearbeiteter silberner Anhänger, mit einem glitzernden Kristall in der Mitte, der an einer Kette um Evies Hals hing. Das Buch jedoch war in Agnes' altem Schreibtisch versteckt, jenseits der verschlossenen Tür.

Ich blickte kurz auf die Uhr. Ein Schauder lief mir über den Rücken. Es war kalt, und wir standen bereits seit über einer Stunde in diesem finsteren Dachboden. Jede Minute länger erhöhte das Risiko, dass eine der Lehrerinnen entdeckte, dass wir nicht im Bett lagen. Bei Miss Scratton wäre das nicht so schlimm, sie würde uns verstehen und den Regelverstoß verzeihen. Aber da waren auch die geheimen Mitglieder des Hexenzirkels, die rundliche Geografielehrerin Miss Dalrymple zum Beispiel, die unseren Treffpunkt nur zu gerne kennen würden.

»Wir sollten uns jetzt entscheiden«, sagte ich. »Helen könnte noch ein letztes Mal versuchen, durch die Tür zu kommen, um das Buch zu holen, was meint ihr? Dann wüssten wir wenigstens, ob dort etwas über die Bedeutung des Zeichens auf ihrem Arm steht.«

»Einverstanden«, sagte Helen.

»Und du, Evie?«, fragte ich. »Was meinst du?«

»Wenn es sein muss«, presste sie heraus und dann, etwas überzeugter: »Ja, lasst es uns versuchen.«

»Wir sollten den Kreis bilden«, schlug ich vor, »das bündelt unsere Kräfte.«

Ich beugte mich nach unten und zeichnete mit dem Finger einen Kreis auf den staubigen Boden. Dann richtete ich mich wieder auf und flüsterte: »Allmächtiger Schöpfer, wir zeichnen diesen Kreis, rund und unbeschädigt wie die von dir geweihte Erde. Gott, beschütze uns. Dieser Kreis sei ein heiliger Ort, wir suchen nichts als die Wahrheit.«

Wir traten in den Kreis und fassten uns an den Händen.

»Wir sind Schwestern des Mystischen Weges«, sagte Helen, »wir stellen unsere Gaben in den Dienst des Lichts.«

Im Chor sangen wir den vertrauten Text: »Die Luft unseres Atems, das Wasser unserer Adern, die Erde unseres Körpers, das Feuer unserer Begierden …« Als der Gesang in unseren Ohren verklungen war, tauchten wir tief in unser Inneres hinein, dort, wo alle Geheimnisse verborgen sind. Dann setzte Evie die Beschwörung fort und sprach: »Wasser … Feuer … Erde … Luft … wir bitten die Mystischen Elemente, durch uns zu wirken, zum Wohle aller.«

Als die Beschwörungsformel gesprochen war, schloss

Helen die Augen, murmelte geheimnisvolle Worte und wiegte sich dabei sanft hin und her. Die Luft auf dem stickigen Dachboden begann zu zirkulieren, und Helens Haare umspielten ihr Gesicht. Sie schien zu brennen, ein silbernes Licht hüllte sie ein, so gleißend hell, dass es in meinen Augen schmerzte. Im nächsten Moment war sie verschwunden. Evie umklammerte meine Hand und flüsterte: »Oh Sarah, ich hoffe, dass ihr nichts passiert.«

Ich konzentrierte mich auf jedes noch so kleine Geräusch. Ich glaubte zu hören, dass Helen durch die Tür ins Zimmer gelangt war und von innen den Riegel zurückschob, um uns hineinzulassen. Aber war das nicht nur Einbildung? Die Stille war schier unerträglich. Was, wenn etwas schief ging? Meine Gedanken rasten. Ich hatte keine Ahnung, wie Helens Gabe genau funktionierte. Als sich Helen eines Tages in Luft aufgelöst hatte und irgendwo anders wieder aufgetaucht war, hatten wir es einfach hingenommen. Es war nur ein Wunder unter vielen, die uns auf dem Mystischen Weg begegnet waren. Aber jetzt war ich beunruhigt. Was war passiert? Was, wenn sie im Niemandsland steckengeblieben war? Was, wenn Mrs Hartles Geist in diesen geheimen Ort eindringen und Helen hypnotisieren könnte? Ich starrte auf die kreisrunde Linie im Staub und sagte immer wieder: »Beschütze sie, beschütze sie, beschütze sie …«

Die Zeit verstrich, es kam mir vor wie eine Ewigkeit. Dann stürzte uns Helen entgegen, sie hustete und rang nach Luft. Auf ihrem Gesicht waren Blutspritzer, über ihrem Auge klaffte eine Wunde. »Ich konnte … ich konnte den Weg nicht finden. Da war plötzlich ein Widerstand …« Wir warteten, bis sie wieder zu Atem gekommen war. »Ich ging von vorne in den Windtunnel hinein, wie immer, aber ich konnte ihn nicht kontrollieren und stürzte am anderen Ende wieder heraus, weit oben auf den Hügeln, bei den gewaltigen Felsen am Blackdown Ridge.«

»Du blutest!«

»Ach, das. Ich bin gegen einen der Felsen geprallt.«

»Aber wie bist du bis zum Blackdown Ridge gekommen?«, fragte Evie ängstlich.

»Jemand hat mich dorthin gelenkt«, Helens Stimme klang wie betäubt, »und dann wurde ich wieder hierher zurückgeschleudert.«

»Hier bist du in Sicherheit«, sagte ich betont ruhig.

»In Sicherheit?« Helens gelb-grüne Augen wirkten im Dämmerlicht irgendwie sonderbar. »Ich habe dort draußen in den *Moors* etwas gehört. Es klang wie … ich weiß auch nicht, wie Stimmen aus weiter Ferne. Und dann …«

»Was dann?«

»Dann rief jemand meinen Namen.« Helens Kopf sank nach unten. »Vielleicht habe ich es mir auch nur eingebildet. Man hält mich ja ohnehin für verrückt. Es tut mir leid, aber ich kann die Tür nicht öffnen.«

»Habt ihr noch andere Ideen?«, fragte ich. »Evie?«

»Ich kann noch etwas versuchen.« Sie zog ihren Talisman über den Kopf. Der Kristall glitzerte im Licht der Taschenlampe und schaukelte an der Silberkette hin und her. Lady Agnes hatte all ihre Macht und ihre Liebe für Sebastian in dieses glänzende Herz eingeschlossen. Evie hielt das Amulett nach oben und sagte: »Agnes, meine Schwester und Ahnin, ich rufe deine Energie und deine Weisheit an. Hilf uns! Wenn es dein Wille ist, öffne diese Tür für uns.«

Irgendwie ahnte ich bereits, dass nichts passieren würde. Vielleicht war Evies Beschwörung zu halbherzig. Vielleicht war Lady Agnes nicht willens oder nicht mehr fähig, uns zu helfen. Oder vielleicht war es einfach nur nicht der richtige Moment. Wir mussten auf die Zeichen warten und dann für den Weg bereit sein, der uns gewiesen wurde. Alles hat seine Zeit. Davon bin ich überzeugt.

Evie ließ ihren Arm sinken und atmete aus. »Es tut mir leid. Ich habe die Orientierung verloren.«

»Aber im letzten Halbjahr hat es doch auch geklappt, mit dem Feuer genauso gut wie mit dem Wasser«, sagte Helen. »Du hattest den Talisman unter Kontrolle.«

»Im letzten Halbjahr war es anders!«, brach es aus Evie heraus, dann zwang sie sich zur Ruhe und atmete tief durch. »Im letzten Halbjahr war Sebastian in Wyldcliffe. Allein seine Existenz gab mir Kraft. Es tut mir leid. Ich bin dazu noch nicht wieder bereit.«

Sie legte die Kette wieder um den Hals. »Warum versuchst du es nicht, Sarah?«

Ich hatte keine Ahnung, was ich tun könnte. Meine Kräfte der Erde waren beständig und reichten tief: der Wechsel der Jahreszeiten; sie hatten mit dem Boden zu tun, mit den Geheimnissen der Pflanzen und Kräuter, mit dem Leben der Tiere, mit Blut, Knochen und Ton und mit den innersten Geheimnissen des Herzens. Ich ging zur Tür hinüber und untersuchte sie. Sie war aus weichem Holz, hier und da waren Astlöcher und Einkerbungen in der Oberfläche zu erkennen. Ich konzentrierte mich und versuchte, das Holz zu mir sprechen zu lassen, das Seufzen und Schwingen des lebendigen Baumes, der er einst gewesen war, zu hören.

»Lass mich durch«, dachte ich, dann streckte ich meine Hände aus und legte sie auf das Holz.

Ein Zittern durchlief die Tür. Ein feiner Staubwirbel

stieg auf, dort, wo die Tür in der Verankerung gehalten wurde. Der Wirbel drehte sich schneller, der Staub wurde fester und rieselte wie Asche auf den Boden. Unter meinen Händen ertönte ein splitterndes Geräusch, ich taumelte nach hinten und wurde gegen Evie und Helen geschleudert.

Auf der Oberfläche des Holzes waren grobe Markierungen zu erkennen.

»HÖR AUF DIE TROMMELN«, sagten die aneinandergereihten Buchstaben.

Und darunter prangte ein einzelner Buchstabe, der aussah wie eine wütende Schlange: »S«.

Schweigend starrten wir auf die sich öffnende Tür, die den Blick frei gab auf das geheime Reich von Lady Agnes: ein antiker Schreibtisch. Purpurfarbene und scharlachrote Vorhänge. Pergamente, vergilbte Manuskripte und mit Spinnweben überzogene Gläser voller Kräuter und Gewürze. Kunstvoll geschnitzte Holzkästchen und Lederkoffer voller seltsamer Dinge. Alles Überbleibsel aus längst vergangenen Zeiten, Andenken an Lady Agnes und ihre Studien.

Helen streckte vorsichtig ihren Zeigefinger aus und strich prüfend über die Staubschicht auf beiden Seiten der Tür. »Schaut mal, das ist gar kein Staub«, sagte sie. »Das ist Erde, Sarah. Ein Zeichen. Für dich.«

Acht

Maria Melvilles Tagebuch,
Wyldcliffe, 5. April 1919

Miss Scarsdale meinte, dass das, was ich gesehen habe, ein Zeichen ist. Ein Zeichen aus der Vergangenheit, das in die Zukunft weist. Verstanden habe ich es nicht, ich weiß nur, wie ich mich gefühlt habe, als ich das erste Mal die Trommeln hörte.

Darüber kann ich nicht einmal schreiben, noch nicht.

Ich sitze in meinem Bett auf der Krankenstation und warte darauf, dass mein Knöchel endlich verheilt. Meine anderen Verletzungen und die Blutergüsse werden allmählich besser, aber es wird Tage, vielleicht sogar Wochen dauern, bis ich wieder gehen oder reiten kann. Miss Scarsdale hat Miss Featherstone gebeten, mir Schulbücher zu bringen, damit ich lernen kann, während ich hier liege, aber eigentlich möchte sie, dass ich mein Tagebuch weiterführe und alles aufschreibe, was passiert ist, seit ich in Wyldcliffe angekommen bin.

Ich werde es versuchen. Ich werde mein Bestes geben und entschuldige mich schon jetzt, falls es mir nicht gelingen sollte. Das ist meine Geschichte.

Bevor ich nach Wyldcliffe kam, beschützten mich Vater und Mutter vor allen Gefahren. Aber sie haben mir immer die Wahrheit gesagt, selbst als ich noch ganz klein war. Die Lieblingsstelle aus dem Evangelium meiner Mutter lautet: »Die Wahrheit macht dich frei.« Auch ich habe mich bemüht, nach dieser Regel zu leben. Als Daphne versuchte, mich mit der Wahrheit über meine Herkunft zu schockieren, war ich nicht wirklich überrascht. Ich wusste immer schon, dass William und Katherine Melville nicht meine richtigen Eltern sind. Ich wusste auch, dass meine leibliche Mutter gestorben ist, als ich noch ganz klein war. Sie hieß Adamina, genau wie ich. Der Name bedeutet »Tochter der Erde«. Sie war eine Roma. »Die Roma sind ein sehr altes und stolzes Volk«, betonte Mutter immer, wenn sie von ihr sprach. »Vergiss das nie, mein Schatz. Sei stolz auf das, was du bist.«

Und das bin ich, das bin ich wirklich. Dumme, eingebildete Mädchen wie Daphne und Winifred können diesem Stolz nichts anhaben.

Als Mutter und Vater heirateten, wünschten sie sich eine große Familie und träumten von vielen Kindern, die mit ihnen in Grensham leben sollten. Aber Mutter wurde nicht schwanger, und sie war schon fast dreißig, als ihr der Arzt sagte, dass sie keine Kinder bekommen könne. Sie und Vater verband eine innige Liebe, und sie versuchten, ihr Schicksal zu akzeptieren. Sie nahmen sich vor, ein glückliches und erfülltes Leben zu zweit zu führen, auch ohne Kinder. Sie widmeten sich ganz und gar ihrem Haus und den Ländereien. Mutter gründete eine Schule und Vater eine Krankenstation mit einem Arzt für die Dorfbewohner. Aber das Gefühl, dass ihnen zu ihrem Glück etwas fehlte, blieb, sagte Mutter immer.

Es muss sehr schwer für sie gewesen sein, alles zu

haben, nur das nicht, was sie sich am sehnlichsten wünschten.

Das beschauliche Leben in Grensham ging seinen gewohnten Weg, folgte dem Wechsel der Jahreszeiten und den Geboten der Kirche. Vater erlaubte den Roma jedes Jahr, ihr Lager auf seinem Grund und Boden aufzuschlagen, was einige Nachbarn gar nicht schätzten. Manchmal gab es sogar Streit deswegen, aber Vater sagte, es sei ein verbrieftes Recht und die alten Rechte müssten respektiert werden. Die Roma kamen zur Erntezeit und halfen bei der Feldarbeit. Vater war dankbar dafür und bezahlte sie angemessen. Mutter wurde von den Roma sehr verehrt. Als Dank für ihre Unterstützung der Frauen und Kinder schenkten sie ihr einmal sogar ein kunstvoll besticktes traditionelles Roma-Gewand. Aber eines Tages gab es einen fürchterlichen Streit. Adamina war die schönste unter den jungen Zigeunerfrauen, und sie war schwanger. Ihr Ehemann Stefan wurde beschuldigt, einen Bauern aus der Gegend bestohlen zu haben, und man steckte ihn ins Gefängnis. Adamina war so schockiert und außer sich vor Wut, dass das Baby zu früh kam und die Mutter bei der Geburt starb, das Kind in ihren Armen. Dieses Baby war ich.

Wenn ich an meine richtige Mutter denke, bin ich traurig. Aber es ist eine Trauer, die tief in meinem Inneren sitzt. Sie ist wie ein weit entfernter Klang, schön und schmerzhaft zugleich.

Nachdem Adamina gestorben war, kümmerte sich meine Adoptivmutter aufopferungsvoll um mich, sie liebte mich wie ihr eigenes Kind. Die Roma wussten nicht, was sie mit mir anfangen sollten, einerseits gehörte ich zu ihnen, andererseits auch wieder nicht, da mein Vater Stefan immer noch im Gefängnis war. Er hatte noch kein rotes Band um meinen Hals gebunden, wie es Brauch war, wenn Anspruch auf ein Kind erhoben wurde. Vater wusste, dass Stefan kein Dieb war, und er bemühte sich sehr, seine Unschuld zu beweisen und ihn frei zu bekommen. Als Stefan aus dem Gefängnis entlassen wurde, war er völlig verzweifelt über Adaminas Tod und schwor, er würde durch die Welt ziehen, um den Schmerz zu vergessen, und nie wieder nach Grensham zurückkehren. Für ihn und sein Volk war unser Landgut jetzt ein Ort des Todes und des Unglücks. Doch aus Dankbarkeit für ihre Unterstützung gab er Mutter und Vater das rote Band und sagte ihnen, sie sollten es um meinen Hals binden, so dass ich ihr Kind wurde. So hatten sie es sich von Anfang an erträumt.

Und so wurde aus einer »dreckigen Zigeunerin« das Adoptivkind eines reichen englischen Ehepaars. Sie lieben mich über alles, es fehlte mir an nichts, sie schickten mich sogar auf diese feine vornehme Schule in Wyldcliffe. Dass mich hier junge Ladys quälen und verachten würden und ich mich deshalb in meiner Wut auf gefährliche Freundschaften einlassen könnte, hatten sie nicht bedacht.

Meine Hand schmerzt. Ich muss mich jetzt ausruhen.

Schon nach wenigen Wochen gab ich es auf, unter den hochnäsigen Mitschülerinnen in Wyldcliffe Freundinnen zu suchen. Aber tief im Herzen suchte ich nach einem Wesen, das ich lieben konnte. Anstatt mich bei Daphne und Winifred einzuschmeicheln, suchte ich meine Freunde woanders. Ein Trost war Cracker, mein geliebtes rundliches Pony, das mir Vater gekauft hatte. Ich war so froh, dass Cracker bei mir war. Manchmal schlich ich mich in die Ställe, legte meine Arme um seinen Hals und atmete seinen würzigen warmen Geruch ein. Ein bisschen Liebe an diesem freudlosen Ort. Und doch: Wenn Cracker nicht gewesen wäre, wäre all dies nicht passiert.

Ich hatte die Erlaubnis, ganz früh aufzustehen und mit meinem Pony am Flussufer entlang ins Dorf zu reiten, solange der Stallbursche mich begleitete. Sonntagnachmittags durften auch die anderen Schülerinnen, die ein Pferd hatten (viele waren es nicht), unter Aufsicht reiten. Sie bevorzugten allerdings das leicht hügelige Gelände in den Moors. Das waren kostbare Stunden, Stunden der Freiheit. Wenige Wochen nach meiner Ankunft in Wyldcliffe erwartete mich eine noch größere Freude. Es war an meinem 15. Geburtstag. Miss Scarsdale ritt auf ihrem wunderschönen Schimmel mit mir zusammen über die Moors zu den Steinen oben auf dem Blackdown Ridge. Sie erklärte mir, dass die Steine vor tausenden von Jahren von Menschen dorthin gebracht worden waren, die sie als sichtbare Zeichen ihrer Götter verehrten. Schwarz und abweisend hoben sich die gewaltigen Steine gegen den Horizont ab. Ein unheimlicher Anblick. Miss Scarsdale wusste so vieles über Geologie und Archäologie und Geschichte und über alle möglichen anderen Dinge. Sie zeigte mir, wie viel ich noch zu lernen hatte. Ich liebte es, hier draußen zu sein und das Blöken der Lämmer und die Schreie der Vögel zu hören. Ich sah einen Brachvogel und einen Kiebitz. Bei unserem Ausflug ritten wir auch an Höhleneingängen vorbei, über die Miss Scarsdale wusste, dass sie sich wie Bienenwaben unter den Hügeln hindurchziehen.

Letzte Nacht habe ich wieder von den Höhlen geträumt. Als ich schluchzend aufwachte, bekam ich keine Luft und musste die Krankenschwester rufen. Ich schämte mich, dass ich so schwach und kindisch war, aber ich konnte nicht anders. Ich muss stark sein! Wie ein Soldat …

Aber ich wollte gerade darüber schreiben, wie ich versucht habe, Freunde zu gewinnen. Manchmal nahm ich ein Stück Kuchen vom Abendessen mit, um es gemeinsam mit den Dienstmädchen zu essen. Früher war ich gut mit den Mädchen aus dem Dorf befreundet gewesen, die Mutter im Haus geholfen hatten, aber die Dienstmädchen in Wyldcliffe waren anders, trotzig, misstrauisch und unzufrieden mit ihrem Schicksal. Zweifellos war es für Miss Featherstone nicht leicht, mit ihnen auszukommen. Warum auch immer, für sie war ich anders, eben eine junge Lady. Für meine Mitschülerinnen war ich anders, weil ich eine Roma bin. Und so war ich allein. Allein. Ein schreckliches Wort. Schon wenn ich es schreibe, bekomme ich Kopfschmerzen.

Aber als die Brüder nach Wyldcliffe kamen, war ich nicht mehr allein.

Neun

Ich fühlte mich schrecklich einsam. Das Mal, der Staub, die Erde. Der erste Buchstabe meines Namens. Ein seltsames Gefühl, als hätte man mich plötzlich ins Rampenlicht gezerrt, und ich war nicht sicher, ob mir das gefiel. In dieser Nacht hatte ich wieder wirre Träume gehabt, und ich erwachte mit wild klopfendem Herzen und dröhnendem Kopf. Vielleicht war ich wirklich jemand, der besser im Hintergrund bleiben sollte.

Hör auf die Trommeln. Was sollte diese Nachricht bedeuten? Und wer hatte sie geschickt? Ich hatte Trommeln in meinem Traum gehört und ihrem hypnotischen Rhythmus gelauscht. Was konnte ich sonst noch tun, um diesem Rat zu folgen?

Ich musste raus aus dem Bett, und zwar schnell. Die Morgenglocke hatte noch nicht geläutet, und meine Zimmergenossinnen schliefen noch. Ich zog mich vorsichtig an, um sie nicht zu stören, und schlich mich rasch zu den Ställen hinunter. Überall um mich herum erwachte die Natur zu neuem Leben. Die Blumen und die Bäume blühten, und die Lämmer auf den welligen Hügeln wuchsen unter den wachsamen Augen ihrer Mütter heran. Aber in meinen Gedanken war ich immer noch in der Finsternis; meine Augen starrten auf die zersplitterte Tür und versuchten zu verstehen, was geschehen war.

In dieser frühen Morgenstunde war niemand sonst auf den Beinen. Ich versteckte mich in einer Ecke von Starlights Stall und studierte das in Leder gebundene Buch; vielleicht fand ich dort ja eine Lösung. Das Buch aus Agnes' geheimem Studierzimmer steckte voller Geheimnisse und alter Weisheiten. Einige Passagen konnte ich nicht lesen, da sie in einer orientalischen Sprache verfasst waren. Das Buch schien zu leben, seinen eigenen Willen zu haben. Manche Seiten hafteten aneinander und verbargen so ihren Inhalt vor dem Leser, manchmal verschwand die Schrift einfach oder sie wechselte von Englisch zu Latein oder wandelte sich von Buchstaben zu mysteriösen Symbolen.

Ich blätterte sorgsam Seite für Seite um und suchte nach Hinweisen, fand aber nichts. Der einzige Eintrag, der mit Helens Mal zu tun haben konnte, war eine kurze Fußnote:

Gilt für die, die sich Hexenfinder nennen und auf den Frauenkörpern nach Makeln suchen und, wenn sie einen Makel entdecken, diese arme Seele als Dienerin des Teufels verfluchen, aus der Gesellschaft ausstoßen und töten wollen. Egal, ob Unwissenheit oder Aberglaube, so bleibt doch eine Frage: Woher stammen solche Makel? Viele Gelehrte glauben, dass sie Unglückszeichen sind, die den Tod nach sich ziehen und auf ein besonderes Schicksal hinweisen.

Ausgestoßen und getötet. War Helen gezeichnet, weil ihr ein grausames Schicksal vorbestimmt war? Gab es irgendwelche Verbindungen zwischen ihren Visionen und meinen Träumen sowie der rätselhaften Nachricht, die in die

Tür von Lady Agnes' Studierzimmer eingeritzt war? Wir waren noch keine vierundzwanzig Stunden in Wyldcliffe zurück und schon fühlte ich, wie sich eine Schlinge um uns zusammenzog und unsere Feinde nur darauf warteten, bis wir in die Falle tappten. Wir mussten zusammenhalten, wenn wir überleben wollten, so viel wusste ich immerhin.

Ich blätterte weiter und suchte verzweifelt nach einer Erklärung für die Nachricht »Hör auf die Trommeln«. Aber die Zeit wurde knapp, die Schule erwachte langsam zum Leben. Ich hörte eine Katze miauen, das Kratzen eines Rechens auf der gekiesten Terrasse und das fröhliche Plaudern zweier Mädchen, die in den Stall gekommen waren, um vor dem Frühstück nach ihren Ponys zu sehen. Schon bald würde Josh auftauchen, und ihm wollte ich auf keinen Fall begegnen. Hastig schlug ich das Buch zu und versteckte es unter dem Stroh in der Ecke der Box. Vor langer Zeit hatte ich dort auf dem Boden einen losen Ziegelstein entdeckt, den man herausnehmen konnte. Ein ideales Versteck. Anfangs hatte ich hier Süßigkeiten und meine ersten Tagebücher versteckt, jetzt deponierte ich das Buch in der schmalen Öffnung. Ich verließ den Stall und ging dem neuen Tag entgegen.

An diesem ersten Morgen des neuen Schuljahrs war die Stimmung heiter und optimistisch. In der Pause saßen die Schülerinnen draußen auf der großen Terrasse, von der aus man auf den See blicken konnte, und diskutierten aufgeregt über die Veränderungen, die Miss Scratton angekündigt hatte.

»Hat sie wirklich von neuen Computern gesprochen?«

»Und sogar ein Tanzabend!«

»Der Freund meines Bruders geht nach St. Martins',

die Jungs dort sollen echt heiß sein! Ich kann's immer noch nicht glauben ...«

Allein die arroganten Snobs wie Celeste van Pallandt und ihre verklemmte Freundin India Hoxton sahen die Sache ganz anders und stimmten nicht in die allgemeine Begeisterung ein.

»Meine Mutter meint, dass die Standards in Wyldcliffe in der letzten Zeit wirklich gelitten haben«, verkündete Celeste all jenen, die es hören wollten. »Diese geschmacklose Publicity wegen Mrs Hartles Ableben im letzten Halbjahr und jetzt all diese Veränderungen.«

»Von Verbesserungen kann man da wohl nicht sprechen, oder?«, pflichtete ihr India bei.

»Und die Idee mit den Dorfkindern auf unseren Tennisplätzen und in unserem Pool? Abscheulich. Ich denke ernsthaft darüber nach, im nächsten Halbjahr nach Chalfont Manor zu wechseln.«

»Nun, das wäre tatsächlich eine Verbesserung«, meinte Evie, und einige Mädchen lachten. Celeste drohte ihre Machtposition in der Klasse zu verlieren. Jetzt drehte sich alles um Velvet. Jede wollte neben ihr sitzen, mit ihr befreundet sein und Neuigkeiten über ihre berühmte Familie erfahren. Velvet schwelgte in ihrer Popularität und erzählte immer wüstere Geschichten über Musiker und Schauspieler, die sie kannte, über Drogen- und Alkoholexzesse bei Partys in L. A. und über unglaubliche Geldsummen.

Auf den ersten Blick drehte sich in Wyldcliffe wieder das übliche Karussell aus Geschwätz, Sticheleien und Machtkämpfen. Wer hatte das meiste Geld? Wer die tollsten Ferien und wer die coolsten Freunde? Es sah ganz danach aus, als würde Velvet das Rennen machen, und zwar mit Abstand. Da konnte Celeste noch so sehr stänkern:

»Dieses Romaine-Mädchen ist ja so was von gewöhnlich!« Für diese altmodischen Sprüche interessierte sich niemand mehr. Wyldcliffe war gewillt, die verstaubte Vergangenheit hinter sich zu lassen und sich der modernen Welt zu öffnen.

Als ich mir all diese kichernden und munter drauflos schwatzenden Mädchen ansah, kamen sie mir wie naive Kinder vor, die gedankenlos am Strand spielten, ohne an die gewaltige Welle zu denken, die sie alle verschlingen konnte. Auch ich hatte gehofft, dass mit dem neuen Schuljahr alles besser würde, ein neuer Start für Evie und uns alle, aber schon jetzt drohte neues Unheil: das rätselhafte Mal auf Helens Arm und der Klang ferner Trommeln.

Als der Unterricht zu Ende war, suchten wir Miss Scratton in ihrem mit Büchern übersäten Arbeitszimmer auf und erzählten ihr von der letzten Nacht.

»Seid ihr sicher?«, fragte sie und sah uns prüfend an. »Es war ganz bestimmt ein ›S‹?«

»Ganz sicher«, sagte Helen, »ein ›S‹ für Sarah.«

»Oder für Sebastian«, gab Miss Scratton zu bedenken.

»Aber Sebastians Geschichte ist zu Ende«, brachte Evie mühsam heraus, »das haben wir … das haben wir im letzten Halbjahr erreicht. Warum sollte er etwas damit zu tun haben?«

Miss Scratton runzelte die Stirn. »Das kommt darauf an, von wem die Nachricht stammt. Ist sie eine Warnung oder eine Falle? Wir wissen es nicht. Wir sind gewillt, die Nachricht als ungefährlich einzustufen, vielleicht als ein Zeichen von Agnes. Darauf deutet die Tatsache hin, dass du die Tür öffnen konntest, Sarah. Und ihr habt sogar eine Trophäe mitgebracht, das Buch.«

»Ja«, sagte ich. Ich hatte das Buch aus dem Versteck im Stall geholt und in meiner Sporttasche versteckt, jetzt gab ich es der Obersten Mistress. Sie legte es auf den Schreibtisch und strich sanft über die erhabenen silbernen Lettern auf dem Ledereinband: *Der Mystische Weg*. Als sie das Buch berührte, bildeten sich andere Buchstaben, silbrig und ganz verwischt. Sie schimmerten vor meinen Augen, und ich erkannte die Worte DER WEG ZUR HEILUNG, die wiederum verschwammen und einen neuen Satz bildeten: DER WEG IN DIE HÖLLE. Als Miss Scratton ihre Hände von dem Buch löste, verschwammen die Buchstaben erneut, und der Titel erschien wieder.

Miss Scratton blickte zu uns auf, und ihre Augen verengten sich: »Dieses Buch hat allen, die mit ihm in Kontakt gekommen sind, entweder die Hölle oder die Heilung gebracht. Weisheit und Wahnsinn, Segen und Fluch, all das steht auf diesen Seiten. Wir denken vielleicht, wir stünden über den Dingen und würden nie in Versuchung kommen, das Buch für das Böse zu nutzen. Aber wir müssen vorsichtig sein.«

»Was ist mit der eingeritzten Nachricht auf der Tür?«, fragte ich. »›Hör auf die Trommeln.‹ Wissen Sie, was das bedeuten soll, Miss Scratton? Kann uns das Buch die Antwort geben?«

»Wenn die Nachricht wichtig ist, wird uns ihr Sinn mit der Zeit klar werden«, antwortete sie. »Alles hat seine Zeit. Nichts kann erzwungen werden.« Sie sah mich an und lächelte müde. »Meine liebe Sarah, du willst immer das Richtige tun. Aber manchmal muss man warten, bis sich der richtige Weg zeigt. Geduld ist heutzutage eine vernachlässigte Tugend.«

»Aber was ist damit?« Helen rollte ihren Ärmel hoch

und zeigte Miss Scratton das dunkelviolette Mal auf ihrem Arm. »Ich kann nicht einfach darauf warten, bis sich das Geheimnis von selbst lüftet. Sarah hat mir erzählt, was darüber im Buch steht. Menschen glauben, dass solche Male mit dem Bösen zu tun haben. Es ist ein Todesomen.«

Die Direktorin hätte beinahe aufgeschrien, sagte dann aber nur: »Deck es zu, und verbirg es vor den Augen der anderen. Mächtige Kräfte greifen nach dir.«

»Ist es … meine Mutter?«

»Celia Hartles Geist hat dieses Tal nicht verlassen«, antwortete Miss Scratton ernst, »die Überreste des Zirkels haben sich wieder gesammelt, und ihre treuen Anhängerinnen verbreiten Gerüchte über ihre wiedererstarkten und noch tödlicheren Mächte.«

Viele Monate lang hatte sich Miss Scratton als ein Mitglied des Zirkels ausgegeben, um ihren Plänen auf die Spur zu kommen. Ich hoffte inständig, dass der Zirkel nicht erkannte, auf welcher Seite sie wirklich stand.

»Aber der Zirkel ist doch zerschlagen, dachte ich«, sagte Evie. »Ich hatte angenommen, der Traum von der Unsterblichkeit wäre mit Mrs Hartles Tod Vergangenheit.«

»Leider ist das Böse grenzenlos. Es ist wie fauliges Wasser, das sich in jeder Vertiefung sammelt, die es finden kann. Der Hass des Bösen auf die Unschuld wird niemals enden. Die Schwestern der Dunkelheit sind dezimiert, und so mancher Zweifler hat sich durch Mrs Hartles Tod vorübergehend verunsichern lassen. Aber sie ist nicht wirklich tot, Evie. Sie hat das Mysterium des Todes mit all ihrer bösen Macht abgewiesen. Und die Anhängerinnen, die ihr geblieben sind, auch wenn ich sie nicht alle kenne, sind unbeirrbar in ihrer Loyalität.«

»Glauben die immer noch, dass Sie eine von ihnen sind?«, fragte ich.

»Voll und ganz vertrauen sie mir nicht, und meine Pläne für die Schule haben die Mitglieder des Zirkels, die in Wyldcliffe arbeiten, entsetzt. Heimlichkeiten und strenge Regeln passten besser zu ihren Plänen. Es war schwer, sie zu überzeugen, dass die Modernisierung Wyldcliffes von den Gerüchten ablenken würde, die über der Schule hängen wie düstere Wolken. Einige Eltern haben ihre Töchter für dieses Halbjahr bereits abgemeldet, und es werden noch mehr werden, wenn die Schule sich nicht ändert.« Sie seufzte: »Unter anderen Umständen könnte ich mir nichts Schöneres vorstellen, als die Oberste Mistress von Wyldcliffe zu sein. So viele junge Herzen und Köpfe führen zu dürfen wäre eine so wertvolle Aufgabe.«

Sie stockte für einen Moment, als ob die Fülle der Probleme sie erdrücken würde, und fuhr dann fort: »Die Dunklen Schwestern verfolgen nur ein Ziel: Sie wollen Celia Hartles verdorbener Seele dienen. Und auch Celia Hartle hat nur ein Ziel: Rache. Sie hasst euch, weil sie durch euch Sebastians Energien, seine Macht und seine Seele verloren hat. Ich nehme an, dass es Helen ist, auf die sich ihr Hass konzentriert.«

»Ich hasse sie auch«, flüsterte Helen, »sie hat mich daran gehindert, mit dem Wind zu tanzen und durch die Tür zu gehen. Die einzige Freiheit, die ich in all diesen Jahren hatte! Ich werde nicht zulassen, dass sie mir auch das noch nimmt. Auf keinen Fall!«

Miss Scratton sah mitfühlend zu ihr herüber: »Vergiss nicht, dass Vergebung stärker ist als Hass, Helen. Sie könnte es gewesen sein. Aber es gibt andere Mächte in Wyldcliffe, die im Verborgenen lauern. Wie ich euch schon früher erzählt habe, liegt unter den Hügeln, inmitten des Labyrinths aus Höhlen und Gängen, ein Spalt, eine aufgebrochene Zeitverschiebung zwischen dieser Welt und den Schatten und den unsichtbaren Ländern der Vergangenheit. Ihr habt euch an Geheimnisse gewagt, und das macht euch offen für gute und für böse Einflüsse. Wenn Celia Hartle wieder an den Rändern dieser Welt herumstreift, ist zu befürchten, dass die Tochter, die es gewagt hat, sich ihrem Willen zu widersetzen, ganz oben auf der Liste der Vergeltung steht. Es tut mir leid, Helen. Ich weiß, dass das eine große Last für dich ist, und ich wünschte, ich könnte mehr für dich tun.«

»Aber es muss doch einen Weg geben, Helen vor ihr zu beschützen!«, warf ich ein.

Miss Scratton sprach jetzt ganz leise. »Ich bin schon viel zu weit gegangen, als ich euch verraten habe, dass ich ein Wächter bin. Als Wächter ist es mir nicht erlaubt … ich wünschte … aber ich werde dich nicht wehrlos und ungeschützt lassen. Morgen Nacht …«, sie brach ab und lauschte.

Ein energisches Klopfen war zu hören. Hastig stopfte Miss Scratton das Buch in meine Sporttasche und drückte sie mir in die Hand.

»Herein!«, rief sie. Dann fuhr sie in schneidendem Ton fort: »Helen Black, dein Arbeitsverhalten im letzten Halbjahr war eine Schande. Selbst von einer Zehnjährigen würde ich mehr erwarten. Das gilt auch für euch, Evie und Sarah, ihr müsst euch gewaltig … ah, Miss Dalrymple, treten Sie doch ein, wir sind fast fertig.« Dann fuhr sie mit ernster Stimme fort: »Ihr scheint entschlossen, andere Mitschülerinnen zu schlechtem Benehmen anzustiften. Ich wünsche, dass ihr in Zukunft nicht mehr nebeneinander sitzt. Und als Erstes werdet ihr mir morgen früh eure Notizen über die Französische Revolution vorlegen. Ihr seid entlassen.«

Wir verließen schweigend das Zimmer. Miss Scrattons gespielter Ärger wirkte zwar echt, aber ich fragte mich, ob sie auch Miss Dalrymple hatte täuschen können. Wir wussten, dass sie zu Celia Hartles engstem Kreis gehörte, obwohl sie uns beim Hinausgehen mit einem heuchlerischen Lächeln bedachte. Dann schloss sie die Tür hinter uns und war mit Miss Scratton allein. Ich blickte Helen und Evie an, beide wirkten bedrückt und nachdenklich.

»Was meinte Miss Scratton mit morgen Nacht? Was glaubt ihr?«, flüsterte ich. »Wie könnten wir das rauskriegen? Wir müssen …«

»Müssen wir unbedingt jetzt darüber sprechen?«, fragte Evie erschöpft. »Mein Kopf bringt mich um. Ich bin sicher, Miss Scratton wird uns später über alles informieren, was wir wissen müssen. Können wir es bis dahin nicht einfach auf sich beruhen lassen?«

»Evie, wir können doch nicht …«

»Glaubst du wirklich, Miss Scratton will unsere Notizen über die Französische Revolution sehen?«, unterbrach sie mich. Sie war bleich und stierte ins Leere.

»Ich weiß nicht, aber wir sollten so tun als ob«, meinte ich unsicher, »immerhin hat Miss Dalrymple mitgehört. Wir sollten uns genauso verhalten, als wäre Miss Scratton nicht mehr und nicht weniger als unsere Direktorin.«

»So ein Mist. Ich wollte … na ja. Ich gehe sofort in die Bibliothek und fange an.«

»Wir können es zusammen machen«, bot ich ihr an.

»Nein, ist schon in Ordnung.« Evie ging in Richtung Bibliothek davon. Helen sah ihr nach, zuckte mit den

Schultern und schlug den Weg zum Park ein. Was passierte mit uns? Ich versuchte uns zusammenzuschweißen zum Schutz gegen unsere Feinde, aber es kam mir vor, als wollte ich Rauch fangen.

Ich seufzte. Mir blieb nur ein einziger Trost, meine Pferde. Ich würde noch einmal zu den Ställen hinuntergehen, bevor ich mit den Geschichtsnotizen beginnen würde. Als ich fünf Minuten später den kopfsteingepflasterten Weg entlangging, wurde mir eng in der Brust. Josh machte gerade eine Pause, er saß auf einem Strohballen, die langen Beine ausgestreckt. Er blickte auf und lächelte mich an. »Hey! Sarah!«

Ich erwiderte sein Lächeln. Einen Moment lang dachte ich, dass er sich freute, mich zu sehen. Aber nur einen kurzen Moment.

»Hast du Evie gesehen?« Josh sprang auf und kam freudestrahlend auf mich zu. »Sie hat mir versprochen, dass wir uns nach der Schule treffen. Sie müsste jetzt aushaben.«

Mein Lächeln gefror. Wie hatte ich nur so naiv sein können? Sein Desinteresse verletzte mich. Ein krampfartiges Gefühl zog meinen Magen zusammen. Ich war ja so blöd. Josh wollte mich gar nicht. Und er war damit nicht allein. Helen zog sich in sich selbst zurück, und Evie, meine allerbeste, engste Freundin, hatte mir sehr deutlich gemacht, dass sie mich nicht brauchte. Ich hatte mir eingebildet, der stabile Anker unserer kleinen Welt zu sein, aber es sah ganz so aus, als hätte ich mir etwas vorgemacht. In diesem Moment fühlte ich mich verletzt und nutzlos.

»Sarah? Ich habe nach Evie gefragt. Weißt du, wo sie ist?«

»Ähm, Miss Scratton hat uns eine Sonderaufgabe gegeben. Evie ist deswegen in die Bibliothek gegangen. Ich weiß nicht, wie lange sie brauchen wird.«

Josh runzelte die Stirn. »Ach, wie ärgerlich. Ich muss jetzt nach Hause und meiner Mutter helfen und dann noch lernen. Habe ich dir eigentlich erzählt, dass ich nächstes Jahr auf die Veterinärschule gehen werde?«

»Oh … nein. Das ist ja toll, Josh!«

Wieder überzog ein Lächeln sein Gesicht: »Ja, dieser Job hier macht mir zwar Spaß, aber ich denke, eine Karriere als Tierarzt ist besser, als für Leute wie Celeste Ställe auszumisten, oder?«

Ich lächelte schwach. »Oh, sicher.« Ich wollte nur noch weg. Das war alles noch schmerzhafter, als ich erwartet hatte. Ich fühlte mich plump und farblos und völlig unattraktiv für jede und jeden. Trotz aller guten Vorsätze kam mein Bedürfnis nach Anerkennung und Sympathie wieder hoch. Aber ich machte mir etwas vor. Mein Traum von Liebe und Zuneigung war genau das: ein Traum! Nichts als Einbildung.

»Ich habe Evie schon gestern davon erzählt«, plauderte Josh munter weiter. »Sie hat mir Mut gemacht, mich zu bewerben. Wir waren die ganzen Ferien über in Kontakt, und es tut so gut, sie wiederzusehen.«

Sie hatten sich also geschrieben und miteinander telefoniert. Wieder etwas, was mir Evie verschwiegen hatte.

»Ich wünschte, wir könnten uns noch sehen. Ich würde ihr gerne noch etwas zeigen, bevor ich gehe. Ich glaube, sie würde sich freuen.« Josh zögerte und musterte mich, als ob er sich über etwas klar werden müsste. »Ich hätte es ihr gerne selbst gegeben, aber es ist wichtig, dass sie es überhaupt bekommt. Warte bitte hier.«

Er eilte in die Sattelkammer und kam mit einem Briefumschlag und mit einem mehrfach gefalteten Zettel zurück.

»Kannst du ihr diese Papiere geben? Niemand, außer Helen natürlich, darf sie sehen. Es sind unglaubliche Neuigkeiten. Gut, Evie kann es dir später ja erzählen.« Er drückte mir den Umschlag und den Zettel in die Hand. »Und sag ihr, dass ich sie gerne morgen treffen möchte, ja? Vergiss es bitte nicht. Danke dir, Sarah, du bist immer so nett.«

Gute alte Sarah. Immer verlässlich. Josh ging in seinem wiegenden raumgreifenden Schritt davon. Ich wartete, bis er verschwunden war, und zwang mich, meine Neugier zu unterdrücken. Doch dann hielt ich es nicht mehr aus und faltete den Zettel auf. *Liebe Evie, ich habe den ganzen Tag an dich gedacht. Komm morgen früh vor dem Frühstück ans Tor. Ich kann es kaum erwarten, was du dazu sagst …«*

Bumm, bumm, bumm … Mein Herz dröhnte, bis ins Mark getroffen, rasend vor Eifersucht und Verzweiflung. Warum störte mich das alles so sehr? Ich hatte versucht, stark und gut zu sein, aber niemand interessierte sich dafür. Ich blickte nach oben, und die Abendsonne blendete mich. Bumm, bumm, bumm. Die Hoffnung schwand mit jedem Schlag. Von den Hügeln schienen mich gierige Augen anzustarren. Die Trommeln kamen näher, aber ich wusste immer noch nicht, was sie zu bedeuten hatten.

Ich wandte mich von der Stelle ab, an der Josh gestanden hatte, und lehnte meinen Kopf gegen Starlights Hals. Niemand konnte mir helfen. Niemand wollte mich.

Mein Herz schmerzte, wenn ich daran dachte, was ich hätte erleben können, wenn Cal nicht weitergezogen wäre. Ich wünschte mit aller Kraft, dass ich aus Wyldcliffe davonreiten und Cal und seiner Familie folgen könnte, bis über den Horizont hinaus, hinein in ein anderes Leben.

Zehn

Maria Melvilles Tagebuch,
Wyldcliffe, 6. April 1919

Es war an einem Sonntag, auf dem Weg zur Dorfkirche, als ich die Roma das erste Mal sah. Wie üblich gingen wir in Zweierreihen, ein langer Zug von Mädchen in ihren Sonntagsmänteln und Hüten. Ich ging neben Violet Deane aus einer der unteren Klassen. Sie stotterte, deshalb wollte nie jemand neben ihr laufen. Arme Violet! Mir war ihre langsame Sprechweise egal. Unterwegs erklärte ich ihr die Namen aller Blumen und Bäume am Wegesrand. Einige kannte ich schon von zu Hause, andere hatte mir Miss Scarsdale beigebracht.

»Maria Melville, wir können auf deinen Kommentar über die örtliche Flora gut verzichten«, schimpfte Miss Featherstone. Sie befahl mir zu schweigen, ein Gebot, das auch für alle anderen galt. Trotzdem lief plötzlich ein Raunen durch die Reihen wie ein Feuer, das sich durch trockenes Gras fraß.

»Schaut nur! Auf dem Feld! Sie sind wieder da! Wir haben sie letztes Jahr schon gesehen, erinnert ihr euch?«

»Und die bunten Karren! Sehen die nicht wunderschön aus?«

Aber es gab auch andere Stimmen.

»Der Mann starrt uns an.«

»Wie schwarz seine Augen sind!«

»Was für ein unverschämter Kerl! Das sollte verboten werden.«

Nun war Miss Featherstone wirklich verärgert. »Meine Damen, nicht hinsehen, die Augen geradeaus! Und ich bitte mir Ruhe aus!«

Aber das Lager war nicht zu übersehen. Über Nacht hatten es die Roma am Dorfrand aufgeschlagen. Es wirkte wie aus einem Märchen, bunt bemalte Holzhäuser auf Rädern und ein rauchendes Lagerfeuer und Hunde und Katzen. Und die Leute! Ich dachte, mein Herz müsste vor Aufregung zerspringen. Sie sahen aus wie ich, hatten schwarze Haare und dunkle Haut. In ihren Augen blitzte tiefe Weisheit, als ob sie weit in die Ferne und gleichzeitig ins Innerste meines Herzens blicken könnten. Ich stand da und starrte sie an, als ein etwa sechzehnjähriger Junge mich angrinste. Ich lächelte zurück. Das war meine Familie. Meine richtige Familie, wie Adamina und Stefan.

»Maria Melville, hör auf zu starren wie ein Straßenkind«, zischte Miss Featherstone, »zwei Strafpunkte wegen schlechten Benehmens.«

Danach gingen wir schweigend weiter bis zu der steinernen Kirche, die viel zu kalt und viel zu leer war, um meinem Gott eine würdige Heimat zu sein. Später verbot uns Miss Featherstone, ins Dorf zu gehen, dort hausten »unerwünschte Fremde«. Aber ich wusste, dass ich dieses Verbot brechen würde. Ich musste die Roma wiedersehen, besonders den Jungen mit den pechschwarzen Haaren und den lachenden Augen.

Mutter hatte mir Geld mitgegeben, damit ich meine Freundinnen zu Kuchen und Eiscreme einladen konnte. Gute alte Mutter, sie wusste nicht, dass niemand in Wyldcliffe mit einer dreckigen Zigeunerin Tee trinken würde. Aber jetzt war das Geld nützlich. Es half mir, den Stallburschen zu bestechen, mich trotz Miss F.'s Verbot vor dem Frühstück ins Dorf reiten zu lassen. Joseph wusste, dass es gegen die Anweisungen war, aber ihn lockte das Geld, und er wollte mir nichts Böses. Tag für Tag ritt er mit mir im Morgengrauen vom Schulgelände ins Dorf und wartete dann an der Kirchenpforte, vor sich hin murmelnd und zu sich selbst betend, während ich die Roma besuchte.

Der Junge hieß Zak und wurde mein erster Freund. Er hatte funkelnde dunkle Augen und strahlte Selbstsicherheit aus, kein Junge mehr und doch noch kein Mann. Mit neugieriger Offenheit hieß er mich willkommen. Ich zeigte ihm das vergilbte Foto meiner leiblichen Eltern Adamina und Stefan, und er akzeptierte mich sofort als eine von ihnen. Er sagte, Wyldcliffe sei einer der Stammplätze seiner Familie, an dem sie bleiben und warten konnten, bis sich das Wetter besserte. Dann würden sie weiterreisen, auf den traditionellen Wegen des fahrenden Volkes. Während ihres Aufenthalts in Wyldcliffe erledigten die Männer kleine Arbeiten im Dorf, die Frauen boten Spitzenborten und Korbwaren zum Kauf an. Die Älteren im Lager waren anfangs misstrauisch, aber mit der Zeit akzeptierten sie mich als ihresgleichen. Zaks Vater schenkte mir eine geschnitzte Flöte, und seine Mutter erklärte mir, wie man anhand von Wolken und Wind das Wetter vorhersagen konnte. Jeden Morgen preschten Zak und ich mit den Ponys über den weichen federnden

Moorboden. Wir lachten viel und lange, bis ich fast keine Luft mehr bekam. Ich hatte gedacht, vieles über die Natur zu wissen, aber Zak zeigte mir noch mehr: die ersten Blumen, die ihre Köpfe aus der Erde reckten, und die Plätze, wo die Vogelmütter ihre Eier legten und die Dachse ihre Höhlen für den Nachwuchs bauten. Anschließend ritt ich rasch wieder in die Schule zurück, um keinen Ärger mit Miss Featherstone zu bekommen.

Als wir wieder einmal in der Morgensonne im Gras lagen, beugte sich Zak über mich und küsste mich.

Vielleicht sollte ich diesen Teil der Geschichte lieber überspringen, aber ich schäme mich nicht dafür. Ich lag in seinen Armen, seine Lippen schmeckten nach süßen Äpfeln, und der Blick seiner Augen ging mir durch und durch. Im nächsten Moment lachte er wieder, löste die Umarmung und zog mich hoch. Ich dachte noch oft an diesen Kuss, an den Geruch seiner Haut und an das prickelnde Gefühl, als seine dunklen Haare meine Wange streiften. Ich denke immer noch daran. Und ich werde immer daran denken.

Die Männer hielten sich im Lager stets etwas abseits von den Frauen und Kindern. Sie waren glänzende Reiter, und aus ihren Augen sprachen unbeugsamer Stolz und Ehrlichkeit. Sie hatten kehlige raue Stimmen, untereinander sprachen sie Englisch oder in ihrer eigenen Romasprache. Zak erklärte mir, dass einer den anderen »Bruder« nannte und jeder alles tun würde, um die Ehre und die Sicherheit des Bruders zu verteidigen. Schon bald, nach seinem nächsten Geburtstag, wäre er auch ein Bruder.

Noch ein anderer Mann im Lager fiel mir auf. Er sah sehr gut aus, hatte lange schwarze Haare wie die anderen, aber seine Haut war hell, und seine Augen leuchteten so blau wie die Saphire in Mutters Ring. Er sprach ganz sanft, genau wie Vater. Die anderen Männer nannten ihn Fairfax, und Zak erzählte mir, dass er ein Gaje war. Das bedeutete, Fairfax war kein Roma. Eine Weile reiste er mit Zaks Familie, dann verschwand er, und niemand wusste, wohin. Er war ein geschickter Zauberkünstler und half den Zigeunern Geld zu verdienen, wenn sie in Dörfern oder auf Jahrmärkten waren. Wenn Fairfax guter Laune war, zeigte er mir einige seiner Tricks. Er ließ Münzen und Spielkarten verschwinden und zog ein Ei hinter meinem Ohr hervor. Jedenfalls sah es so aus. Einmal zerbrach er einen kleinen Spiegel, dann murmelte er seltsame Worte, und der Spiegel war plötzlich ganz weich und wieder heil. Mit seinen Zaubertricks brachte er mich zum Lachen, aber seine Augen waren immer voller Trauer. Zak flüsterte mir zu, dass Fairfax einen Menschen getötet hatte und deshalb mit einem Fluch belegt war: Er würde niemals altern. Ich glaubte ihm nicht. Fairfax konnte niemanden getötet haben. Er war zu traurig und zu schön dafür. Ich hatte jedenfalls keine Angst vor ihm und bin sicher, dass ich Angst gehabt hätte, wenn er ein Verbrecher gewesen wäre. Ich hatte vor keinem der Brüder Angst. Vielleicht wäre es besser gewesen, wenn ich welche gehabt hätte.

Die Krankenschwester kommt.

Ich muss mein Tagebuch verstecken.

Elf

Sarah, mein Liebling,
versteck diesen Brief, nachdem du ihn gelesen hast. Ich könnte es nicht ertragen, wenn jemand außer dir ihn lesen würde, mein Romamädchen. Nur mit dir kann ich so reden, mit niemandem sonst. Es fällt mir sehr schwer, über meine Gefühle zu sprechen.
Schon drei Wochen ist es her, dass ich und meine Familie Wyldcliffe verlassen haben, und seitdem war jeder Tag erfüllt von den Gedanken an die Zeit, die wir zusammen verbracht haben. Sie war viel zu kurz, aber die Erinnerungen sind ein wertvoller Schatz. Ich denke daran, wie wir über die Moors geritten sind und die Abendsonne deine Haare zum Strahlen brachte. Ich hätte dich so gerne in den Arm genommen und dich gefragt, ob du mit uns kommen möchtest, aber ich wusste, dass das unmöglich war.
Das Schicksal hat bestimmt, dass unsere Wege sich trennen. Stattdessen sind mir nur meine Erinnerungen geblieben. Sie sind mein Trost. Aber eines Tages werde ich zurückkehren, und dann können wir wieder zusammen sein. Dann werde ich dich tausend Mal küssen, mein Engel …
Für immer dein, Cal

Ich habe diesen Brief nie bekommen. Selbst wenn Cal mir geschrieben hätte, diese Worte hätte er sicher nicht gewählt. Sie stammten aus den vielen Büchern, die ich in der Bibliothek ausgeliehen hatte, und sie hatten so gar nichts mit dem stolzen und unabhängigen jungen Mann mit den widerspenstigen Haaren zu tun, den ich getroffen hatte. Cal war eher zurückhaltend, sprach wenig und war dafür aber immer für eine Überraschung gut. Unter der harten Schale und seinem Misstrauen Fremden gegenüber hatte ich jedoch seinen wahren Charakter gespürt. Er war warmherzig, und er mochte mich, da war ich mir sicher. In der Nacht, als Mrs Hartle in den *Moors* starb und wir alle unter Schock standen, war es das Natürlichste der Welt gewesen, mich gegen Cals starke Schultern zu lehnen, seinen Trost zu suchen und seine Arme um mich zu spüren. Danach waren wir oft zusammen ausgeritten, und er hatte mir kleine Geschenke gemacht, eine Blume, eine Feder, eine geschnitzte Flöte, aber er hatte mich nie geküsst. Mein Körper brannte vor heimlicher Sehnsucht, aber nicht nach Josh, da war ich sicher.

Als ich Josh davongehen sah, glücklich über die Aussicht, am nächsten Morgen Evie zu treffen, zwang ich mich zu der Einsicht, dass meine Gefühle für ihn nur ein kurzes Aufflackern gewesen waren, das so schnell wieder erloschen war, wie es sich entzündet hatte. Offiziell hatte ich Evie natürlich längst verziehen, dass Josh nicht mich, sondern sie attraktiv fand. Was hatte ich noch gesagt? *Mein Herz ist nicht gebrochen, nur verletzt.*

Und es war nicht nur mein Herz, das verletzt war, es war auch mein Stolz. Wenn Cal geblieben wäre, wären die Dinge vielleicht anders gewesen, aber er war nun mal fort. Und er hatte nicht einmal geschrieben, und ich fühlte mich verlassen. Mein Stolz war sauer geworden wie Milch, die zu lange in der Sonne stand.

Ich drückte Starlight ein letztes Mal ganz fest und verließ den Stall in Richtung Küchengarten. Hierher verirrten sich nur wenige Schülerinnen, von denjenigen einmal abgesehen, die selbst Blumen und Gemüse auf abgetrennten schmalen Beeten anbauten. Früher hatte ich diesen Ort geliebt, aber jetzt erschien er mir leblos und überwuchert. Heute war niemand hier, und ich setzte mich auf eine niedrige Steinbank, allein mit meinen trostlosen Gedanken.

Ich war doch immer offen und ehrlich gewesen! Und trotzdem hatte ich meine innersten Gefühle geheim gehalten, Evie und auch mir selbst gegenüber. Obwohl ich Evie wie eine Schwester liebte, musste ich mir eingestehen, dass ich sie insgeheim beneidete. Wie hieß das noch? Geschwisterrivalität?

Ich liebte Evie wegen ihrer Schönheit, ihrer Grazie und ihres Mutes, wegen ihrer Talente und wegen der geheimnisvollen Tiefen ihrer Persönlichkeit. Für mich war sie so etwas wie eine Meerjungfrau, mit ihren meergrauen Augen, der grazilen Figur und den langen roten Haaren. Sebastian hatte sie bedingungslos geliebt, fast bis in den Wahnsinn, und jetzt war es Josh, der bereit war, sie zu lieben, als wäre es das Natürlichste der Welt. Und ich? Ich war die pausbäckige Sarah, die gute Freundin von allen und die Seelenfreundin von niemandem, mit den dreckigen Fingern vom Unkraut jäten, Pferde striegeln oder mit der Stallkatze spielen. Bei mir gab es nichts Geheimnisvolles. Nichts, was diesen verklärten begehrlichen Blick herausforderte, nach dem ich mich so sehr sehnte.

Ich bin versucht, diesen Teil der Geschichte zu unterschlagen, um mich selbst in einem besseren Licht dastehen zu lassen, aber das werde ich nicht tun. Der Mystische Weg ist der Weg zur Heilung und der Mut, sich zur Wahrheit über die Krankheit zu bekennen, der erste Schritt, um gesund zu werden.

Als ich gedankenverloren auf der Steinbank saß, inmitten dieses leeren, frostigen Gartens, drohte das Selbstmitleid mich zu überwältigen. Aber das Versprechen, das ich mir gegeben hatte, zog mich wie eine schwere Kette in die Gegenwart zurück.

Ich stand auf und steckte Joshs Umschlag in meine Tasche. Es war sinnlos, über melancholische Träume von Liebe und Romantik zu brüten, während meine Schwestern in Gefahr waren. Miss Scratton hatte gesagt, dass es etwas gäbe, mit dem wir uns schützen konnten. Ich konnte wenigstens herausfinden, was es war, und es dann tun, was auch immer es war und was auch immer es mich kosten würde. Es wäre ein Weg, meine hässlichen Gefühle zu verstecken und anderen von Nutzen zu sein, anderen zu beweisen, dass ich sie liebe und im Gegenzug ihre Liebe verdiente.

Ich will gut sein.

Ich will stark sein.

Ich will Sarah sein.

Ich fand Evie im Musiksaal, wo sie gerade Partituren für die Chorstunde sortierte, eine Aufgabe, die ihr als Stipendiatin zukam.

»Hey«, sagte ich, »hast du eine Minute Zeit?«

»Ich bin ziemlich beschäftigt«, murmelte sie und blickte weiter auf die auf der Schutzdecke des Flügels verteilten Notenblätter.

»Ich habe Josh getroffen, er hat mich gebeten, dir etwas zu geben.«

Jetzt war ihr Interesse geweckt. »Josh? Was hat er gesagt? Wartet er noch auf mich?« Sie wurde sogar leicht rot, und in ihrer Stimme lag eine vibrierende Spannung.

»Nein, er ist nach Hause gegangen. Aber ich soll dir das hier geben.«

Ich reichte ihr den Umschlag und den Zettel, und sie faltete ihn hastig auf. Ich drehte mich um, damit sie ihren Liebesbrief ungestört genießen konnte, aber sie schnappte nach Luft.

»Sarah, warte, es geht um Agnes. Mein Gott!«

»Was ist? Was ist los?«

»Josh hat eine Verbindung zwischen seiner Familie und Agnes entdeckt. Hör mal …«

Sie strich den Zettel glatt und begann sofort zu lesen.

»Liebe Evie«, hmm … und dann: »Ich habe etwas über Agnes herausgefunden, und ich kann es kaum erwarten, deine Meinung dazu zu hören. Erinnerst du dich, dass ich dir das Foto von Martha gezeigt habe, der alten Kinderschwester von Agnes? Sie lebte auf Uppercliffe Farm und kümmerte sich heimlich um Agnes und ihre Tochter Effie (deine Ururgroßmutter, wie du weißt), nachdem sie aus London zurückgekommen waren. Ich habe dir schon erzählt, dass die Familie meiner Mutter mit Marthas Familie verwandt ist. Auch sie lebte in Uppercliffe, bis die Farm nach dem Ersten Weltkrieg aufgegeben wurde. Die drei Brüder der Familie waren gefallen, und niemand konnte die Farm weiterführen. Ich habe meine Mutter gebeten, nach weiteren Erinnerungsstücken dieser längst vergangenen Zeit zu suchen. Daraufhin gab sie mir ein ganzes Bündel mit vergilbten Fotos, Briefen und allen möglichen

Dokumenten. Meine Mutter ist ein praktisch veranlagter Mensch und interessiert sich nicht sehr für die Vergangenheit, deshalb hat sie sich nie um diese Sachen gekümmert. Aber ich finde das alles sehr spannend. Und es könnte wichtig sein – für uns. Ich muss dich morgen unbedingt treffen …«

Evie brach ab. Angst lag in ihren Augen, aber ich brannte vor Neugier. »Um was geht es? Was hat er gefunden?«

Langsam blätterte sie in den Unterlagen. Meist handelte es sich um sepiafarbene Fotografien auf dickem Karton mit Menschen darauf, die längst tot waren und eine Beziehung zu Martha und Josh gehabt hatten. Sie zeigten rechtschaffene, ernst dreinblickende Bauern und ihre stattlichen Frauen, die in ihrem Sonntagsstaat etwas linkisch wirkten und direkt in die Kamera starrten. Auf einem der Fotos war ein etwa achtjähriges Mädchen mit feinen Gesichtszügen, seidig glänzenden Locken und durchdringenden Augen zu sehen.

»Sarah, schau nur, das muss Effie sein!« Marthas Familie hatte sie nach Agnes' Tod adoptiert. Deren Eltern, Lord und Lady Templeton von Wyldcliffe Abbey, hatten nie etwas von der Existenz ihrer Enkelin erfahren. Fasziniert blickte Evie auf das Bild ihrer Ururgroßmutter.

»Josh hat noch von anderen Dokumenten gesprochen. Wo sind die denn?«

Zwischen den Fotografien versteckt fand Evie ein hauchdünnes, fast durchsichtiges Blatt Papier. Sie faltete es auf und sagte: »Es ist Agnes' Handschrift … Es muss ein Brief sein.«

Sie setzte sich, und ich sah, dass sie zitterte.

»Willst du ihn nicht lesen?«, fragte ich.

»Doch … nein … ich … oh, Sarah«, flüsterte sie, »das

bringt alles wieder zurück! Agnes kommt mir so nah, und Sebastian … ich weiß nicht, ob ich das ertrage.«

»Aber Josh vermutet doch, dass es etwas ist, das du wissen solltest. Wenn es etwas Schlimmes wäre, dann hätte er dich doch gewarnt, meinst du nicht?«

»Ja, ich denke, du hast Recht. Entschuldige, dass ich so dumm bin.« Flehend blickte sie mich mit ihren faszinierenden meergrauen Augen an. »Kannst du ihn lesen, Sarah?«

Sie reichte mir den Brief, und ich begann laut vorzulesen.

»*London, 9. November 1884*

Meine liebe Martha, zu gütig, dass du mir hierher in meine bescheidene Unterkunft schreibst! Deine von Herzen kommenden, tröstenden Worte nach dem Tod meines armen Francis haben mir gut getan. Er war ein zärtlicher und treusorgender Ehemann, trotz seiner schwachen Gesundheit und seinem schweren Schicksal. Mein Schmerz wird durch die Gewissheit gelindert, dass er jetzt seinen irdischen Schmerzen entronnen ist, und mich tröstet die ›sichere Hoffnung‹, dass ich im nächsten Leben wieder mit ihm vereint sein werde. Und er hat mir ein wertvolles Geschenk hinterlassen: mein Mädel, wie du sie nennst, meine liebste kleine Effie. Sie ist so goldig, und ich wünschte, du könntest sie sehen und umsorgen, wie du es damals bei mir getan hast. Deine Briefe sind wie kleine Schätze, die ich wieder und wieder studiere, meine treue Freundin. Du bist meine einzige Verbindung mit meinem alten Leben in Wyldcliffe. Ich sehne mich danach, diese dreckige, neblige Stadt zu verlassen, und träume davon, in die glasklare Luft meines Tals und die vertraute Landschaft zurückzukehren. Wenn nur meine Eltern in Wyldcliffe Abbey mein Kind sehen und es willkommen heißen könnten!

Da gibt es etwas, über das ich mit dir sprechen muss, Martha …«

»Evie, alles klar?«, fragte ich. Sie knetete krampfhaft ihre Hände, aus Furcht vor dem, was jetzt kommen konnte.

»Ja, lies weiter. Wir müssen es wissen.«

»*Da gibt es etwas, über das ich mit dir sprechen muss, Martha. Es ist jetzt zwei Jahre her, seit diese seltsame Geschichte begann. Als ich damals deine durch grauen Star erblindeten Augen geheilt habe, wusstest du noch nicht, dass es das Heilige Feuer des Mystischen Weges war, das mir die Kraft gab, dir zu helfen. Jetzt kennst du alle meine Geheimnisse, und obwohl du anfangs solche Dinge für gotteslästerlich gehalten hast, weißt du jetzt, dass alles, was ich tue, von der Natur und dem Allmächtigen Schöpfer gutgeheißen wird. Nach meinem intensiven Studium weiß ich jetzt mehr über die geheimen Elemente und ihre Wirkungen. Ich muss dir unbedingt von etwas berichten, das mir noch nicht bekannt war, als ich deine Augen heilte.*

Indem ich dir das Augenlicht wiedergegeben habe, ist ein Funke des Heiligen Feuers von mir auf dich übergesprungen. Es wird dir nicht schaden, aber die Menschen in deiner Umgebung wärmen und sie strahlen lassen. Durch deine Liebe wiederum wird das Heilige Feuer auch auf deine Familie übertragen, auf die Lebenden und auf alle anderen, die noch kommen werden. Das Heilige Feuer entfacht eine gewaltige Energie, aber ich wiederhole, es bringt keinen Schaden. Der Funke kann über viele Generationen unsichtbar sein und dann auf jemand überspringen und wieder hell erstrahlen wie die Sonne und den Auserwählten mit mir und dem Weg der Heilung verbinden. Das Feuer ist die göttliche Kraft, die alles ausbrennt, läutert und heilt, die Heilige Flamme, die alle Sinne berührt und unsere Liebe und Leidenschaft entfacht.

Ich hoffe, ich habe dir mit diesem Geheimnis keine Angst gemacht. Sieh es als ein Geschenk. Deine Familie wird nicht reich an Geld sein, aber durch die Macht des Heiligen Feuers immer reich an Liebe. Ich sehe deine Nachkommen stolz und furchtlos über die Moors *streifen, das Land bestellen und die Herden versorgen, mit weizenblonden Haaren, so wahrhaftig und stark wie die Eichen, die auf dem Boden meiner alten Heimat wachsen.*

Ich wage kaum zu fragen, aber gibt es Neuigkeiten von meinem lieben Freund auf Fairfax Hall? Ich bete jeden Tag für ihn, wie ich es auch für dich tue.

Voller Hoffnung, dich bald wiederzusehen, bleibe ich deine auf ewig dankbare Freundin, Agnes Templeton Howard.«

Ich faltete den Brief zusammen und gab ihn Evie zurück. Dann sagte ich: »Es ist Josh, oder? Er ist derjenige, der vom Feuer berührt wurde. Der Funke der Heilung.«

»Glaubst du wirklich?« Evies Stimme war nur noch ein Flüstern, und sie sah mich nicht an. »Ich möchte so gerne geheilt werden. Ich fühle, dass ich nie wieder die Gleiche sein werde.«

»Was hast du vorhin über die Hoffnung gesagt? Man muss das Leben nehmen, wie es ist, in guten und in schlechten Zeiten.«

»Das ist leicht gesagt«, antwortete sie mit der Andeutung eines schwachen Lächelns, »aber nicht so leicht getan.«

Ich meinte ein Geräusch auf dem Gang gehört zu haben. Rasch wandte ich mich um und sah einen Schatten am Eingang. Da war jemand, der sich an der Tür herumdrückte.

»Wer ist da?«, rief ich. Ich hörte ein Husten, dann tauchte eine schmale Gestalt auf. Es war der Musiklehrer, Mr Brooke, ein nervöser, bleicher junger Mann mit zögerlichem Benehmen und einer chronischen Erkältung. Mr Brooke war einer der wenigen Männer, die in Wyldcliffe zugelassen waren. Ganz offensichtlich ging von ihm keine Gefahr aus, die Wahrscheinlichkeit, dass sich eine Schülerin in ihn verliebte, war gleich null.

»Haben Sie die Noten fertig sortiert, Miss Johnson?«, fragte er mit seiner hohen näselnden Stimme. »Ich hatte Ihnen einen Termin gesetzt. Bald läutet die Glocke zum Abendessen.«

»Entschuldigen Sie, Mr Brooke«, murmelte Evie, während sie rasch die Notenblätter zusammenraffte und dabei den Brief und die Fotos verdeckte. »Geh schon vor, Sarah, bei mir ist alles okay.« Sie drehte sich um und beugte sich wieder über ihre Arbeit. Mr Brooke musterte mich stirnrunzelnd, und ich hatte keine andere Wahl, als Evie mit ihren Noten alleine zu lassen.

Der Brief bestätigte nur, was ich schon wusste. Josh war dazu bestimmt, Evie aus dem Reich der Schatten wieder in die Wärme und ins Licht zurückzubringen.

Und ich? Wer würde kommen, um mich zu heilen?

Zwölf

Am nächsten Morgen nach dem Frühstück ging ich mit Helen und Evie zum Büro der Direktorin. Ich klopfte an die Tür.

»Herein.«

Miss Scratton hatte Besuch, Miss Dalrymple. Sie waren in ein intensives Gespräch vertieft. Miss Scrattons Lippen waren vor Anspannung zusammengepresst, und sie sah nicht einmal auf, als wir ins Zimmer traten. Miss Dalrymple beäugte uns prüfend, als würde sie abwägen, ob wir für eine geheime Mission geeignet wären. Zu wissen, dass diese dickliche Lehrerin mit dem falschen Lächeln in Wahrheit eine der Dunklen Schwestern war, machte mich wütend. Aber gegen sie konnten wir nichts ausrichten. Die Polizei würde uns auslachen, was wir auch immer vorbrachten. Die ehrbare Miss Dalrymple und Schwarze Magie? Sollten wir erzählen, dass Helen gesehen hatte, wie Celestes Cousine Laura van Pallandt vor einem Jahr von Mrs Hartle geopfert und getötet wurde? Nur wir wussten, dass Mrs Hartle in einem Opferritual Lauras Lebenskraft ausgesaugt und ihr die Seele entrissen hatte. In ihrer Gier war sie zu weit gegangen, und Laura war gestorben. Niemand würde uns glauben. Wir hatten keine Beweise. Es war ein Unfall, würden sie sagen, das arme Mädchen ist im See ertrunken. Ein schrecklicher, tragischer Unfall.

Nein, zur Polizei konnten wir nicht gehen. Wir mussten Miss Dalrymple und den Rest des Zirkels mit unseren Mitteln bekämpfen, nachts, im Reich der Schatten. Ich zwang mich zu einem Lächeln und dämpfte meine Wut mit dem innerlichen Versprechen, dass Rowena Dalrymple eines Tages für all die schrecklichen Dinge bezahlen würde, die sie und ihresgleichen getan hatten.

»Guten Morgen, meine Damen«, begrüßte sie uns mit einem aufgesetzten Lächeln, »ich hoffe, ihr habt die Aufgabe erledigt, die die Oberste Mistress euch gegeben hat. Ihr solltet ein Vorbild für die anderen Schülerinnen sein und nicht hinter sie zurückfallen. Ich bin sicher, dass ihr das genauso seht.« Sie lächelte noch einmal, als wolle sie uns in unseren Bemühungen bestärken, aber ihre Augen waren undurchdringlich und leblos wie zwei nasse Kieselsteine.

»Hier sind die Notizen, um die Sie gebeten hatten, Miss Scratton«, sagte ich und reichte sie ihr.

»Und das sind meine«, erklärten Evie und Helen nacheinander.

»Ich werde mich eingehend damit befassen, um zu sehen, ob ihr auch gewissenhaft gearbeitet habt.« Miss Scrattons Stimme klang eisig. »Ihr dürft gehen.« Wir wandten uns zur Tür, aber sie rief uns noch einmal zurück. »Wartet. Lest noch diesen Bericht über die Schreckensherrschaft, Kapitel 18. Es könnte nützlich für euch sein. Wir werden dieses Thema in der nächsten Stunde behandeln.«

Ich griff nach dem Buch, das sie mir entgegenstreckte, und dann waren wir entlassen. Miss Dalrymples prüfender Blick verfolgte uns bis hinaus auf den Flur. Als wir außer Hörweite waren, zog ich die anderen in ein leeres Klassenzimmer.

»Kapitel 18! Schlagt die Seite auf, vielleicht ist dort eine geheime Nachricht an uns versteckt!«

Und tatsächlich, am Anfang des Kapitels steckte ein kleiner Zettel zwischen den Seiten. Hastig zog ich ihn heraus und erkannte Miss Scrattons akkurate Handschrift.

Wir treffen uns um Mitternacht bei den Ruinen. Bringt die beiden Gaben mit. Achtet darauf, nicht zusammen gesehen zu werden. Wenn euch jemand beobachten sollte, ist es besser, den Eindruck zu erwecken, ihr wärt keine Freundinnen mehr.

ZERSTÖRT DIESE NACHRICHT.

»Also heute Nacht«, sagte Helen, »mit den Gaben. Das Buch und der Talisman. So machen wir es, Evie, oder?«

Helen und ich sahen Evie fragend an. Wäre sie bereit, noch einmal ins Dunkel einzutauchen?

»Warum nicht?«, antwortete Evie. »Wenn ihr geht, gehe ich auch. Wir sind in der Schwesternschaft aneinandergebunden, alle drei. Ist es nicht so?« Dabei klang ihre Stimme irgendwie seltsam, als wäre es nicht ihre eigene, sondern als würde sie etwas aus einem alten Buch herunterbeten.

»Bist du sicher?«, fragte ich.

»Aber ja. Das war doch kein richtiger Streit, oder? Warum sollten wir jemals streiten?«

Weil du kein Teil mehr von all dem sein willst. Weil du Angst hast und verwirrt bist. Weil du deine immer noch brennende Liebe für Sebastian in Joshs Armen vergessen willst. Weil ich wütend und eifersüchtig bin, es aber nicht zugeben kann. Weil du mir nicht mehr in die Augen sehen kannst.

Natürlich sprach ich all das nicht laut aus. »Wir werden uns niemals streiten«, sagte ich stattdessen. Dabei wollte ich nicht einmal lügen. In diesem Moment wünschte ich mir nichts sehnlicher, als dass es so sein würde.

»Aber ihr habt gelesen, was Miss Scratton geschrieben hat«, erinnerte Helen, »wir sollten uns voneinander fernhalten. Bis Mitternacht.«

Eilig verließ sie den Raum, als ob sie froh um eine Entschuldigung wäre, endlich allein sein zu können. Evie schlich sich in entgegengesetzter Richtung davon. Ich zerriss den Zettel in kleine Schnipsel, ging vor die Tür und ließ sie wie Samenkörner auf das Beet voller Frühlingsblumen fallen, in der Hoffnung, dass etwas Gutes aus Miss Scrattons Plänen wachsen würde.

Der Mond war nicht mehr zu sehen. Dicke Wolken waren von Westen aufgezogen und hatten auch die Sterne ausgeknipst. Ein gutes Zeichen, dachte ich, das verringert die Gefahr, dass uns jemand entdeckt.

Ich erreichte die Ställe. In der Nacht sah alles so anders aus, irgendwie enger und geheimnisvoll. Ich versuchte mit äußerster Vorsicht das Gatter von Starlights Box zu öffnen und schlüpfte hinein. Mein geliebtes Pferd hob schläfrig den Kopf.

»Psst«, murmelte ich. Ich hob den losen Ziegelstein vom Boden und nahm das Buch aus dem Versteck. Dann schlich ich über den verlassen daliegenden Hof hinunter zum See, wobei ich mich, wo immer es ging, hinter den Bäumen verbarg. Ich wagte es nicht, meine Taschenlampe anzuknipsen, aber auch ohne Licht fand ich den Weg durch die Nacht und stand schon bald vor der Ruine. Tiefe Stille hüllte mich ein, die alten Steine strahlten Erhabenheit aus, eine geheimnisvolle Verbindung mit einer längst vergessenen Welt. Und die Erde unter meinen Füßen war noch viel, viel älter, genau wie die Hügel im Hintergrund und die hinter den Wolken verborgenen Sterne. Wie klein und unbedeutend war dagegen alles von Menschenhand Geschaffene.

Ich war die Erste und wartete unter einem halb verfallenen Spitzbogen, der in tiefer Dunkelheit lag. Feiner Nebel wallte über den See und kroch den Boden entlang. Einige Augenblicke später sah ich Helen und Evie über das feuchte Gras huschen. Ich pfiff leise, und sie kamen zu dem Gemäuer. Während wir in unserem Versteck warteten, lugte ein Stern durch die Wolken und starrte kalt zu uns herab. Ich schauderte und wünschte, Miss Scratton würde endlich erscheinen. Die Glocke der Dorfkirche schlug Mitternacht und verstummte.

Eine Gestalt in einem langen Umhang tauchte zwischen den Ruinen auf, ihr unter einer Kapuze verborgenes Gesicht starrte auf den Boden. Weder die Statur noch die Art, sich zu bewegen, erinnerten an Miss Scratton. Ich hielt den Atem an. Die unbekannte Person kam näher, sie schien nach etwas – oder nach jemandem – zu suchen.

Aus der Ferne war das bellende Geräusch eines Fuchses zu hören. Die Gestalt zuckte zusammen, hob den Kopf und eilte in die entgegengesetzte Richtung davon. Dann hörte ich Miss Scrattons Stimme: »Rührt euch nicht vom Fleck. Wartet.«

Die flüchtende Gestalt verschwand zwischen den dichten Büschen. Dann verklangen die Schritte, und es wurde still. Ich wandte mich zu Miss Scratton und flüsterte: »Wer war das?«

»Ein Mitglied des Zirkels, da bin ich sicher. Wir müssen uns beeilen.«

»Was tun wir hier?«, fragte Evie.

»Wir versuchen, einen mächtigen Schutzzauber zu beschwören, um Mrs Hartles Seele abzuwehren. Ihr seid ihren Attacken hilflos ausgesetzt, und ich will damit einen Schutzkreis um euch legen.«

»Heißt das, sie kann uns dann nicht mehr erreichen?« In Helens Stimme lag Zweifel. »Kann sie das wirklich fernhalten?«

»Wir müssen darauf hoffen. Evie, hast du den Talisman?«

Evie nahm die Kette ab und gab sie Miss Scratton. Diese schüttelte den Kopf. »Nein, es ist dein Talisman. Du musst ihn benutzen.«

»Aber ich weiß nicht, ob ich noch …«

»Dann müssen wir es herausfinden. Sarah, hast du das Buch?« Ich zog es unter meiner Jacke hervor. »Sehr gut. Dieser Ort war einst eine heilige Stätte, das Herz von Wyldcliffe, und sein Segen könnte uns helfen.« Sie sah uns ernst an. »Lasst uns beginnen. Habt keine Angst vor dem, was ihr sehen werdet. Es sind nichts als Träume und Visionen. Denkt an meine Worte: Habt keine Angst.«

Ich kann hier nicht jede Einzelheit der Beschwörungszeremonie wiedergeben. Aber zu Beginn legten wir das Buch auf die Überreste des Altars, schlugen es auf und studierten die Anweisungen. »Zum Schutz gegen einen Bösen Geist.« Die dicken schwarzen Lettern der Überschrift sahen bedrohlich aus. Was, wenn wir es nicht schaffen würden?

Wir fassten uns an den Händen und schlossen den Kreis. »Ich stehe hier als Wächter und Beschützer deiner jungen Dienerinnen«, intonierte Miss Scratton, »nimm meine Anwesenheit an, Allmächtiger Gott. Sei uns wohlgesonnen, und lass uns dein Werk im Verborgenen vollenden.«

Plötzlich formten sich die Ruinen wieder zu der Kapelle, so wie sie vor vielen hundert Jahren hier gestanden hatte. Ihre Mauern waren silbern und fast durchscheinend, wie die milchigen Buchstaben, die unter Miss Scrattons langen Fingern erschienen waren, als sie das Buch berührt hatte. Ich konnte die heilige Stätte sehen und doch wieder nicht, mit dem See, den Bäumen und dem Gebüsch, deren Konturen man durch die Mauern hindurch noch erahnen konnte wie das gespenstisch wirkende Negativ einer Fotografie.

Wir starrten unsere Lehrerin fragend an.

»Was … wie …?«

»Für einen kurzen Augenblick sind wir vor neugierigen Augen geschützt. Mehr kann ich nicht tun. Den Rest müsst ihr selbst schaffen.«

Nach den Anweisungen des Buches zeichneten wir komplizierte Muster in den Boden und sprachen die Beschwörungsformeln: »Zum Schutz unserer Schwestern … zum Schutz vor dem Wolf, dem Raben und dem namenlosen Tod … den Geist an das Grab zu binden … und den Feind an die Wildnis …«

Wir riefen die Mächte der Erde, der Luft und des Wassers an. Der Wind pfiff um die durchscheinenden Mauern, der See murmelte in seinem Bett, die Erde zitterte unter unseren Füßen. Ich meinte lange Reihen von schattenhaften Frauen in den pechschwarzen Ecken der Kapelle knien zu sehen, die uralte Gebete murmelten.

»Evie, nun musst du Agnes um ihre Mithilfe bitten«, drängte Miss Scratton, »rufe sie durch die Heilige Flamme an. Aber hab keine Angst vor dem, was du siehst.«

Mit zitternden Händen reckte Evie das Amulett in die Höhe.

»Agnes?«, rief sie. »Bitte hilf uns. Wir brauchen dich.« Ein greller Lichtblitz zuckte über den nachtschwarzen Himmel. Einen Moment lang war ich geblendet und konnte nichts mehr sehen, dann erkannte ich die Silhouette eines jungen Mädchens, das ganz in Weiß gekleidet war. Sie stand unter dem Ostfenster des Gemäuers und streckte die Hände nach uns aus. Agnes hatte unser Flehen gehört.

»Wir schaffen einen Kreis gegen die Dämonen und die Goblins«, sangen wir, »wir schützen unsere Schwestern gegen Hass und Rache, am Tag und in der Nacht, bei Sonne und bei Sturm.«

Eine Feuerzunge schoss am Rand des Kreises entlang. Dann hörte man Agnes' ferne, undeutliche Stimme: »Es ist vollbracht, meine Schwestern. Zerstört den Zauber nicht. Lasst ihn euch beschützen, heute, morgen und für alle Zeit.«

»Heute und für alle Zeit.«

Die Beschwörung war vollbracht. Die Flammen erloschen, und mit ihnen verschwand auch Agnes. Miss Scratton sagte: »Gut gemacht.« Aber als wir gerade unsere Hände voneinander lösen wollten, veränderte sich mit einem Mal die Situation. Sturmböen peitschten um die Ruinen, zerrten an unseren Kleidern und Haaren und nahmen uns fast den Atem. Die Luft war erfüllt von furchterregenden, schluchzenden und heulenden Stimmen. »Haltet euch fest an den Händen«, befahl Miss Scratton, »lasst nicht los! Habt keine Angst!«

Wieder tauchten die schattenhaften Frauen auf, aber jetzt konnte ich ihre Gesichter unter den Schleiern erkennen. Bleiche, gottgefällige Gesichter voller Angst, ins Gebet vertieft. Als eine Horde Krieger mit Schwertern und

Keulen in die Kapelle stürmte, stoben sie auseinander wie ein Vogelschwarm. Dumpfe Schläge, gellende Schreie und das Geräusch von splitterndem Glas gruben sich in mein Hirn. Dann flackerten die Schatten und veränderten ihre Form. Eine neue Gruppe von schwarz gekleideten Frauen trat in mein Blickfeld, die eine verhüllte, schwere Last trugen. Sie taumelten und stolperten – dann sah ich, was sie schleppten. Fast hätte ich vor Entsetzen das Gleichgewicht verloren. Es war der Leichnam von Laura, ihre Lippen blau, ihre leeren Augen weit aufgerissen. Ich wurde Zeugin, wie sie von den Dunklen Schwestern heimlich zum See gebracht und dort versenkt wurde. Ich wollte schreien, doch Miss Scratton umklammerte meine Hand und flüsterte: »Halte durch! Schau nicht hin!«

Das schreckliche Bild verschwand, und die Luft begann wieder zu flimmern. Jetzt sah ich Agnes wieder. Erst war sie vor mir, im nächsten Moment hinter mir, dann stürmte sie vorbei, ihr schulterlanges kastanienbraunes Haar floss ihren Rücken hinab. Ein blendend aussehender junger Mann mit schwarzen Haaren und blauen Augen rannte über das Gras auf Agnes zu. Er strotzte vor Energie und Selbstvertrauen, als ob nichts ihn aufhalten oder ihm seine strahlende Jugend nehmen konnte.

»Sebastian, Sebastian!«, schrie Evie verzweifelt. Aber weder Agnes noch Sebastian konnten uns sehen oder hören. Die Bilder wechselten von einer Szene zur nächsten. Agnes und Sebastian saßen unter einem der verfallenen Torbögen und lasen. Dann trugen sie einen Picknickkorb zum See. Erst lachten sie, dann stritten sie, offenbar waren sie in eine heftige Diskussion verstrickt. Und dann, das entsetzlichste Bild von allen, taumelte Sebastian auf den Gras überwucherten Altarhügel zu, Agnes' leblosen

Körper in seinen Armen. Er weinte und verfluchte sich selbst. Ich war wie gelähmt und starrte ihn an, während Evie versuchte, ihre Hand aus meiner zu lösen und zu ihm zu rennen.

»NEIN!«, schrie Miss Scratton. »Nicht den Kreis brechen!«

Sebastian taumelte immer näher, so dass ich ihn hätte berühren können, und dann, so plötzlich wie er gekommen war, flaute der Wind ab, die wehklagenden Stimmen verstummten, und die Schatten von Sebastian Fairfax und Lady Agnes Templeton verschwanden.

»Es ist vorbei.«

Miss Scratton trat aus dem Kreis. Die schimmernden Mauern der Klosterkapelle verschwammen und verwandelten sich in die vertrauten Ruinen. Wir waren zurück in der Realität, was immer das auch bedeuten sollte.

Evie weinte und schluchzte verzweifelt. Noch nie hatte ich sie so am Boden zerstört erlebt. Ich wollte zu ihr gehen, um sie zu trösten, doch etwas hielt mich zurück. Ich schäme mich, es zuzugeben, aber ich beneidete sie in diesem Moment, dass es etwas so Wertvolles in ihrem Leben gab, selbst wenn sein Verlust sie so sehr leiden ließ. Als sie die Hände vors Gesicht schlug, griff ich nach dem Buch, das auf der feuchtkalten Erde gelegen hatte. Agnes' Worte aus ihrem Tagebuch kamen mir wieder ins Gedächtnis. *Wenn es an mir wäre, dann würde ich dieses Buch in den See werfen und im tiefen Wasser versinken lassen, so dass es nie wieder auftaucht.* Ich wollte es mir nicht eingestehen, aber tief in meinem Inneren konnte ich nun verstehen, warum Evie nichts mehr mit dem Mystischen Weg zu tun haben wollte. Die Erinnerung an Sebastian und ihre Liebe zu ihm waren fast zu schmerzhaft, um sie ertragen zu können.

Dreizehn

Maria Melvilles Tagebuch,
Wyldcliffe, 9. April 1919

Die Erinnerungen an das, was ich nun beschreiben muss, sind so schmerzlich, dass ich es kaum ertragen kann. Ich hätte mir nicht einmal im Traum vorstellen können, wohin mich mein unschuldiges Aufbegehren führen würde. Aber das kam später. Zuerst war ich einfach glücklich, glücklich wegen Zak.

In der Schule verhielt ich mich folgsam und vorbildlich, obwohl ich innerlich lächeln musste, wenn ich an die Stunden der Freiheit im Zigeunerlager dachte. Manchmal bemerkte ich, wie Miss S. mich kritisch musterte, und stellte mir die Frage, ob sie wohl etwas ahnte.

Ich dachte, dass mein heimliches Leben mit Zak und seiner Familie immer so weitergehen würde, sorglos und glücklich. Aber als ich eines Morgens ins Lager kam, fand ich alles in hellem Aufruhr. Die Frauen klagten und weinten, in den Augen der Männer lag Wut, und die Kinder waren verängstigt. Ich sprang von Crackers Rücken und rannte auf Zak zu. »Was ist los? Was ist passiert?«

Zak sah verändert aus, als wäre er über Nacht zum Mann geworden. »Mein Vater wird vermisst. Er ist nicht von der Jagd zurückgekehrt.«

»Vielleicht schläft er einfach irgendwo in den Hügeln.«

»Nein! Die alte Rebekka hat gesprochen. Sie sagte, er sei von den bösen Geistern geholt worden, die in den Höhlen hausen.«

»Das ist doch verrückt!«

»Wir Roma sind also verrückt?« Zak starrte mich zornig an. »Jeder weiß, dass Rebekka das zweite Gesicht hat. Was sie sagt, ist die Wahrheit. Die Männer werden nach ihm suchen.«

»Aber wo? Die Moorlandschaft ist riesig.«

»Meine Onkel haben meinen Vater letzte Nacht in der Nähe der Höhlen beim White Tor gesehen. Er war auf der Suche nach einem Jungvogel, es sollte ein Geschenk für meine Mutter sein. Bei den weißen Felsen muss er den Höhlen zu nahe gekommen sein und die darin hausenden Geister verärgert haben. Dort werden wir nach ihm suchen. Unter der Erde.«

»Lasst mich mitkommen«, flehte ich. Ich glaubte nicht an diese Geistergeschichte, natürlich nicht. Ich dachte, dass sein Vater einen Unfall gehabt hatte und irgendwo verletzt in den Moors liegen musste.

»Das ist nichts für Mädchen, Maria, besonders in der Nacht. Wenn mein Vater in der Nacht gefangen wurde, wird er auch in der Nacht gefunden werden.« Zak kämpfte mit den Tränen. »Wenn mein Vater nicht zurückkommt, muss ich vor der Zeit Oberhaupt der Familie werden und mich um meine Mutter und meine Schwestern kümmern.«

»Ich bin sicher, ihr werdet ihn finden, Zak. Aber ich wünschte, ihr würdet mit dem Doktor oder dem Dorfpolizisten sprechen. Sie würden euch suchen helfen.«

Zak lachte ein hartes, sarkastisches Lachen. »Sie wären nur zu froh, dass einer von uns verschwunden ist.« Noch nie hatte ich ihn so verbittert sprechen gehört.

»Aber was ist, wenn dein Vater gestürzt ist und sich das Bein gebrochen hat?«, fragte ich ihn. »Dann braucht ihr einen Arzt.«

»Das ist eure Art, aber nicht unsere.«

»Aber ich bin eine von euch! Ich bin auch eine Roma!«

»Dann akzeptiere, was die Ältesten entschieden haben«, sagte er finster. »Wir werden heute Nacht nach meinem Vater suchen, und nur die Brüder werden dabei sein. Die Frauen bleiben im Lager und schüren das Feuer. Das wird seine Seele am Leben erhalten.«

Fairfax näherte sich und blieb stehen, um mit mir zu sprechen. »Hab keine Angst, wir werden so lange suchen, bis wir ihn gefunden haben.«

»Reitest du etwa mit den Brüdern? Aber du bist noch nicht einmal ein Roma! Das ist ungerecht!«

»Aber ich bin älter und stärker als du, kleine Maria.« Fairfax lächelte mich müde an. »Und ich habe ganz spezielle Kräfte.«

»Ich bin nicht klein«, maulte ich. »Ich bin schon fast sechzehn. Ich bin kein Kind mehr!«

Dann wandte ich mich brüsk ab, schwang mich in den Sattel meines Ponys und galoppierte in die Schule. Ich war tief enttäuscht und weinte den ganzen Weg. Ich hätte so gerne geholfen, aber Zak schien plötzlich gegen mich zu sein. Als Zeitvertreib war ich gut genug für ihn, aber nicht gut genug, um mit den Brüdern zu reiten. Ich würde beweisen, dass ich eine richtige Roma war und genauso stark wie ein Junge.

Wenn ich gewusst hätte, was mich erwartet, hätte ich mich dann anders verhalten?

Ich weiß es nicht. Und ich werde es auch niemals erfahren.

Am Abend bestach ich Joseph erneut. Mit einem weiteren Schilling erkaufte ich mir seine Hilfe. Er würde Cracker satteln und reitfertig auf der kleinen Koppel in der Nähe der Schule zurücklassen. Nachdem das Licht im Schlafsaal ausgeknipst war, sagte ich zu Winifred, dass es mir nicht gut ginge und ich zur Krankenstation müsste. Dann schlich ich mich die Marmortreppe hinunter und schlüpfte durch eine Seitentür hinaus in die mondbeschienene Nacht. Mein Herz klopfte so heftig, dass ich glaubte, es würde zerspringen.

Joseph hatte Wort gehalten und ein Bündel Jungenklamotten neben mein Pony gelegt. Ich zog sie an, verbarg meinen Körper unter einer dicken Jacke und einem Schal. Dann führte ich Cracker aus dem Gatter vorsichtig auf die Straße, die zum Dorf führte. Ich ritt nicht direkt ins Zigeunerlager, sondern versteckte mich wie geplant hinter den Bäumen am Fluss. Wenn die Männer an mir vorbeireiten würden, wollte ich mich ihnen im Schutz der Dunkelheit anschließen, in der Hoffnung, dass sie einen weiteren jungen Mann nicht bemerken würden. Meine Haare hatte ich unter einer Mütze versteckt und betete, nicht erkannt zu werden.

Zuerst lief alles nach Plan. Ich hatte noch gar nicht lange gewartet, da sah ich die Brüder aus dem Lager kommen. Ich wusste, dass sie erst zum Fluss und dann ins Moor reiten würden. Zak ritt in der vordersten Linie, hoch aufgerichtet und mit ernstem Gesicht, neben ihm seine Onkel. Ich wartete, bis mich der Suchtrupp passiert hatte, dann schloss ich mich ihnen an. Als wir die Moors erreicht hatten, ertönte ein Signal, und die Pferde galoppierten in die nachtschwarze Finsternis.

Obwohl mich Zaks Leid schmerzte und ich mir von ganzem Herzen wünschte, dass wir seinen Vater finden würden, musste ich insgeheim zugeben, dass mir dieser wilde Ritt gefiel. Die Sterne über uns, das Stakkato der Pferdehufe und der Wind in meinem Gesicht! Die Männer riefen mit ihren rauen, kehligen Stimmen nach Zaks Vater, es klang wie ein Lied, wild und traurig zugleich. Dann blieben sie stehen und warteten auf eine Antwort, aber vergebens.

Der Trupp erreichte den Hügelkamm und schließlich den Steinkreis. Im Mondlicht sahen die Menhire aus wie ein Tempel. Die Männer verharrten still. Einer stieg vom Pferd und vergrub ein Bündel am Fuß des größten Menhirs. Darin waren Speisen, Getränke und Goldmünzen. »Geist der Hügel, empfange diese Gaben und gib uns unseren Bruder zurück«, sagte er. »Öffne die geheimen Wege für uns. Befreie seinen Körper und seine Seele.«

Dann sprang der Mann wieder auf den Rücken seines Pferdes, und der wilde Ritt ging weiter. Schon bald wurde die Erde feucht und sumpfig, und die Pferde setzten vorsichtig einen Fuß vor den anderen, um nicht im Moor zu versinken. Aber nach einer Weile wurde der Boden wieder fester, und wir ritten zum White Tor hinauf. Schon bald erkannte ich die markante Kalksteinformation in der Nähe der Höhlen.

Der Eingang zur größten Höhle sah aus wie ein abgrundtiefer Schlund, aus dem uns eine unheimliche Schwärze entgegendrang. Der Eingang in eine andere Welt. Die Reiter stiegen ab, und die Pferde wieherten verängstigt, als wir sie vor der Höhle festmachten. Ihr Instinkt warnte sie vor drohender Gefahr. Ich schauderte, und zum ersten Mal befielen mich Zweifel, ob es wirklich eine gute Idee gewesen war, den Roma zu folgen.

»Unser Bruder wurde ins Innere der Erde gebracht. Wir müssen ihm folgen, wenn es sein muss bis ins Reich des Todes.«

Es war zu spät, umkehren konnte ich nicht mehr. Ich zog meine Mütze tiefer ins Gesicht und senkte den Blick, als wir weitergingen. Hoffentlich würde mich niemand ansprechen und feststellen, wer ich war. Plötzlich rempelte mich jemand an und trat mir auf den Fuß. Schuldbewusst blickte ich auf. Zak sah mir direkt in die Augen.

»Das wird einen Riesenärger geben!«, zischte er.

»Ich wollte doch nur bei dir sein«, flüsterte ich. »Bitte, Zak, verrat mich nicht!«

Ich glaube, dass er im Grunde ganz froh war, mich in seiner Nähe zu haben, denn er behielt das Geheimnis für sich. Einen Moment lang umklammerte er meine Hand, und dann folgten wir den anderen Männern in die Höhle. Niemand sprach ein Wort, es war wie im Traum.

Ich kann jetzt nicht weiterschreiben. Für den Augenblick ist es genug.

Vierzehn

Für diese Nacht war es genug. Nachdem wir es irgendwie geschafft hatten, zur Schule zurückzukommen, fiel ich erschöpft in tiefen Schlaf. Wieder träumte ich.

Ich war zurück in der unterirdischen Höhle. Fackeln brannten. In der Luft lag ein würzig-süßer Harzgeruch, der sich mit dem Rauch vermischte. »Wo bist du?«, rief ich. Und dann: »Ich bin bereit.« Das maskierte Gesicht war wieder da, aber jetzt hatte ich keine Angst mehr. Ich trug eine Krone aus Blättern, wie eine Königin. Ein Augenpaar streifte mich mit einem Blick voller Liebe, doch dann setzten die Trommeln ein, und die Klinge traf.

Als ich erwachte, fühlte ich mich ruhig und gelassen, als ob ich Stunden geschlafen hätte. Irgendwie seltsam.

Hör auf die Trommeln. Dieses Mal war der Traum anders gewesen, so als ob das Gute und Hoffnungsvolle nur darauf gewartet hätten, geweckt zu werden. Plötzlich durchflutete eine Woge von Stärke und Energie meinen Körper. Ich stieg aus dem Bett, ging hinüber zum Fenster und blickte über das weite Land. Die Sonne wärmte bereits das noch taufeuchte Gras. Der Beginn eines wundervollen Tages. Doch als mein Blick auf die Ruine fiel, wurden die Ereignisse der vergangenen Nacht wieder lebendig. Eine Welle der Schuld überlief mich, als ich daran dachte, was geschehen war.

Evies Tränen nach Sebastians Erscheinen waren schließlich versiegt, und Miss Scratton hatte uns erklärt, dass all das, was wir gesehen hatten, nichts als Illusionen gewesen waren, Erinnerungen aus längst vergangenen Zeiten.

»Nachdem wir den Schutzzauber beschworen hatten, erschienen uns die Bilder alles Bösen, das an diesem Ort geschehen ist. Sie waren nicht real, Evie, nur Erinnerungen.«

»Aber ich habe ihn gesehen! Ich hätte die Hand nach ihm ausstrecken, den Streit mit Agnes schlichten und sie beide retten können.«

»Nein, all das ist bereits geschehen. Du mit deiner Gabe, die Kräfte des Wassers zu beherrschen, bist besonders sensibel für den Strom der Zeit und siehst die Schatten der Vergangenheit und ihre Geschichten. Aber all das ist vorüber. Die Vergangenheit ist unveränderlich, auch für dich. Es ist vorbei. Sebastian und Agnes haben beide ihren Frieden gefunden.«

»Aber warum können wir dann nur mit Agnes in Kontakt treten?«, fragte Evie aufgeregt. »Sie ist erschienen, als ich sie gerufen habe. Warum nicht auch Sebastian?«

»Weil du durch den Talisman mit Agnes verbunden bist«, sagte Miss Scratton, »aber zu Sebastian gibt es keine Verbindung mehr, Evie. Ein Toter kann zwar zurückkehren, aber nicht dann, wenn wir nach ihm rufen. Lass ihn los.«

»Aber das will ich doch! Ich will, dass er frei ist und das alles hinter sich lassen kann! Und ich will auch frei sein! Ich kann das nicht alles noch einmal ertragen!«

»Dann lasst uns hoffen, dass unser Schutzzauber stark genug ist und dass Celia Hartles Geist dich nicht erreichen kann.«

»Glauben Sie wirklich, dass unsere Beschwörungen ausreichen werden?«, fragte ich.

»Das weiß ich nicht«, antwortete Miss Scratton, »aber ich hoffe es. Im Moment wäre es klüger, wenn ihr euch voneinander fernhaltet. Dann könnt ihr wenigstens nicht gemeinsam angegriffen werden, und ihre Späher müssen getrennt agieren, um uns kontrollieren zu können. Auch ich habe nicht das volle Vertrauen des Zirkels, deshalb solltet ihr mich nur im Notfall aufsuchen. Abgemacht?«

»Abgemacht.«

»Zudem ist es ratsam, das Schulgelände nicht zu verlassen«, fügte Miss Scratton hinzu.

Evie starrte sie an. »Wir sind also Gefangene?«

»Nein, ich rate lediglich zur Vorsicht.«

»Verstehe ich das richtig? Wir sind ›frei‹ und ›in Sicherheit‹, die Menschen, die uns nahe sind, leben ›in Frieden‹, aber wir sollen uns verkriechen? Wir können also getrost in die Zukunft schauen, werden aber immer noch mit der Vergangenheit gequält? Nun, das ist genau die Art von Freiheit, die ich mir immer gewünscht habe. So kann ich nicht weiterleben, unmöglich!« Evie umklammerte den Talisman an ihrem Hals, als ob sie keine Luft mehr bekäme.

Miss Scratton ließ sie nicht aus den Augen. »Das Leben ist nicht so, wie wir es uns wünschen, für keinen von uns. Wir können nur versuchen, es so zu gestalten, dass es lebenswert ist. Deshalb überlege gut, welche Entscheidung du triffst.«

»Ich habe mich bereits entschieden«, sagte Evie. »Es tut mir leid, aber ich kann das nicht mehr.«

»Du kannst jetzt nicht einfach aussteigen«, fuhr ich sie an.

»Kann ich nicht? Dann pass mal auf.«

»Na klar, lauf einfach weg. Was ist los, mach schon!« Plötzlich packte mich die Wut. »Du hast ja deinen tollen Josh, der dich trösten kann. Geh doch zu ihm und seinen heilenden Händen, und lass uns hier im Stich! Allein mit der Gefahr!«

»So ist es nicht«, protestierte Evie, aber ich wollte nichts mehr hören.

»Und was ist mit Helen?«, fragte ich weiter. »Ist sie dir völlig egal? Sie wurde als Opfer ausgewählt, und wir müssen sie beschützen. Hast du auch mal daran gedacht? Wir haben nicht einmal den Talisman, wenn du die Schwesternschaft verlässt.«

»Nehmt ihn! Nehmt ihn doch einfach!« Evie warf mir die silberne Kette vor die Füße. Sie schien innerlich zu lodern und zitterte vor Wut. »Hier, du kannst den Talisman haben. Ich will ihn nicht mehr. Ist es das, was du willst? ›S‹ wie Sarah. Das stand doch auch auf der Tür, oder nicht? Also los, nimm ihn. Jetzt liegt es an dir.«

Damit ließ sie uns einfach stehen. Unser Bund war zerstört.

Ich ging vom Fenster weg zu meinem Bett und griff unter das Kopfkissen. Der Talisman war immer noch da. Ich konnte ihn spüren, kalt und schwer. Obwohl mich der schreckliche Streit mit Evie nicht losließ, konnte ich mich der Faszination des Amuletts nicht entziehen. ›S‹ für Sarah. Vielleicht war das der Lauf der Dinge? Vielleicht war das mein Schicksal? Ich zog mich an, ließ die Kette in meine Tasche gleiten und ging zur Tür.

Als ich den Waschraum am Ende des Flurs erreicht hatte, ging ich hinein und schloss die Tür hinter mir ab. Hier gab es wenigstens einen Spiegel über dem Waschbecken, nicht groß, aber immerhin. Wyldcliffe war strikt gegen jede Form der Eitelkeit. Wir durften kein Make-up und keinen Schmuck tragen, aber vielleicht würde Miss Scratton das auch noch ändern. Im Spiegel konnte ich verfolgen, wie ich mir die Kette um den Hals legte.

Was hatte ich erwartet? Dass mich der Talisman in eine Prinzessin verwandeln würde? Es geschah gar nichts. Das Amulett lag kalt und schwer auf meiner Brust. Ungekämmt und mit schläfrigen Augen sah ich aus wie eine Zehnjährige, die sich den Schmuck ihrer Mutter umgehängt hatte. Verbissen legte ich meine Hand auf den Kristall und flüsterte: »Agnes … Agnes …« Aber nichts geschah.

Warum sollte es auch? Ich war nicht Evie, und der Talisman gehörte mir nicht. Ich hatte keine Verbindung zu Agnes. Er war nicht für mich gedacht.

Alles ist miteinander verbunden, schien eine Stimme in meinem Kopf zu sagen. Ein Bild tauchte vor meinem inneren Auge auf: ein Mädchen mit wehenden dunklen Locken, das auf einem stämmigen Pony über die *Moors* ritt. Ich umfasste das Amulett noch fester und sagte laut: »Maria, ich bin's. Sarah.«

Einen kurzen Moment loderte der Kristall gleißend hell auf, und entsetzt ließ ich ihn los. Die Haut auf meiner Handfläche war rot und brannte. Was ging hier vor? War Maria mit Agnes verbunden? Das konnte nicht sein. Zwar war Maria Schülerin in Wyldcliffe gewesen, doch die Abteigebäude waren erst nach Agnes' Tod zum Internat geworden. Aber warum hatte der Talisman bei ihrem Namen dann so stark reagiert?

Es klopfte an der Tür.

»Komme schon«, rief ich, dann riss ich mir die Kette

vom Hals und ließ sie in meine Tasche gleiten. *Der Weg in die Hölle*, so hatte das Buch gewarnt. Ich wollte unbedingt mehr über Maria wissen, aber der Talisman gehörte mir nicht. Ich hatte kein Recht, seine Geheimnisse zu erforschen, nur weil ich neugierig war. Immer wenn Evie die magischen Kräfte des Erbstücks genutzt hatte, war es mit großen Opfern verbunden gewesen. War ich bereit, ein solches Opfer zu bringen? Und zweitens: Wenn Celia Hartles Geist durch unsere Beschwörung in Schach gehalten würde, warum sollte ich dann tiefer in Geheimnisse eindringen, die man besser ruhen ließ?

Ich wickelte den Talisman in einen dicken Schal und versteckte ihn in der hintersten Ecke meiner Nachttischschublade. Ich würde ihn nicht mehr anrühren. *Lass ihn da liegen, lass ihn einfach in Ruhe*, dachte ich. Im Moment jedenfalls.

Helen, Evie und ich gingen uns in den folgenden Tagen aus dem Weg, so wie es uns Miss Scratton geraten hatte. Helen lächelte mir flüchtig zu, wenn wir das Klassenzimmer betraten, aber Evie schaute mich nicht einmal an. Unser Streit quälte mich, besonders, weil ich mich für das schämte, was ich ihr alles vorgeworfen hatte. Ich fühlte, dass unsere Freundschaft bis in die Grundfesten erschüttert war, und wünschte mir so sehr, ich könnte sie wieder heilen. Aber Evie blieb distanziert und hielt weiter Abstand. Jede freie Minute verbrachte sie in den Ställen. Nicht wegen der Pferde, das wusste ich. Es war Josh, der sie anzog.

Es ließ sich nicht vermeiden, den beiden zu begegnen, denn auch ich sah jeden Tag nach meinen Pferden und führte sie auf den Longierplatz. Wenn sie miteinander sprachen, leuchteten Joshs braune Augen, und wenn er lächelte, wich die Spannung aus Evies Gesicht. Die von Agnes zwischen ihren Familien geknüpfte Verbindung schien sie zu faszinieren. Ein von Josh ausgehender Funke genügte, um Evies Mitgefühl zu entfachen und sie noch enger aneinanderzuschweißen. Ich bemerkte, dass Evie bestrebt war, Josh nicht zu berühren, nicht mit ihm zu flirten oder andere Signale besonderer Aufmerksamkeit zu senden, wie es bei Mädchen, die sich für einen attraktiven Jungen interessieren, üblich war. Nichts deutete darauf hin, dass die beiden mehr verband als nur Freundschaft. Aber ich wusste es besser. Wie konnte sie das tun, wenn sie doch noch immer Sebastian liebte? Immerhin war sie nicht einsam.

Ich versuchte, nicht neidisch zu sein und den beiden ihr Glück zu gönnen. Aber ich fühlte mich furchtbar. Und es gab niemanden, mit dem ich reden konnte. Helen war immer mehr in ihrer eigenen Welt gefangen, schrieb wie eine Besessene lange Briefe an ihren Vater oder notierte kleine Geheimnisse in ihrem Notizbuch. Die früheren Freundinnen, die ich vor Evies Ankunft in der Schule gehabt hatte, hatten sich von mir abgewandt, nachdem ich mich mit ihr und Helen, den beiden »Freaks«, angefreundet hatte. Und was noch schlimmer war: Ich hatte nicht einmal einen Brief von Cal, nicht einen einzigen. Und ich war sicher, dass ich auch nie einen bekommen würde.

Die Tage schleppten sich dahin, und ich wusste nichts mit mir anzufangen. Natürlich versuchte ich meine Freizeit sinnvoll zu nutzen. Nach dem Unterricht kümmerte ich mich um meine Pferde und mein Beet im Garten, aber ohne Freude, lediglich aus einem dumpfen Pflichtgefühl heraus. Womit ich mich auch beschäftigte, ohne Helen und Evie fühlte sich alles öde und leer an.

Mehr aus Verzweiflung begann ich in der Mittagszeit im Chor zu singen; es war auch eine Art, die Zeit totzuschlagen. Immerhin gab mir die Musik die Möglichkeit, meine Gefühle auszudrücken, und ich hoffte, dass es mich aufmuntern würde. Zu meiner Überraschung war auch Velvet dabei, rebellisch und spöttisch wie immer. Sie stand in der hintersten Reihe und brachte die anderen Mädchen zum Lachen, indem sie Mr Brookes zögerliche Art zu sprechen und sein linkisches Benehmen imitierte. Ich wünschte, ich könnte genauso sorglos und heiter sein, aber ich hatte einen anderen Weg zu gehen. Und so sang ich im Chor, grübelte, wartete und vermisste meine Freundinnen. Und jede Nacht hörte ich im Traum die Trommeln. Aber so sehr ich mich auch bemühte: Ich konnte einfach nicht erkennen, was mir diese wilde Musik sagen wollte.

Es war fast eine Erlösung, dass Velvet am folgenden Samstag für Abwechslung sorgte. Sie tauchte am Stall auf und nahm einen prächtigen schwarzen Wallach in Empfang, ein Geschenk ihres Vaters. Sein Name war Jupiter, und er musste ein Vermögen wert sein, jedenfalls nach seinem edlen Aussehen und seinem harmonischen Gang zu urteilen. Majestätisch trabte er über das Kopfsteinpflaster, bevor er in den Stall gebracht wurde. Ich konnte den Neid der anderen, die gekommen waren, um sich das Prachtexemplar anzusehen, fast körperlich spüren. Celeste und India, die sich selbst für die Größten hielten, was das Reiten anging, blickten wütend drein. Wieder hatte Velvet ihnen die Schau gestohlen. Für meinen Geschmack war das Tier viel zu edel für die harten Ritte durch die raue Moorlandschaft rund um Wyldcliffe, und das sagte ich Velvet auch.

»Du bist nur neidisch«, antwortete sie unbeeindruckt.

»Das wird ein Spaß, was Jupiter, Darling? Dad kauft immer nur das Beste vom Besten, er wird mir bestimmt keine alte Schindmähre zum Reiten schicken. Was hältst du davon, wenn wir morgen gemeinsam einen schnellen Ritt über die *Moors* machen? Ich mit Starlight und du mit Jupiter?«

Sie schien zu erwarten, dass ich von ihrer Idee begeistert wäre und meine eigenen Pläne über den Haufen werfen würde.

»Ähm, tut mir leid. Ich habe meine Biologiearbeit noch nicht fertig.« Miss Scrattons Warnung, nicht in den Hügeln herumzustreunen, klang mir noch in den Ohren. Außerdem war ich nicht wirklich scharf darauf, mit Velvet unterwegs zu sein. Einen Moment lang schien sie verärgert, dann zuckte sie mit den Schultern.

»Nun gut. Ich finde auch jemand anderen.« Velvet sah sich um, bis ihre Augen auf einem Mädchen haften blieben. Es war Sophie, eine aus Celestes Hofstaat, ein harmloses und schüchternes Ding, das ständig von ihrer sogenannten Freundin herumkommandiert wurde. »Hey, Sophie, das war doch dein Name, oder? Lust, mit mir auszureiten?«

»I … ich?«, stammelte Sophie. »Meinst du das ernst? Das würde ich sehr gerne.«

»Abgemacht!« Velvet setzte ihr charmantestes Lächeln auf, und mir war klar, dass sie ein neues Opfer und Sophie ein neues Idol gefunden hatte. Mein Mut sank. Das konnte nicht gut gehen, da war ich sicher.

Trotz aller Sorgen um meine Freundinnen konnte ich mich dem Wirbel, der seit Velvets Auftauchen in Wyldcliffe herrschte, nicht entziehen. Ein Gefühl, als hörte man eine Wespe in der Nähe summen, die jederzeit zustechen konnte. Rick Romaines Tochter, gelangweilt und frustriert, war fest entschlossen, Wyldcliffe ordentlich aufzumischen.

Obwohl Miss Scratton Modernisierungsmaßnahmen angekündigt hatte, konnten diese natürlich nicht ohne Unterstützung und vor allem nicht von heute auf morgen durchgesetzt werden. Wyldcliffe war über hundert Jahre lang mit eiserner Hand streng konservativ geführt worden, und das änderte man nicht einfach so. Es gab noch immer die täglichen Gebete, die altmodischen Schuluniformen, das umfangreiche Arbeitspensum vor den Prüfungen, die verstaubte Routine des Alltags und den traditionellen Gehorsam gegenüber den Lehrerinnen. Und nicht nur das. Auch das düstere Gebäude mit seinen streng geometrischen gotischen Fenstern, den Marmorsäulen und -treppen und endlosen Korridoren trug seinen Teil zu der bedrückenden Atmosphäre in der Abteischule bei. Hier war es finster und muffig, selbst wenn draußen die Sonne schien. Es gab zweifellos immer noch genug, gegen das sich Velvet auflehnen konnte.

Eine weitere Woche begann, und während ich immer noch auf der Suche nach mir selbst war und nicht so recht wusste, wohin sie mich führen würde, schien Velvet einen klaren Plan zu verfolgen. Sie sammelte eine Schar von Bewunderinnen um sich, die sich selbst die »Wylde Babes« nannten. Sie schlugen die Kragen ihrer Blusen hoch und schoben die Röcke nach oben, genau wie ihr Idol. Im Unterricht trugen sie demonstrativ eine gelangweilte Haltung zur Schau, in den Pausen rissen sie laut ihre Witze. Der harte Kern der Velvet-Fans bestand aus Camilla Willoughby-Stuart, Julia Symons und Annabelle Torrington-Jones sowie einigen anderen. Rasch gesellte sich auch die leicht beeinflussbare Sophie dazu. Velvet schenkte ihnen sündhaft teure Designerklamotten aus ihrem schier unerschöpflichen Fundus, den sie mit nach Wyldcliffe gebracht hatte. Sie vermittelte ihnen den Eindruck, eine verschworene Gemeinschaft intimer Freundinnen zu sein, obwohl stets eine distanzierte Kühle zwischen ihnen herrschte. Wie zwischen der Herrin und ihren Sklavinnen, die bereit waren, alles zu tun, was auch immer sie befahl. Velvet wirkte älter als die Mädchen in ihrer Jahrgangsstufe, geprägt durch exzessive ausschweifende Partys in New York, Buenos Aires und Monte Carlo, auf die sie mächtig stolz war, die sie aber auch in mehrere Entziehungskliniken gebracht hatten, dazu der abgrundtiefe Hass auf ihre Mutter. Ich wusste nicht, ob alles, was sie erzählte, der Wahrheit entsprach, und war bestrebt, nett und freundlich zu ihr zu sein, wollte aber auf keinen Fall in ihre Clique hineingezogen werden. Doch je gleichgültiger ich mich gab, desto mehr warb sie um mich.

»Komm doch mit, Sarah«, sagte sie eines Abends, als wir im Schlafsaal waren, um uns saubere T-Shirts für das Abendessen anzuziehen, »wir schleichen uns nach dem Ausschalten der Lichter raus zum Nacktbaden im Pool. Es gibt auch Wodka, den ich in meinem Koffer hier reingeschmuggelt habe. Das wird richtig cool.«

»Bei der Kälte?«, antwortete ich. »Und was den Wodka angeht, kannst du machen, was du willst, aber lass Camilla, Sophie und die anderen aus dem Spiel. Wenn du sie betrunken machst, bekommen sie nur Ärger.«

»Aber genau das will ich ja«, antwortete sie, »darum geht es doch.«

»Für dich ist das einfach, Velvet, du willst rausgeworfen werden. Aber ich denke, dass die Eltern der anderen nicht gerade glücklich darüber wären, wenn ihre Kinder von der Schule fliegen.«

»Oh Mann, jetzt hör doch mal mit dieser Gutmenschenmasche auf«, spottete sie und lächelte. »Ihre Eltern sind mir egal. Alles ist mir egal, ich will nur raus hier.«

»Das sollte dir aber nicht egal sein. Nachts draußen herumzustreunen ist keine gute Idee.«

Velvet verengte ihre dunklen Augen und legte die Stirn in Falten. »Und warum warst du dann draußen, in der Nacht, nachdem ich in Wyldcliffe angekommen bin?«

Ein kalter Schauer jagte mir über den Rücken, aber ich versuchte, mir nichts anmerken zu lassen. »Was meinst du damit?«

»Ich war mit Kopfschmerzen aufgewacht und konnte nicht mehr einschlafen. Du warst nicht da und bist erst ewig später wieder aufgetaucht. Wo bist du gewesen?«, fragte sie neugierig. »Du hast dich doch nicht etwa mit Evies Stallburschen getroffen, oder? Hast versucht, sie aus dem Rennen zu werfen?«

»Mach dich nicht lächerlich.«

»Habt ihr euch danach nicht gestritten, oder irre ich mich? Sophie hat mir erzählt, dass ihr im letzten Halbjahr unzertrennlich wart, du und Evie und diese andere Verrückte, wie hieß sie noch gleich? Helen Black?« Velvet räkelte sich auf ihrem Bett und fuhr fort: »Interessantes Mädchen. Sie hat etwas Weltfremdes, aber eigentlich ist sie sehr reizvoll in ihrer Art, so sperrig und abseitig. Ich hätte nichts dagegen, sie näher kennenzulernen.«

»Bitte nicht«, sagte ich. Allein die Idee versetzte mich in Alarmbereitschaft. »Lass sie in Ruhe.«

Velvet lachte höhnisch. »Die gute Sarah, sie will wohl ihre lieben Freundinnen vor der bösen Velvet beschützen?« Dann veränderte sich ihr Gesichtsausdruck, und ihre Augen begannen seltsam zu glänzen. »Jeder versucht das. Aber es funktioniert nicht. Am Ende kriegen alle etwas ab.«

Mein Herz begann zu rasen. Ich wusste nicht warum, aber plötzlich hatte ich Angst vor ihr.

»Was meinst du damit?«

Sie antwortete nicht, sondern fragte: »Kommst du jetzt mit an den Pool oder nicht?«

»Tut mir leid, kein Interesse.« Hastig knöpfte ich meine Bluse zu und verließ überstürzt den Raum. Warum wollte ich bloß so schnell wie möglich weg von ihr? Eigentlich war sie doch nur eine Angeberin, eine frustrierte Außenseiterin. *Sie sollte mir leid tun*, sagte ich mir und versuchte, die ganze Sache zu vergessen.

Doch es gelang mir nicht. Der gierige Ausdruck in Velvets Augen erinnerte mich an etwas, das ich schon einmal gesehen hatte, aber ich wusste nicht mehr, was es war. Ich konnte sie einfach nicht aus meinen Gedanken verbannen. Da mich Evie weiter ignorierte und Helen nicht da war, ging ich nach dem Abendessen in das kleine Zimmer neben dem Mathematikraum, wo die neuen Computer aufgestellt worden waren. Es war wenig los, nur eine Handvoll Schülerinnen recherchierten etwas oder spielten Spiele. Ich setzte mich an einen der Computer, tippte mein Passwort ein und hoffte, dass niemand bemerkte, wie ich Velvets Namen in die Suchmaschine eingab. Es gab viele Einträge über sie und ihren Vater, Rick Romaine. Rasch überflog ich die Informationen.

Rick Romaine, umstrittener Leadsänger der Heavy-Metal-Band ›Screaming Angels‹. Wiederholt wegen Drogen-

besitzes verhaftet. 2002 wurde eines seiner Konzerte von der Polizei abgebrochen, weil ein Fan zerquetscht und getötet worden war. Wegen seiner von okkulten Praktiken inspirierten Bühnenauftritte von Elterninitiativen angeklagt. Vorwurf der Jugendgefährdung.

Velvet Morgan Moonlight Romaine, Tochter von Rick und Amber Romaine (von ihr ist der berühmte Ausspruch überliefert: »Mit sechzehn ein Kind in die Welt zu setzen war der größte Fehler meines Lebens.«). Velvet wurde von der Vogue zur Teenager-Ikone des Jahrzehnts gewählt. Trotz ihrer Jugend landete sie bereits einen Nummer-Eins-Hit mit ihrem Vater, außerdem arbeitete sie als Model in New York und Mailand.

Die meisten Informationen kannte ich bereits, und trotzdem keimte flüchtiges Mitgefühl in mir auf. Eine Mutter zu haben, die deine Existenz für einen Fehler hält, erlaubt einem nicht gerade einen guten Start ins Leben. Aber dann erregte ein anderer Eintrag meine Aufmerksamkeit. Er stammte von einem Blog namens »CelebSpy«.

Bereits in jungen Jahren hatte Velvet Romaine wiederholt Probleme mit Alkohol und Drogen, was vermutlich mit dem ausschweifenden Lebensstil ihrer Eltern zusammenhängt. Mit dreizehn hatte sie ihren ersten Aufenthalt in einer Entzugsklinik. Aber CelebSpy verfügt über Insiderinformationen, die noch viel weiter gehen. Ihre jüngere Schwester Jasmine wurde bei einem Autounfall getötet; angeblich saß Velvets Freund, der Sänger Jonny Darren, am Steuer. Unbewiesenen Gerüchten zufolge war es jedoch Velvet, die das Fahrzeug lenkte. Kurze Zeit später trennte sich das Paar, und Darren nahm sich das Leben. Velvet kam für einen Neustart in ein exklusives Internat in der Schweiz. Doch einige Monate später brach dort ein Feuer aus, bei dem eine ihrer Klassenkameradinnen qualvoll zu Tode kam. Alles deutete auf einen Unfall hin, doch CelebSpys vertraulichen Informationen zufolge hatte Velvet auch hier ihre Hand im Spiel. Ein als Scherz gedachter Feuerwerkskörper soll damals außer Kontrolle geraten sein. Damit nicht genug. Bei der Party zu ihrem sechzehnten Geburtstag wurde der persönliche Assistent ihrer Mutter schwer verletzt, als ein Balkon über der Tanzfläche einstürzte. Zufall? Beeinflusst der dunkle Schatten, der über dem ›Bad Boy‹ Rick Romaine schwebt, auch das Leben seiner Tochter? Ist jeder, der mit ihr in Kontakt kommt, in Gefahr?

Ich war fasziniert, gleichzeitig aber auch angewidert, entsetzt von mir selbst, dass ich mir solchen Schund überhaupt durchlas. Diese sogenannten Journalisten stocherten doch nur in alten Geschichten herum, um sie mit pikanten Details zu spicken und als Sensation zu verkaufen.

Trotzdem war ich fest entschlossen, Velvet von Evie und Helen fernzuhalten. Auch wenn unsere verschworene Gemeinschaft zerbrochen war, würde ich nicht zulassen, dass jemand sie verletzte. Eher würde ich für sie sterben.

Fünfzehn

Am nächsten Morgen erschienen Sophie, Annabelle, Camilla und der Rest von Velvets Clique übernächtigt und gähnend am Frühstückstisch. Ihr Verschwörerblick sagte alles: Velvet hatte ihren Plan also in die Tat umgesetzt. Sophie allerdings schien sich in der Gesellschaft ihrer neuen Freundinnen unwohl zu fühlen, was sie aber zu verbergen versuchte. Bestimmt hatte sie vor Velvet ähnlich viel Angst wie vor Celestes arroganten und abfälligen Kommentaren. Aber immerhin hatte sie die nächtliche Eskapade offensichtlich heil überstanden, bis auf schreckliche Kopfschmerzen und ein schlechtes Gewissen natürlich.

Ich wünschte mir so sehr, dass alles wieder so wäre wie früher, aber vergebens. Evie fehlte beim Frühstück, während Helen mir kurz zunickte, dann aber weiter in einem Brief las, den sie unter dem Tisch versteckt hatte. Wieder von ihrem Vater, nahm ich an. Ich bemerkte, wie sie von Zeit zu Zeit zusammenzuckte und ihren Arm rieb, den Arm, auf dem sich das durch die Bluse verdeckte Mal befand. Vielleicht hatte sie Schmerzen? Ich sah zum Lehrerinnentisch hinüber, um festzustellen, ob Miss Scratton es ebenfalls bemerkte, aber sie war in ein Gespräch mit Miss Dalrymple und Miss Clarke vertieft. Jetzt war ich ganz allein. Auch unser Wächter konnte mir nicht helfen.

Es war bereits zwei Wochen her, seit wir mit Miss Scratton den Schutzzauber beschworen hatten, und immer noch hatte es keine Attacke von Mrs Hartle oder dem Zirkel gegeben. *Es muss funktioniert haben*, sagte ich mir und versuchte, positiv zu denken. Aber in meinem Herzen sah es ganz anders aus. War der Preis für die Sicherheit nicht zu hoch, wenn man im Gegenzug die Freundinnen verloren hatte?

Vielleicht war es diese Einsamkeit, die mich dazu brachte, über Maria nachzugrübeln. Ich hatte niemanden, an den ich mich wenden konnte, und das Gefühl, dass sie irgendwo im Hintergrund wachte und mich beschützte, wurde immer stärker. Das wollte ich jedenfalls glauben, um mich selbst zu überzeugen, dass ich nicht ganz alleine war. Aber eines war ganz klar: Es musste eine Verbindung zwischen uns geben. Hatte Maria in der Nacht nach dem Streit mit Evie versucht, mir durch den Talisman ein Zeichen zu geben? Der seltsame Lichtblitz und die Hitze, die das Amulett in dem Moment ausgestrahlt hatte, als ich ihren Namen ausgesprochen hatte, musste eine Bedeutung haben. Warum sollte ich es nicht noch einmal wagen? Ich bemühte mich, dieser Versuchung zu widerstehen, indem ich mir sagte, dass der Talisman nicht mir gehörte. Schon bald würde Evie bemerken, dass sie das Amulett nicht einfach weggeben konnte, und es sich zurückholen. Dann hätte ich wenigstens ein reines Gewissen.

Aber Maria ließ mich nicht los. Ich wollte unbedingt mehr über meine Urgroßmutter erfahren, während mich Neugier, Einsamkeit und Verzweiflung fast zerfraßen. Suche und du wirst finden, dachte ich fast schon fatalistisch, als ich den Brief in den Umschlag steckte. Ich hatte wenig Hoffnung, dass meine Mutter mir noch mehr über sie erzählen konnte, aber einen Versuch war es wert. Während ich auf die Antwort wartete und die tägliche Routine aus Lernen, Beten, die zum Unterricht, zum Beten und zum Essen läutende Glocke sowie die strengen Blicke der Lehrerinnen über mich ergehen ließ, dachte ich daran, dass Maria genau das Gleiche erlebt hatte, als sie vor vielen Jahren Schülerin der Abteischule gewesen war, hinter den altehrwürdigen Mauern inmitten derselben grünen Hügel.

Bestimmt würde es auch hier in Wyldcliffe Erinnerungen an Maria geben. Überall in den Fluren und Klassenräumen hingen vergilbte und verstaubte Fotografien, die Einblicke in die Schulgeschichte gaben. Fotos von früheren Lacrosse-Teams, von Picknicks, von längst verstorbenen Lehrerinnen und sogar die Aufnahme eines deutschen Kampfflugzeugs, das im Zweiten Weltkrieg auf dem Sportplatz abgestürzt war. In der Eingangshalle gab es ein verblichenes sepiafarbenes Foto der allerersten Schülerinnengeneration in Wyldcliffe. Es stammte aus dem Jahre 1893 und zeigte etwa ein Dutzend ernst dreinblickende, gut frisierte junge Damen in langen schweren Röcken und schwarzen Knopfstiefeln.

Ich versuchte herauszufinden, wann genau Maria Schülerin in Wyldcliffe Abbey gewesen war. Aus unserer Familienchronik hatte ich erfahren, dass es kurz nach dem Ersten Weltkrieg gewesen sein musste, den ihre Generation noch den »Großen Krieg« genannt hatte. Ich hatte zwar keine Ahnung, was ich genau herausfinden wollte, aber die Detektivarbeit gab mir neue Motivation. Am nächsten Sonntag nach der Kirche ging ich in die Bibliothek und durchforstete das Archiv. Wie Miss Scratton betont hatte, war Wyldcliffe stolz auf seine lange Geschichte, die von akribischen Bibliothekarinnen fein säuberlich in Fotos und Dokumenten archiviert worden war. Gebundene Jahrgänge von Schülerzeitungen mit gefühlvollen Gedichten, Aufsätzen, Prüfungsberichten und den Namen der Gewinner von Wettbewerben. Ich suchte und suchte, doch Marias Namen konnte ich nirgends finden. Bis mir plötzlich etwas ins Auge sprang. In einem Band aus dem Jahre 1919.

Am unteren Ende einer Seite über Naturbeobachtungen und Erste-Hilfe-Tipps gab es eine kleine Rubrik mit dem Titel »Neuigkeiten«. Hier wurden Ereignisse aufgelistet, die damals für die Mädchen von großer Wichtigkeit gewesen waren: die Geburt kleiner Kätzchen im Stall, die Anschaffung eines neuen Klaviers für die älteren Schülerinnen, ein französischer Gedichtwettbewerb. Und dann, ganz am Ende stand zu lesen: *Miss Maria Melville ist letzte Woche wieder in ihre Klasse zurückgekehrt, nachdem sie viele Wochen auf der Krankenstation verbracht hatte. Sie hatte sich bei einem Ausritt nahe des Blackdown Ridge einen Knöchel gebrochen.*

Marias Name! Ich war wie elektrisiert. Irgendwie wurde sie dadurch greifbarer. Nachdem ich die kurze Notiz ein zweites Mal gelesen hatte, kam die Erinnerung. Blackdown Ridge war der Ort, an dem die Menhire standen, hoch oben über den *Moors,* wie gigantische Finger, die in den Himmel zeigten. Und nicht nur das. Auch Helen war dorthin verschleppt worden, als sie versucht hatte, durch die verschlossene Tür in Agnes' Studierzimmer zu gelangen. Gab es da eine Verbindung? Ich war nur einmal an diesem gespenstischen Steinkreis gewesen und hatte mich sehr gefürchtet. Es war nicht gerade das Standardziel für einen kleinen Ausritt oder einen Ausflug, denn der Weg dorthin war weit. Warum war Maria dort gewesen? Wen hatte sie dort getroffen, und wie war es zu dem Unfall gekommen?

Plötzlich überkam mich das dringende Bedürfnis, an diesen Ort zurückzukehren. Zeit dafür war noch genug, aber selbst sonntags brauchten wir die offizielle Erlaubnis, uns so weit von der Schule zu entfernen. Irgendetwas sagte mir, dass Miss Scratton mir diese Erlaubnis verweigern und stattdessen dazu raten würde, auf dem Schulgelände zu bleiben. Ich war hin- und hergerissen. Einerseits wollte ich unbedingt dorthin, andererseits wollte ich auch Miss Scrattons Ratschlag beherzigen. Obwohl sie uns empfohlen hatte, möglichst nicht mit ihr in Kontakt zu treten, entschied ich mich, sie aufzusuchen. Wenn sie mir die Erlaubnis gab, zu den Menhiren zu reiten, konnte nichts schiefgehen, da war ich sicher. Urplötzlich durchfuhr mich ein tiefer Schmerz. Mit Wehmut erinnerte ich mich an die Tage mit Evie und Helen in Uppercliffe Farm und Fairfax Hall, wo Sebastian seine Kindheit verbracht hatte. Ich wünschte mir so sehr, sie könnten mich begleiten.

Rasch ging ich zum Büro der Direktorin und klopfte an die Tür. Keine Reaktion. Gerade als ich mich enttäuscht zum Gehen wandte, sah ich Miss Hetherington, die Kunstlehrerin, den Korridor herunterkommen. Sie blieb stehen und lächelte mich an: »Willst du zu Miss Scratton? Ich fürchte, sie ist außer Haus. Sie ist mit sechs Schülerinnen der Abschlussklasse nach St. Martin's, um den Sommerball am Schuljahresende zu besprechen. Freust du dich schon darauf? Ich finde, das ist eine tolle Idee, was meinst du? Aber ich wundere mich, dass du an einem Tag wie heute nicht ausreitest. Ein wunderbares Wetter, perfekt für einen 1. Mai!«

Miss Hetheringtons Begeisterung wehte wie eine frische Brise durch den dunklen Korridor. Wir hatten den ersten Tag im Mai, traditionell der Beginn der warmen Jahreszeit und des erwachenden Lebens! Das hatte ich völlig vergessen. Mir fiel ein Stein vom Herzen, am liebsten hätte ich laut aufgelacht. Alles klang so normal. Miss Scratton besuchte die Jungenschule. Alle freuten sich auf das Tanzvergnügen, und es war ein wunderbarer Tag für einen Ausritt. Es fühlte sich an, als wären die düsteren Tage des letzten Halbjahrs wie weggewischt, und die Sonne würde endlich auch wieder über Wyldcliffe scheinen.

»Ja, ich bin … ich meine, ja, wirklich herrlich«, stammelte ich, drehte mich um und rannte zu den Ställen. Starlight wieherte glücklich, als ich ihn sattelte und über das Kopfsteinpflaster führte. Als ich das Gatter des Schulgeländes passiert hatte, hielt ich kurz den Atem an. Aber es war alles halb so schlimm. Es würde nichts passieren, davon war ich überzeugt. Niemand würde mir zu nahe kommen. Die Luft war mild und roch süß, und das sanfte Grün der Hügel zog mich magisch an. In meiner Begeisterung vergaß ich jede Vorsicht und galoppierte in Richtung der *Moors*. Mein Ziel war der mystische Steinkreis am Blackdown Ridge.

Die Strecke war länger als gedacht. Ich ließ Starlight die letzte Meile des steiler werdenden Pfades Schritt gehen, bis endlich der Hügelkamm erreicht und der Blick nach allen Richtungen frei war. Der hohe Himmel über den weiten Wiesen wirkte endlos, und die sanft abfallenden Täler reichten bis zum Horizont wie wogende grüne Wellen. Aber das, was vor mir lag, faszinierte mich am meisten. Majestätisch und tiefschwarz hob sich der gezackte Ring aus grob gehauenen Steinen gegen den blauen Himmel ab. Der nicht ganz geschlossene Kreis sah aus wie eine gewaltige Krone, die hoch oben über den *Moors* thronte.

Als ich oben ankam, war es schon später Nachmittag. Die Sonnenstrahlen wärmten nicht mehr, und die Megalithen warfen lange Schatten auf die mit Heidekraut bewachsene Landschaft. Ich glitt von Starlights Rücken und schritt ins Zentrum des Steinkreises. Bis hierher hatten Menschen die Steine geschleppt. Schwere Blöcke aus Granit und Kalkstein, der Grund war bis heute ein Rätsel. Ich war seltsam erregt, als ich die starre Schönheit der Menhire erblickte. Es herrschte eine tiefe und geheimnisvolle Stille, als ich in die Schatten der Steine trat, aber ich hatte keine Angst mehr.

Hier oben auf den Hügeln fühlte ich mich von allen Sorgen befreit, die mich nicht losgelassen hatten, seit ich in die Schule zurückgekehrt war. Das hier war mein Wyldcliffe, meine Welt, ursprünglich und echt. Ich kniete nieder, krallte meine Finger in die schwarze, torfige Erde und dankte dem Schöpfer für dieses Geschenk der Natur. Hier hatte ich nichts zu befürchten. Ich war eine Tochter der Erde, hier war meine Heimat. Hier konnte ich nichts falsch machen. Plötzlich schien es ganz selbstverständlich, die Mächte des Talismans zu nutzen. Alles, was ich wissen wollte, war die Wahrheit über Maria. Wem sollte ich damit schon schaden?

Meine Hand glitt unter meine Bluse, und ich zog die Silberkette heraus. Jetzt würde ich die Tiefen des Talismans ergründen und das Romamädchen anrufen, dessen Blut auch in meinen Adern pulsierte.

Ich blickte nach Norden, wo sich die Hügel in den unendlichen Weiten verloren, und hob das Amulett gen Himmel. Die Kette drehte sich im Wind, und das verblassende Sonnenlicht brach sich in dem Kristall. Jetzt leuchtete der Talisman, satt und tiefschwarz wie die Augen einer Romafrau.

»Maria«, rief ich, »du bist über dieses Land gegangen, du hast auf dieser Erde gestanden. Du hast diese Steine erblickt. Wenn du mich sehen oder hören kannst, gib mir ein Zeichen.«

Nichts passierte. Der Himmel wurde dämmrig, die Luft schneidend kalt, und ich schauderte.

»Ich bin die Tochter der Tochter deiner Tochter«, schrie ich, »sprich mit mir. Komm zu mir.«

Das Licht veränderte sich. Auf der mir abgewandten Seite des Steinkreises sah ich plötzlich ein Mädchen vor dem höchsten Megalith liegen. Sie hatte Blut im Gesicht und trug eine Art Krone auf ihrem Kopf, ein Ring aus ineinander verschlungenen Blättern. Stolz dreinblickende Männer schwebten um sie herum, besorgt und schützend.

»Maria?«, flüsterte ich.

Als Antwort hörte ich ein gewaltiges, wütendes Grollen, das die Kluft zwischen der Vergangenheit und der Gegenwart aufriss. Ein Sturm aus Trommelschlägen brach los, die Sonne flackerte und verlosch, und das Land versank im Schatten.

Sechzehn

Maria Melvilles Tagebuch,
Wyldcliffe, 10. April 1919

Als wir die finstere Höhle betraten, blieb Zak ganz in meiner Nähe. Die Männer bückten sich und gingen hintereinander den schmalen Stollen entlang, der tief in die Erde führte. Jedes noch so leise Geräusch, die tastenden Schritte, das Schleifen der derben Schuhe auf dem felsigen Untergrund, der schwere Atem, all das wurde verstärkt und hallte in der Dunkelheit wider. Ich war noch nie unter der Erde gewesen und hatte mir Höhlen immer bedrückend und beengend vorgestellt. Irgendwie seltsam, denn so empfand ich es in diesem Moment ganz und gar nicht. Im Gegenteil. Umgeben von der schweren dunklen Erde fühlte ich mich wie zu Hause. Einige der Männer hatten Fackeln angezündet, die rötlich glimmendes Licht spendeten, aber ich hatte den Eindruck, als könnte ich im Dunkeln sehen. Mein Schritt auf dem rutschigen Fels war sicher und fest, und ich konnte mit geschlossenen Augen fühlen, ob unser Weg nach rechts oder links führte. Ich war überzeugt, dass wir Zaks Vater bald finden würden, er würde sich das verletzte Bein halten und über seine Rettung erleichtert sein. Bis jetzt hatte ich keine Angst. Nicht in diesem Moment, noch nicht.

Schon bald weitete sich der Stollen, als hätte jemand ein Zimmer in den Fels gehauen, bis es schließlich nicht mehr weiterging. Der Anführer der Männer, der auch schon vorher gesprochen hatte, sagte mit rauer Stimme: »Hier ist unser Bruder nicht. Wir müssen tiefer ins Erdinnere, dorthin, wo die bösen Geister hausen. Wer kann uns den Weg dorthin zeigen?«

Die anderen tuschelten miteinander, dann hörte ich eine Stimme antworten: »Der Zauberer! Fairfax muss uns den Weg zeigen. Er ist ein Magier, der mit Geistern umgehen kann. Er soll uns den Weg weisen.«

»Fairfax! Fairfax!«, murmelten die Männer zustimmend.

Langsam wurde Fairfax noch vorne geschoben. Er sagte: »Ich beherrsche doch nur ein paar armselige Tricks, Josef. Mehr nicht. Genug, um auf dem Jahrmarkt ein paar Münzen zu verdienen. Wenn du es wünschst, kann ich eurem Bruder zuliebe meine bescheidenen Künste anbieten. Aber es darf niemand darüber sprechen. Schwört ihr das?« Seine blauen Augen glänzten seltsam im flackernden Licht der Fackeln, und sein sonst so friedliches Gesicht wirkte auf einmal hart und furchteinflößend. Zum allerersten Mal konnte ich mir vorstellen, dass Fairfax tatsächlich mit dem Teufel im Bunde war. »Schwört ihr das?«, wiederholte er.

Josef sprach als Erster. »Wir schwören.« Er zog einen Dolch aus seinem Gürtel und ritzte leicht in seine Handfläche, bis es blutete. »Wir schwören es mit Blut.«

Fairfax umfasste fest Josefs Hand. »So sei es.«

Auf einmal hatte ich Angst, nicht vor der Höhle, sondern vor diesem blauäugigen Fremden und den finsteren Mächten, die er anrufen würde.

Fairfax schritt zu der Felswand hinüber, die uns den Weg versperrte, und legte seinen Kopf dagegen, als ob er auf etwas lauschen würde. Dann begann er, die Oberfläche des rauen Felsgesteins mit den Fingerspitzen zu untersuchen, und tastete nach Spalten, Ritzen und Vorsprüngen. Dabei kam mir in den Sinn, wie er den Spiegel zerbrochen und auf wundersame Weise wieder zusammengesetzt hatte. Er begann in einer rätselhaften Sprache zu sprechen, es klang wie ein Fluch. Er schloss die Augen, Schweiß rann ihm über die Stirn. Er knirschte mit den Zähnen und schrie laut auf: »So wie ich es will, so soll es sein!« Im nächsten Augenblick brach ein Teil der Felswand ein, als wäre sie aus Papier. Die Männer wichen ungläubig zurück, sie husteten und schnappten nach Luft. Ein Durchgang hatte sich geöffnet, ein niedriger Tunnel aus roten und silbernen Steinschichten. Die Angst war mit Händen zu greifen; ob es an der Öffnung lag, die sich aufgetan hatte, oder an Fairfax' diabolischen Kräften, wusste ich nicht.

»Wir gehen weiter«, knurrte Josef. »Jeder, der jetzt zurückbleibt, wird ein Ausgestoßener sein.«

Einer nach dem anderen krochen wir in den Stollen. Wie lange es dauerte, konnte ich nicht abschätzen. Alles schien plötzlich wie ein Traum, aus dem ich einfach nicht erwachen konnte, aber schließlich wölbten sich die Tunnelwände nach außen. Wir hatten einen unterirdischen Hohlraum erreicht. Im Licht der Fackeln erkannte ich spiralförmig gedrehte Kristall- und Felsensäulen, wie die Pfeiler eines Tempels. Ein paar Schritte weiter breitete sich ein tiefschwarzer See aus, dunkler als die Finsternis der Höhle. Wir blieben stehen und warteten ab. Mein Herz raste. Irgendetwas war im Gange.

Die Höhle war von einer geheimnisvollen Kraft erfüllt, einem Wesen, das nicht zur oberirdischen Welt gehörte. Ich hatte über Rebekkas Geschichten von bösen Geistern gelacht, aber jetzt war ich nicht mehr so sicher. So tief unter der Erde war alles möglich.

»Wir sind wegen unseres Bruders hier. Gebt ihn frei!« Josefs Stimme dröhnte durch die Höhle und hallte mehrfach wider. »Gebt ihn frei, gebt ihn frei, gebt ihn frei …«

Keine Reaktion. Doch einen Augenblick später war die Höhle von Donnern, Ächzen und Stöhnen erfüllt. Grimmige Gestalten, die grob geformten Erdklumpen ähnelten, tanzten im flackernden Licht der Fackeln. Damals kannte ich ihren Namen noch nicht. Aber heute weiß ich, dass es Kinsfolk waren, die Kreaturen der Erde, und sie waren aus ihrem langen Schlaf erwacht. Der wilde Klang von Trommeln dröhnte in meinem Kopf, so schmerzhaft laut, dass ich es kaum aushalten konnte.

Nein! Ich kann nicht beschreiben, was nun geschah, niemals! In meinen Träumen erlebe ich es wieder und wieder, aber ich will nicht mehr daran denken müssen. Ich wünschte, ich könnte es aus meinem Gedächtnis reißen, so wie Fairfax mich aus den Klauen dieser Monster riss.

Später, als ich blutend auf dem Hügelkamm im Schatten der schweigenden Steine lag, klangen ihre heiseren Schreie und die wirbelnden Trommeln immer noch in meinen Ohren – Ausdruck ihrer Wut, als sie herausfanden, dass sie betrogen worden waren. Und ich weiß, dass die Kinsfolk nicht ruhen werden, bis sie mich oder irgendein anderes unglückliches Mädchen gefunden haben, das den Platz als ihre dunkle und verfluchte Königin einnehmen kann und wird.

Siebzehn

Das Donnergrollen und die Trommelschläge verstummten, und die Umrisse des Mädchens und der Männer verwehten im Wind.

Ich lag im Zentrum des Steinkreises oben auf dem Hügel, ganz allein. Die Sonne versank am Horizont und machte einer bleischweren blauen Dämmerung Platz. Ich stand auf und strich mir die Haare aus dem Gesicht, dabei bemerkte ich, wie kalt mir war. Als hätte ich stundenlang auf dem feuchten Boden gelegen. Ich musste zurück, es war höchste Zeit. Aber was hatte ich eigentlich gesehen? War das wirklich Maria gewesen, damals, als sie den Unfall hier oben auf dem Blackdown Ridge hatte?

Plötzlich hörte ich ein Geräusch. Starlight stampfte mit dem Huf und wieherte. Ich ging zu ihm hinüber, griff nach dem Zügel und sprach sanft auf ihn ein. Im nächsten Moment bemerkte ich, dass ich nicht allein war. Ein Reiter kam den Hügel herauf. Ich stand am Rand des Steinkreises und beobachtete ihn. Es war ein junger Mann, der auf seinem kräftigen Pferd saß, als sei Reiten für ihn das Selbstverständlichste der Welt. Er trug derbe Jeans und ein weit offenes Hemd, und sein verwuscheltes schwarzes Haar wehte im Abendwind.

Er kam näher.

Ich vergrub meine Finger in der Mähne meines Pferdes,

was mir Wärme und ein Gefühl der Sicherheit gab, und wartete, bis der Junge sein Pferd zum Stehen brachte. Ich blickte in das vertraute Gesicht und versuchte, etwas zu sagen, doch mein Mund war vor Angst und Unsicherheit wie ausgetrocknet. Geschmeidig stieg er vom Pferd, dann sah er mich fragend an. Ein einsamer Vogel hoch über dem Blackdown Ridge sang sein süßes Lied.

»Sarah.«

»Cal.«

Er kam näher, und ich wich verwirrt zurück. »Cal, was machst du hier? Ich dachte, du wärst weg und ich würde dich nie wiedersehen.«

»Vertraust du mir nicht?«, fragte er und runzelte die Stirn. »Ich habe dir doch versprochen, dass ich zurückkomme.«

»Du hast auch versprochen zu schreiben.« Ich versuchte, nicht vorwurfsvoll zu klingen, aber es gelang mir nicht. Ich fürchtete, Cal würde mit verletztem Stolz auf meine Worte reagieren, aber er zuckte nur mit seinen breiten Schultern und erwiderte ganz ruhig: »Ich bin nicht gut darin, Dinge aufzuschreiben. Überhaupt bin ich mit Worten nicht gut. Aber ich habe trotzdem geschrieben. Ich wollte dich etwas fragen.«

»Aber ich habe keinen Brief bekommen.«

»Ich weiß. Ich habe ihn nie abgeschickt. Ich wollte nicht, dass eine der Lehrerinnen in deiner vornehmen Schule ihn liest und sich über mich lustig macht.« Einen Moment wirkte er trotzig und ablehnend.

»Cal, niemand würde …«

»Oh doch, sie würden. Wir kommen aus unterschiedlichen Welten.«

Ich war enttäuscht und verletzt. Warum war er gekommen, wenn er doch nur streiten wollte? Ich war nun mal die, die ich war. Nur zu gerne hätte ich das gesamte Vermögen meiner Familie gegen Cals Freiheit eingetauscht.

»Tun wir das wirklich?«, fragte ich verbittert. »Warum bist du dann gekommen?«

Cal zog etwas aus der Tasche. Er sah es einen Moment lang an, dann reichte er es mir. »Um dir den Brief persönlich zu geben.«

Ich nahm das verknitterte Papier und faltete es auf. Vieles war durchgestrichen, als ob er sehr lange hatte suchen müssen, bis er die richtigen Worte fand. Mit zitternden Händen hielt ich den Brief fest und las so schnell ich konnte.

Sarah,
etwas ist mit mir geschehen. Noch nie zuvor hat mich das Umherreisen gestört. Ich bin es gewöhnt, ständig unterwegs zu sein. Aber nun bin ich in meinen Gedanken in der Vergangenheit und nicht mehr in der Zukunft. Ich denke immer an dich und an das, was im Moor geschehen ist, als ich mit Sebastian und den Brüdern unterwegs war.
Aber mehr als an alles andere denke ich an dich.
Was machst du gerade, Zigeunermädchen? Bist du in Sicherheit? Bist du glücklich?
Es gibt noch etwas anderes, das ich dich fragen möchte. Ich hätte es tun sollen, als meine Familie noch in Wyldcliffe war. Aber eines Tages werde ich dich fragen.
Cal

Mein Herz klopfte so stark, dass es wehtat. »Was … was wolltest du mich fragen?«

Cal ließ den Zügel seines Pferdes los und kam noch näher. Mein Gesicht brannte, als er mich ansah. Ich hatte das Gefühl, als sei ich der einzige Mensch auf der Welt, der jetzt wichtig war. »Ich wollte dich fragen …«, seine Stimme klang gepresst, »ich wollte dich fragen, ob du mir das übel nehmen würdest.«

Er beugte sich zu mir, und seine Lippen streiften zögernd die meinen. Etwas in meinem Kopf schien zu explodieren, als ob mein ganzes Leben endlich einen Sinn bekäme und mir endlich die Augen geöffnet worden wären. Als hätte ich endlich den Menschen erkannt, der ich wirklich war. Ich erwiderte seinen Kuss, und es war klar, dass wir zusammengehörten wie zwei ungezähmte Kreaturen, die sich gegenseitig Schutz gaben.

»Oh Sarah«, flüsterte Cal schließlich, »du kannst dir gar nicht vorstellen, wie sehr ich das wollte.«

»Aber du hast nie etwas gesagt. Ich wusste nicht … ich dachte, ich würde dich nie wiedersehen. Ich dachte, ich müsste dich vergessen.«

»Helen meinte, dass du und Josh … möglicherweise … ich weiß, er liebt Evie, aber ich dachte, dass du …«

»Nein! Das war eine Dummheit, es war kindisch. Und es ist schon lange vorbei, wirklich.« Ich blickte in Cals besorgtes Gesicht und fuhr leise fort: »Nichts davon war Wirklichkeit. Es war nur ein Traum. Aber jetzt träume ich nicht mehr.«

Sein eben noch angespanntes Gesicht wurde weich, ein befreites Leuchten trat in seine Augen. Wir küssten uns wieder und wieder, und jeder Kuss reinigte meine Seele. Alle quälenden Gefühle waren verschwunden, als Cal mich fest in seinen Armen hielt.

»Ich habe immer nur von dir geträumt, Sarah. Ich konnte dich nicht vergessen. Immer wieder habe ich mir gesagt, dass es unmöglich ist, du in der Schule und ich unterwegs mit meiner Familie, aber ich konnte dich einfach nicht vergessen. Ich weiß, dass wir verschieden sind, ich bin arm …«

»Das ist doch völlig unwichtig«, protestierte ich, »ich habe auch kein Geld. Meine Eltern sind reich, nicht ich. Wir sind jung; nur das ist wichtig. Alles andere ist egal.« Ich seufzte tief und lehnte meinen Kopf gegen seine Schulter. »Ich möchte, dass es ewig dauert.«

»Es wird ewig dauern, wenn du es willst. Ich werde mich nicht ändern«, flüsterte Cal. »Ich bin so froh, dass ich dich gefunden habe.«

»Und ich bin so glücklich, dass du zurückgekommen bist. Gott sei Dank!« Ich brach in Tränen aus.

»Hey, nicht weinen«, sagte er sanft, »du musst nicht weinen. Ich will nur, dass du glücklich bist.«

Glücklich sein. Das hatte auch Sebastian zu Evie gesagt. »Sei glücklich!« Das war es, wonach wir alle suchten. Helen suchte nach einer richtigen Familie, Evie suchte nach Trost in ihrer Trauer, und ich …

Ich begriff in diesem Augenblick, dass ich mein ganzes Leben lang auf der Suche nach etwas gewesen war, das ich jetzt gefunden hatte, weit weg vom bequemen Leben unter dem Schutz meiner Eltern mit all seinen Annehmlichkeiten und seinem Luxus. Und hier war ich am Ziel angekommen, auf den ewigen Hügeln, nur von Erde und Steinen umgeben, im letzten Licht der untergehenden Sonne, fernab von Wyldcliffe Abbey mit all seiner Vornehmheit und seinen Erinnerungen an frühere Erfolge und Misserfolge. Hier mit Cal, stark, jung und zu allem entschlossen, hatte ich gefunden, wonach ich gesucht hatte. Wir waren so verschieden, und doch verstanden wir einander so gut. »Ich weine, weil … weil ich so unendlich glücklich bin«, stieß ich hervor. »Klingt das nicht albern?«

»Überhaupt nicht.« Cal wischte mir die Tränen aus dem Gesicht und zog mich noch fester an sich. Es fühlte sich so gut und so vertraut an, dass ich am liebsten die ganze Nacht hier unter den Sternen stehen geblieben und nie wieder in die Schule zurückgekehrt wäre.

»Lass uns hierbleiben«, flüsterte ich, »das ist unser Platz. Niemand wird uns finden.«

»Führe mich nicht in Versuchung.« Widerwillig ließ mich Cal los. »Es geht nicht. Wir können nicht länger bleiben. Es ist Zeit zurückzugehen, es ist schon spät, und du wirst Ärger in der Schule bekommen.«

»Das ist mir egal.«

Er lachte. »Aber mir nicht. Ich will nicht, dass es heißt, du drehst durch, weil du dich mit einem Nichtsnutz wie mir abgibst. Außerdem, was ist mit diesen Frauen, die euch letztes Jahr verfolgt haben? Der Zirkel? Und Helens Mutter? Ist sie immer noch eine Gefahr? Du solltest wirklich nicht alleine sein.«

»Ich bin nicht allein«, antwortete ich ernst, »ich habe dich.«

Sofort wurde auch Cal ernst. »Ja, ich bin bei dir, Sarah. Wenn du mich wirklich willst. Was auch immer passiert, wir bleiben zusammen.«

Zusammen. Ich würde nie wieder alleine sein. Jetzt konnte kommen, was wollte.

Achtzehn

Wir ritten Seite an Seite ins Tal zurück, unsere Pferde trabten gemächlich über den unwegsamen Untergrund. Ich erzählte Cal alles, was geschehen war, von dem rätselhaften Mal auf Helens Arm und der seltsamen Nachricht auf der Tür von Agnes' Studierzimmer: *Hör auf die Trommeln.*

»Und in meinen Träumen habe ich die Trommeln gehört«, sagte ich, »aber ich weiß nicht, was das zu bedeuten hat oder was sie mir sagen wollen. Ich weiß nicht einmal, wer die Trommeln überhaupt schlägt. Aber ich spüre, dass es wichtig ist, mehr über meine Urgroßmutter Maria herauszufinden. Ich habe dir ihr Foto gezeigt, erinnerst du dich? Im Schularchiv gibt es eine Nachricht, dass sie auf dem Blackdown Ridge einen Unfall hatte. Deshalb bin ich dorthin geritten und habe den Talisman benutzt.«

»Du hast den Talisman?«, fragte Cal überrascht. »Gehört der nicht Evie?«

Ich seufzte. »Ja, aber sie will nichts mehr mit dem Mystischen Weg zu tun haben. Ich glaube, das ist zum Teil auch mein Fehler. Ich habe sie nicht genug unterstützt. Aber ich bin froh, dass sich Josh um sie kümmert.« Ich erklärte ihm, warum Josh über seine Verbindung mit Martha Zugang zu Agnes' Heilkräften hatte.

»Wenn jemand Evie helfen kann, dann ist es Josh«, antwortete Cal, »er geht geradlinig seinen Weg hier auf Erden. Aber es ist ein schwerer Weg. Evie ist voller Trauer um Sebastian. Doch auch ihre Schwestern werden ihr immer wichtig sein.«

»Bist du sicher?«, fragte ich hoffnungsvoll.

»Das ist mein Gefühl, tief hier drinnen«, sagte Cal und griff sich an die Brust. »Meine Mutter hat das zweite Gesicht. Aber diese Gabe haben nur Frauen. Ich will nicht sagen, dass ich alles darüber weiß, doch ich halte es für unwahrscheinlich, dass Evie auf den Talisman verzichtet. Sie liebt dich und Helen … und Agnes. Sie wirft das nicht einfach weg.«

»Ich hoffe, du hast Recht.«

»Aber was ist mit Maria? Was ist mit ihr oben am Ridge geschehen?«

»Ein Unfall, nehme ich an«, ich zuckte mit den Schultern, »ich dachte, ich hätte sie gesehen, bevor du gekommen bist. Ein junges Mädchen lag im Steinkreis, mit Blut im Gesicht. Sie hatte Schmerzen und diese Männer … oh, jetzt weiß ich es! Sie waren genauso wie die Geistermänner, die zusammen mit dir und Sebastian geritten sind, es waren die Brüder! Sie haben versucht, Maria zu beschützen, und dann habe ich diese schrecklichen Schreie und Rufe gehört und die Trommelschläge, und dann«, scheu blickte ich zu ihm hinüber, »dann kamst du.«

»Meinst du, das, was du gesehen hast, hat mit dem Zirkel zu tun?«

»Ich weiß es nicht.« Dann erzählte ich Cal, was wir mit Miss Scrattons Hilfe gegen die immer noch von Mrs Hartle ausgehende Gefahr unternommen hatten.

»Das heißt, du bist in Sicherheit«, sagte er erleichtert.

»So sieht es jedenfalls aus. Aber ich habe immer noch

Angst um Helen, vor allem wegen diesem unheimlichen Mal auf ihrem Arm.«

»Die Alten würden sagen, das ist ein Zeichen für den bösen Blick«, sagte Cal plötzlich, »könnte das stimmen?«

»Im Buch steht so etwas in dieser Richtung. Aber Evie meinte, es könnte vielleicht psychosomatisch sein, ein sichtbares Zeichen von Helens Unterbewusstsein. Ich weiß nicht, wie Helen selbst darüber denkt. Sie ist verschlossener als je zuvor.«

»Gut, was immer es auch sein mag, ab jetzt musst du auf jeden Fall nicht mehr alleine ausreiten.«

»Wieso?« Mein Herz machte einen Sprung. Könnte das bedeuten …?

»Weil ich für eine Weile in Wyldcliffe bleiben werde. Mein Onkel ist geschäftlich in der Gegend, er will sich ein Pferd ansehen. Ich durfte ihn begleiten, ein guter Vorwand, um in deiner Nähe zu sein. Aber meiner Mutter habe ich die Wahrheit gesagt. Dass ich dich wiedersehen muss und, wenn du ›ja‹ sagst, in Wyldcliffe bleiben will, so lange es geht.«

»Oh Cal, aber braucht sie dich nicht?«

»Meine Onkel und meine Schwester kümmern sich um sie. Ich habe ihr gesagt, dass ich eine Arbeit suchen und Geld schicken werde. Meine Mutter ist einverstanden. Sie weiß, was ich für dich empfinde, und ich habe dir ja erzählt, dass sie das zweite Gesicht hat.« Er lachte. »Sie sagte, ich wäre in den letzten Wochen herumgeschlichen wie eine kranke Katze, da wäre es besser, wenn ich ginge. Sie gab mir ihren Segen und meinte, ein junger Mann müsse dem Wind folgen, egal, in welche Richtung er auch immer weht.« Er brach ab und sah mich nachdenklich an. »Sie hat mir auch eine Nachricht für dich mitgegeben.«

»Eine Nachricht? Was hat sie gesagt?«

»Ein Versprechen gelte für die Ewigkeit und werde nur durch einen Fluch gebrochen.«

Ich schwieg und dachte nach. Was könnte sie damit meinen? Ihre Worte warfen einen Schatten auf mein Glück.

»Sei nicht traurig. Sie hat mir auch ein Geschenk für dich mitgegeben.« Wir hatten mittlerweile die Grenze des Schulgeländes erreicht, ließen die Pferde anhalten und stiegen ab. Cal griff in die Tasche seines Hemds und zog ein kleines Päckchen heraus, das in ein Stück Zeitungspapier gewickelt war. Er gab es mir, und ich öffnete es rasch. Darin lag ein rotes Seidenband, kunstvoll mit Blumen und Kornähren bestickt.

»Es stammt von ihrem Hochzeitskleid«, sagte Cal leise und band es mit ungeschickten Fingern in mein Haar. Dann starrte er mich verwundert an. »Wie kann es sein, dass du nicht weißt, wie schön du bist?«

Er zog mich an sich und küsste mich ein letztes Mal. Ich wusste, dass mir großer Ärger drohte, weil ich zu spät zurückkam, aber das war mir egal. Schließlich riss ich mich los.

»Es ist besser, wenn ich jetzt verschwinde, die Lehrerinnen sollten uns nicht zusammen sehen.«

»Miss Scratton hätte bestimmt nichts dagegen, das weiß ich.«

Cal sah mich ernst an. »Miss Scratton wird nicht mehr lange hier sein, um dich zu beschützen. Du musst auf dich selbst aufpassen. Und auf deine Freundinnen. Sie sind im Nebel verloren. Nun ist es an dir, den Weg zu finden.«

»Ich werde es versuchen.«

»Wir treffen uns morgen Abend, sobald du dich aus der Schule schleichen kannst.«

»Wo wirst du heute Nacht schlafen?«, fragte ich.

»Im Moor steht eine alte Schäferkate, ich habe eine Wolldecke und etwas zu essen. Dort kann ich bleiben und ein Feuer im Ofen machen. Die Kate ist unbewohnt, weil alle Lämmer bereits geboren sind. Sie wird mir Schutz bieten. Morgen kümmere ich mich um Arbeit, irgendetwas wird sich finden. Egal was, wenn ich nur in deiner Nähe bleiben kann. Sarah, ich …«

»Ja?«

Aber er schien seine Meinung geändert zu haben und lächelte nur. »Wir sehen uns morgen.« Einen Augenblick später ritt er los und verschwand in den Hügeln. Ich kletterte wieder auf Starlights Rücken und galoppierte den Weg zur Schule hinunter, beflügelt von meinem unerwarteten Glück. Aber als ich die wie verwaist daliegenden Ställe erreichte, hörte ich unterdrücktes Schluchzen.

»Wer ist da? Alles in Ordnung?«, rief ich.

Ein Mädchen saß auf einem umgedrehten Eimer und weinte. Es war Sophie. Sie sah mich an und stammelte: »Oh, zum Glück … du bist es.«

»Was ist los?«

»Oh Sarah, es … es ist Helen.«

»Von was redest du? Was ist passiert?«

»Sie … sie hatte einen Unfall«, stieß Sophie hervor. Dann bedeckte sie ihr Gesicht mit den Händen und begann hemmungslos zu schluchzen. »Ich glaube, sie wird sterben.«

Neunzehn

Maria Melvilles Tagebuch,
Wyldcliffe, 11. April 1919

Ich dachte wirklich, ich würde sterben. Ich dachte, die von widerhallenden Geräuschen erfüllte Höhle mit ihren Tropfsteinen und dem unheimlichen See wäre das Letzte, was ich in meinem Leben sehen würde. Das hier war mein Grab.

Miss Scarsdale meint, die Erinnerungen würden mir helfen. Ich müsse ehrlich sein, und dann wäre ich frei. Ich vertraue ihr, und deshalb schreibe ich jetzt das Ende der Geschichte auf, obwohl meine Hände beim Schreiben zittern. Warum kann ich diese Angst nicht besiegen? Ich wollte wie eine Roma sein, stark, stolz und frei, aber warum war ich nur so schwach?

Miss S. sagt, dass ich mir keine Vorwürfe machen soll. »Du hast Geheimnisse berührt«, erklärte sie mir, »und das Feuer dieser Geheimnisse kann einen verbrennen und verletzen. Wenn du dich erinnerst und den Dingen ins Gesicht siehst, dann wirst du geheilt werden.«

Ich werde deshalb weiterschreiben, in der Hoffnung, Zak wiedersehen und nach Hause zurückkehren zu können.

Die Höhle war nicht irgendein Hohlraum. Sie war der

Eingang zu einem unterirdischen Königreich, der Übergang zwischen dieser Welt und anderen geheimnisvollen Welten. Hier ist die Heimat der Kinsfolk. Sie sind Kreaturen der Erde, die gezwungen sind, bis ans Ende der Zeit in der Dunkelheit zu hausen. Das hat mir Fairfax später erklärt. Er ist wirklich ein großer Zauberer, doch er ist auch furchteinflößend und grausam, so als ob sein Herz gestorben wäre.

Damals wusste ich von all dem noch nichts. In dieser Nacht, an einem der verborgenen Winkel tief unter der Erde, wusste ich nur das, was ich sah und hörte.

Als Josef mit donnernder Stimme die Freilassung von Zaks Vater forderte, begannen die Kinsfolk in den Schein der Fackeln zu kriechen. Ihre klobigen Körper mit verformten Köpfen warfen groteske Schatten. Sie trugen eiserne Bänder um den Hals und Ketten an Handgelenken und Knöcheln, plumpe, missgestaltete Kreaturen wie grob geformte Erdklumpen.

»Niemals«, keuchten sie und obwohl ich nicht sicher war, dass sie sprachen, konnte ich verstehen, was sie sagten. »Niemals! Er ist aus der Himmelswelt gefallen. Wir werden ihn behalten. Das ist Blutrecht.«

Die Kinsfolk begannen wieder ihre Trommeln zu schlagen. Obwohl mir das grauenerregende Dröhnen durch Mark und Bein ging, weckte der Rhythmus den Drang in mir, mich hin und her zu wiegen und zu tanzen. Ich wurde in eine Art Trance versetzt. Vor meinen Augen tauchten die Wind gepeitschten Moors unter dem Himmelszelt auf, muskulöse Männer, die auf ihren kräftigen Ponys über das Land ritten. Die Männer trugen Tierfelle um die Hüften, ansonsten waren sie nackt. Als sie vorbeigaloppierten, schrien sie sich mit ihren gutturalen Stimmen etwas zu. Ich sah hohe Berge, mächtige Felsen und einen Wasserfall, der in eine Schlucht stürzte. Ich sah Bäume wachsen und frische grüne Blätter aus ihren Zweigen sprießen. Es schien, als würden die Erde, der Himmel und das Wasser mit neuem Leben erfüllt und die Trommeln direkt in meinem Herzen schlagen. Es kam mir vor, als wäre ich im Zentrum dieser urwüchsigen Welt.

Und dann war ich auf einmal wieder in der Höhle und bemerkte, wie die monströsen Gestalten nicht mehr trommelten, sondern sich um mich versammelt hatten. Sie streckten ihre klauenartigen knotigen Hände nach mir aus, ich stolperte nach hinten und stürzte zu Boden. Die Mütze rutschte mir vom Kopf, und mein Versteckspiel war zu Ende.

»Was ist das?«, knurrte Josef wütend. »Ein Mädchen?«

»Es tut mir leid«, sagte ich und brach in Tränen aus, »ich wollte nur helfen!«

Da verkündeten die Kreaturen der Erde: »Lasst uns das Mädchen. Wir geben euch stattdessen den Mann.«

Alle starrten mich an. Die Kinsfolk sprachen mit ihren rauen Stimmen miteinander und drängten sich immer enger um mich, dabei stampften sie aufgeregt mit den Füßen auf den Höhlenboden. Ich verstand, was sie sagten: »Endlich ist sie da! Unsere Königin! Sie muss bei uns unter der Erde bleiben. Lasst den Mann gehen!«

Am Rand des Sees begann der Schlamm zu blubbern, und ich sah, wie eine Gestalt an die Oberfläche katapultiert wurde. Es war Zaks Vater, der wie ein Fisch nach Luft schnappte, leichenblass, aber er lebte. Seine Brüder fingen ihn auf und stellten ihn auf die Füße. Er schwankte.

»Lasst uns das Mädchen«, wiederholten die Kinsfolk ihre Forderung.

»Nein!«, schrie Zak, aber Fairfax gebot ihm mit einer raschen Handbewegung, still zu sein.

»Das Mädchen bleibt. Sie ist eure Königin«, verkündete er, »nehmt sie euch.«

Als die Kreaturen mich mit ihren schuppigen Klauen berührten, geriet ich in Panik. Ihre Augen starrten mich unverwandt an, und bevor ich begriff, wie mir geschah, hatten sie meine Kleider in Fetzen gerissen. Dann wurde mir ein bronzefarbener Reif auf den Kopf gedrückt. Ich wollte schreien, aber ich hatte keine Luft und keinen Willen mehr. Ich hörte Zak rufen: »Maria, Maria, komm zurück! Fasst sie nicht an!« Ängstliches Murmeln machte sich breit, aber Fairfax sah nur schweigend zu. Einer der Kinsfolk trat einen Schritt nach vorne.

Er hatte ein Steinmesser in der Hand, mit dem er leicht in meine Wange ritzte. Als die Wunde zu bluten begann, setzten die Trommeln erneut ein, lauter und lauter, immer wilder, bis sich der ohrenbetäubende Lärm tief in meinen Körper, in mein Blut und in meine Seele bohrte.

»In den Tod hinab!«, schrien die Kinsfolk, und einer hob den Arm, um mir das Steinmesser ins Herz zu stoßen. »Nein, nein!«, schrie Zak, aber eine andere Stimme übertönte ihn.

»Mein Wille geschehe!«, brüllte Fairfax. Das Steinmesser zerbarst. Die Höhlenwände begannen zu zittern und zu wanken, schwere Felsbrocken fielen von der Decke. Einer traf mich am Bein, und ich schrie vor Schmerz auf. Fairfax zog Zak und mich zu sich und warf seinen Umhang über uns. Ich hörte ihn mit drohender Stimme Gebete und Flüche sprechen, und dann, ich weiß nicht wie, stürzte die gesamte Höhle in sich zusammen, und ein Wind, stark wie ein Orkan, brauste auf. Ich dachte, das Ende wäre gekommen.

Nur einen Moment später wurden wir nach oben geschleudert, direkt in den Steinkreis auf dem Hügel. Fairfax, Zak, sein Vater und die Brüder, alle waren da. Ich blutete immer noch. Die Roma waren besorgt. Die wütenden Schreie und die wirbelnden Trommeln der Kinsfolk hallten immer noch in meinen Ohren. Aber dann hörte ich, wie jemand laut meinen Namen rief. Erst dachte ich, es sei meine Mutter. Aber es war ein Mädchen, und es rief: »Maria, Maria, sprich zu mir.« Ich kannte sie nicht, aber die Stimme lässt mich bis heute nicht los.

Das war's. Das war meine Geschichte. Genau wie Josef gesagt hat, sind wir durch die schwärzeste Finsternis gewandert und haben die bösen Geister gesehen. Fairfax erzählte uns etwas über die Kinsfolk, längst vergessene Höhlenwesen, die aus einer Zeit stammen, als die Erde noch jünger war. Er habe sie erneut in einen tiefen Schlaf versetzt, viele Winter lang, für mich bestehe keine Gefahr mehr. Nicht alles von dem, was er sagte, habe ich wirklich verstanden, ich war einfach nur glücklich, dass ich frei und Zaks Vater in Sicherheit war. Zak umarmte mich, aber wir wussten nicht recht, ob wir lachen oder weinen sollten, wir hielten uns einfach aneinander fest. Die Männer sangen ein Loblied auf Fairfax, nannten ihn »Bruder« und trugen ihn auf ihren Schultern. Auch ich war Fairfax natürlich von Herzen dankbar, aber gleichzeitig ängstigte er mich auch. Er ist nicht wie die anderen. Er ist wie eine schwarze Flamme in der Nacht. Woher wusste er so viel über die Kinsfolk? Wie war es ihm gelungen, uns aus der Höhle zu bringen? Welche seltsamen Wege war er in seinem Leben gegangen?

Nach unserer Flucht muss ich wohl in Ohnmacht gefallen sein, denn ich weiß nicht mehr, wie ich zurück in die Schule gekommen bin. Als ich in der Krankenstation erwachte, schimpfte die Schwester mit mir, weil ich alleine ausgeritten war. Sie sagte, Cracker hätte mich abgeworfen und mein Knöchel sei gebrochen. Zum Glück hätte mich ein junger Roma gefunden und nach Wyldcliffe Abbey gebracht, so schlimm seien diese Leute wohl doch nicht.

Niemand hier in der Schule kennt die Wahrheit, nur Miss Scarsdale. Ich musste es ihr erzählen, selbst auf die Gefahr hin, dass sie mich für verrückt hielt. Aber sie glaubte mir und schlug vor, die Geschichte in dieses Buch zu schreiben. Jetzt kann ich loslassen, sagte sie, wie bei einem bösen Traum. Eines Tages wird jemand diese Geschichte lesen und darüber glücklich sein.

Ich habe es beinahe geschafft. Ich bin bereit, das alles hinter mir zu lassen. Es ist vorbei. Ich muss keine Angst mehr haben.

Nur eine Sache bleibt. Den bronzenen Reif habe ich behalten. Er ist wunderschön und anders als alles andere, was ich je gesehen habe. Wie konnten solch schreckliche Ungeheuer mir so etwas Schönes schenken? Auch das ist mir ein Rätsel, wie vieles andere auch.

Ich kam als kleines Mädchen nach Wyldcliffe, als Kind. Ich weiß jetzt, dass ich mein ganzes Leben lang behütet und beschützt worden bin. Ich hatte gedacht, das Glück fällt mir einfach in den Schoß. Ich hatte mir eingebildet, Zaks Freundschaft einfordern und gegen Miss Featherstone rebellieren zu können, ohne den Preis dafür zu zahlen. Jetzt weiß ich, dass das Leben so einfach nicht ist. Ich bin kein Kind mehr. Jede Entscheidung hat Konsequenzen, und ich muss lernen, meine Entscheidungen überlegter zu treffen.

Ich habe mich entschieden. Sobald es mir besser geht, werde ich nach Zak suchen. Es ist etwas zwischen uns entstanden, das ich nicht vergessen kann. Wenn seine Familie bereits weitergezogen ist, werde ich auf ihre Rückkehr im nächsten Frühjahr warten. Ich kann das Leben in dieser Schule besser ertragen, wenn ich weiß, dass wir irgendwann wieder zusammen sein werden. Und ich werde viel lernen und alles Wissen mitnehmen, das ich für mein späteres Leben brauche. Daphnes und Winifreds Freundschaft brauche ich dazu nicht. Ich werde mich von Wyldcliffe nicht unterkriegen lassen.

Aber das gehört nicht hierher. Ich habe alles gesagt, meine Geschichte ist zu Ende. Wenn ich wieder gesund bin, werde ich dieses Buch verstecken, bis es an der Zeit ist, es zu finden. Alles hat seine Zeit.

Wenn du eines Tages diese Zeilen liest, wer immer du auch sein magst, dann hoffe ich, dass du stark genug bist, diese Geheimnisse zu ertragen. Ich hoffe auch, dass du nicht in die Finsternis eintauchen musst. Und ich hoffe, dass du mir glaubst.

Alle diese Dinge geschahen im Frühjahr 1919. Mein Name ist Maria Adamina Melville, und jedes Wort ist wahr. Das schwöre ich.

Zwanzig

Ich wollte Sophies Worten nicht glauben. Es konnte einfach nicht wahr sein. »Was ist passiert?«, fragte ich noch einmal. »Wo ist Helen?«

»Sie haben sie in die Krankenstation gebracht. Aber ich habe sie gesehen, ich habe sie gefunden. Es war so furchtbar.« Wieder begann sie zu weinen.

»Wo hast du sie gefunden? Was meinst du?«

»Sie lag auf den Stufen vor dem Eingang, ihr Körper war völlig verdreht und … und … ich glaube, sie ist aus dem Fenster gestürzt. Oh Sarah, ihr Gesicht war ganz weiß, es war so schrecklich.«

»Ich muss sie sehen. Wo ist Miss Scratton?«

»Ich weiß nicht. Sie ist doch nach St. Martins' gefahren, oder? Miss Hetherington ist bei Helen. Sie meinte, ich solle nach dir suchen und dich zur Krankenstation schicken.«

Ich fragte nicht weiter. Hastig brachte ich Starlight in den Stall und vergewisserte mich, dass er alles hatte, was er brauchte, dann rannte ich hinüber in die Schule, Sophie folgte mir.

Ich eilte die Marmortreppe zur Krankenstation hinauf und riss die Tür auf. Evie kauerte mit sorgenvollem Gesicht auf der äußersten Kante eines Besucherstuhls neben Helens Bett, Miss Hetherington sprach mit der Krankenschwester.

»Vielen Dank, Sophie«, sagte Miss Hetherington, als sie uns sah, »du hast uns sehr geholfen. Du hast einen Schock erlitten. Geh bitte mit der Schwester in den Gemeinschaftsraum, sie wird dir etwas Heißes zu trinken geben und eine Weile bei dir bleiben, dann wird es dir schon bald besser gehen.«

»Aber was ist mit Helen?«, fragte Sophie ängstlich. »Ist sie schwer verletzt?«

»Sie hatte einen fürchterlichen Unfall, aber der Arzt meint, sie hätte sich zum Glück nichts gebrochen. Keine Bange, Sophie, sie wird sich bald wieder erholen. Es ist nicht so schlimm wie anfangs gedacht.«

Sophie schien nicht ganz überzeugt, ging dann aber doch mit der Schwester aus dem Raum. Ich trat an Helens Bett. Sie hatte die Augen geschlossen, und ihr blonder Haarschopf ruhte auf dem weichen Kissen. Sie sah aus wie ein Kind. An der Wange klaffte eine Wunde, eine Hand war bandagiert. Das Mal auf ihrem dünnen Arm war deutlich zu sehen, ein tintenschwarzes Zeichen auf ihrer weißen Haut. Miss Hetherington seufzte: »So ein dummes Mädchen, hat sich in den Ferien ein Tattoo machen lassen. Und jetzt das.«

Sie sah uns freundlich, aber fragend an. »Ich möchte mich gerne ein wenig mit euch beiden unterhalten. Es sieht so aus, als wäre Helen aus Versehen aus einem Fenster im Flur vor dem Schlafsaal gefallen. Sie kann von Glück sagen, dass sie nach diesem Sturz auf die Steinstufen noch lebt. Weiß der Himmel, wie es passiert ist. Wahrscheinlich hat sie sich zu weit hinausgelehnt.« Sie machte eine kurze Pause. »Aber es gibt noch eine andere Möglichkeit. Vielleicht war es gar kein Unfall? Ich weiß, dass ihr im letzten Halbjahr unzertrennlich wart. Gibt es irgendeinen Grund, weshalb Helen sich mit Absicht aus dem Fenster gestürzt haben könnte? War es vielleicht ein Hilfeschrei?«

Das Bild, wie Helen mitten in der Nacht auf dem steilen Giebeldach der Abtei herumkletterte, kam mir wieder in den Sinn. Mit diesem »Tanz auf dem Wind« hatte sie ihre Macht über die Luft ausprobieren wollen. Doch mir fiel noch etwas anderes ein. Im Kinderheim, hatte sie schon einmal daran gedacht, sich das Leben zu nehmen, das hatte sie mal erzählt. War sie heute vielleicht in einer ähnlichen Situation gewesen? War das Mal auf ihrem Arm so unerträglich geworden, dass sie keinen anderen Weg gesehen hatte? Warum hatte ich sie nicht ermuntert, sich mir anzuvertrauen? Ich hatte mir doch geschworen, mich um meine Freundinnen zu kümmern. Mir wurde eng ums Herz, wenn ich daran dachte, dass ich Evie und Helen nach den Ferien ziemlich vernachlässigt hatte.

»Ich habe das in ihrer Tasche gefunden«, fügte Miss Hetherington hinzu, »vielleicht könnt ihr damit etwas anfangen.« Sie reichte uns ein Stück beschriebenes Papier, unverkennbar Helens umständliche Handschrift.

Ich schwebe am Sternenhimmel, ein Vogel hoch über der Erde.
Ihr habt meine Flügel abgeschnitten, und ich stürze
herab wie der prasselnde schwarze Regen.
Skybird, Vogel am Himmel,
voller Geheimnisse,
voller Sorgen.
Ich falle schnell,
falle heraus aus meinem Körper
in die tiefblaue Schwärze der Nacht.
Und die Sterne heißen mich willkommen.
Lasst mich fallen, lasst mich frei, lasst mich los.

»Es ist eines von ihren Gedichten«, sagte ich, »manchmal hat sie so etwas geschrieben. Das soll aber nicht heißen …«

»Ich habe mich nur gewundert; klingt das nicht wie ein Schrei nach Freiheit?« Zweifel sprachen aus Miss Hetheringtons Blick. »Als ob Helen sich etwas antun wollte.«

»Das kann ich mir nicht vorstellen«, sagte Evie zögernd, »sie hatte ihren Vater, sie hatte uns. Es muss ein Unfall gewesen sein.«

»Ich bin sicher, du hast Recht«, antwortete Miss Hetherington, »ein Glück, dass es nicht schlimmer ausgegangen ist.«

»Hat sie … hat sie irgendetwas gesagt?«, fragte ich.

»Vorhin als der Arzt hier war, war sie bei Bewusstsein.«

»Und hat sie gesprochen?«

»Nichts Sinnvolles, nur einzelne Sätze ohne jeden Zusammenhang«, antwortete Miss Hetherington ausweichend.

»Aber was sagte sie genau?« Ich blieb hartnäckig. Wenn Miss Hetherington eine Verbindung zum Zirkel hatte, würde sie schweigen. Wenn nicht, was ich hoffte und insgeheim glaubte, würde sie mich verstehen. Wie auch immer, ich musste es wissen.

»Was hat Helen gesagt?«

In diesem Augenblick kam die Krankenschwester zurück, ging zu Helens Bett und beantwortete die Frage. »Oh, die arme Helen. Sie sprach über den Wind und übers Tanzen und über … ich weiß auch nicht … eine Priesterin. Viel Sinn machte es nicht, meinen Sie nicht auch, Miss Hetherington?«

»Eine Priesterin?«, wiederholte ich.

»Ja, genau. Aber Helen war schon immer sehr, sagen wir, sehr sensibel, nicht wahr?«

»Wie dem auch sei«, Miss Hetherington schien erleichtert, »ich bin froh, mit euch gesprochen zu haben. Der Arzt meinte, Helen braucht jetzt vor allem Ruhe.«

Mit diesen Worten schickte sie uns aus dem Zimmer. Wir könnten morgen früh gerne wiederkommen.

Sobald wir die Tür hinter uns geschlossen hatten, platzte Evie heraus: »Es war kein Unfall, oder? Sie ist schuld, Mrs Hartle! Sie muss den Schutzzauber durchbrochen haben, was meinst du?«

Ich schüttelte zweifelnd den Kopf. »Ich weiß nicht. Vielleicht war es wirklich ein Unfall …«

»Bestimmt nicht! Das ist genau das, was ich auch zu gerne glauben würde, aber das bringt uns jetzt nicht weiter. Der Zirkel sinnt auf Rache. Du hattest die ganze Zeit über Recht, Sarah. Das Mal auf Helens Arm, ich wusste, dass es ein Vorzeichen der Gefahr war, aber ich wollte es einfach nicht wahrhaben. Und Helens Gedicht, wie unglücklich muss sie gewesen sein. Oh Gott, ich bin so egoistisch gewesen! Es tut mir so leid.«

»Ich war auch nicht besser, auch mir tut es leid.«

»Das stimmt nicht! Du hast immer wieder versucht, uns mit der drohenden Gefahr zu konfrontieren. Du hast uns gewarnt, aber ich wollte einfach nicht zuhören. Ich hätte … oh, ich hätte alles anders machen sollen.« Sie biss sich auf die Lippen, dann sprach sie weiter. »Ich wollte nach dieser schrecklichen Zeit einfach nur glücklich sein, und ich dachte, das gelingt nur, wenn ich einfach alles um mich herum ausblende. Aber so funktioniert das wohl nicht.«

»Ich glaube, das Glück kommt am ehesten dann, wenn

du nicht danach suchst«, antwortete ich, »wir können es nicht erzwingen.« Diese Erkenntnis hatte ich Cal zu verdanken. »Aber ich mache dir keinen Vorwurf, Evie. Ich glaube, ich verstehe dich.«

»Wirklich?« Evie sah zögernd zu mir auf. »Sarah, kannst du mir verzeihen? Sind wir immer noch Schwestern?«

»Jetzt und für immer.« Ich nahm sie in den Arm.

»Für immer«, lachte sie. Dann wurde sie wieder ernst. »Was machen wir jetzt?«

»Wir müssen Miss Scratton suchen. Aber zuerst sprechen wir mit Sophie. Ich glaube, sie hat Miss Hetherington nicht die ganze Wahrheit gesagt.«

Wir fanden Sophie in einem der neu eingerichteten Gemeinschaftsräume. Sie saß in der Ecke, tief über eine dampfende Tasse heiße Schokolade gebeugt. Einige der jüngeren Mädchen diskutierten lautstark über ein Brettspiel, im Hintergrund war ein Popsong aus dem Radio zu hören. Obwohl überall Bücher und Zeitschriften ausgelegt waren, wirkte der Raum mit den schweren roten Velourstapeten und dem Kamin aus schwarzem Marmor düster und bedrückend. Sophie sah dankbar auf, als wir uns neben sie setzten.

»Ich hoffe, es geht dir etwas besser, Sophie«, begann ich. Sie tat mir leid. Sie war zwar schwach und voller Selbstmitleid, aber so unglücklich zu sein, das hatte sie nicht verdient. »Danke, dass du wegen Helen Alarm geschlagen hast.«

»Es war so schrecklich, sie da liegen zu sehen. Wie sie mit leeren Augen in den Himmel starrte, reglos und kalt, ich dachte, sie wäre …« Tränen kullerten aus Sophies blauen Augen. »Ich hatte ein furchtbares Wochenende, und dann noch die letzte Nacht.«

»Warum? Was ist letzte Nacht passiert?«

»Ach, das hat alles mit einem dummen Scherz angefangen. Es war Velvets Idee. Ich weiß, sie tut alles dafür, von der Schule zu fliegen, aber ich will das ganz und gar nicht, meine Eltern würden den Verstand verlieren. Ich glaube, sie ist ein bisschen verrückt. Ab jetzt möchte ich nichts mehr mit ihr zu tun haben. Natürlich reden Celeste und India auch nicht mehr mit mir, weil ich mit Velvet zusammen war, und ich … ich fühle mich so erbärmlich. Die letzte Nacht war ein Alptraum.« Wieder begann sie zu weinen.

»Was ist letzte Nacht denn so Schreckliches passiert?«, fragte ich.

Sophie stöhnte auf und schnäuzte sich die Nase. »Es war die Hölle. Velvet war den ganzen gestrigen Tag besessen von der Idee, den Mai zu begrüßen – du weißt schon, weil heute doch der 1. Mai ist. Wir sollten uns alle um Mitternacht bei der verfallenen Kapelle treffen, um so ein blödes Ritual zu feiern, wegen Wal… Wal irgendwas.«

»Walpurgisnacht, das ist ein sehr altes Fest«, sagte Evie.

»Genau, das war es. Aber ich wollte nicht! Das war schon das dritte Mal, wo wir mitten in der Nacht aus dem Bett sollten, und ich hatte solche Angst, erwischt zu werden. Deshalb versuchte ich sie zu überzeugen, dass der Maitag mit frühem Aufstehen, mit erwachender Natur, mit Morgentau, mit Herumtanzen und mit Blumen im Haar zu tun hat. Und nicht damit, um Mitternacht irgendwo herumzugeistern. Aber sie hörte gar nicht hin, sondern lachte mich wegen meiner Angst bloß aus. Und die anderen lachten auch. Ich konnte nicht anders, als mitzugehen. Aber ich wünschte, ich hätte es nicht getan.«

»Was ist denn nun wirklich passiert?« Langsam begann sie, mich zu nerven. Bis jetzt ging es nur um Velvets Angeberei und ihre verrückten Ideen.

»Versprecht ihr, dass ihr es niemandem erzählen werdet?«

»Ja, versprochen! Aber jetzt komm zur Sache!«, sagte ich.

Sophie schauderte. »Wir sind also um Mitternacht in die Ruine geschlichen, ich, Annabelle, Julia und die anderen. Velvet hatte Kerzen und anderen Krimskrams aus dem Regal im Speisesaal mitgebracht. Jede von uns musste eine Kerze halten, als sie mit ihrem Hokuspokus begann. Mir war kalt, ich wollte zurück, aber Velvet war wie im Rausch. Sie trug schwarze Klamotten und hatte sich gruselig geschminkt. Wir mussten um den Altar kreisen und singen ›Wir rufen die Geister der Toten, wir rufen die Geister der Toten‹, immer und immer wieder. Annabelle kicherte nur, aber ich hatte Angst. Ich musste an Laura denken und daran, wie man sie tot im See gefunden hatte, nur wenige Meter von der Kapelle entfernt. Und daran, dass dieser Ort einmal ein Gotteshaus gewesen war. Was wir taten, war falsch, ein Sakrileg, versteht ihr? Aber Velvet hörte einfach nicht auf. Immer wieder rief sie die Geister der Toten an.«

Sophie blickte sich verstohlen zu den Mädchen in der anderen Ecke um, lehnte sich zu uns herüber und flüsterte: »Dann wurde es noch schlimmer. Velvet wurde auf einmal ganz ernst, ihr Gesicht wirkte maskenhaft starr, fast verzweifelt. Sie befahl uns, einen ›Befreiungsritus‹ zu machen, damit sie von Wyldcliffe wegkäme. Sie zeichnete mit einem Messer einen Kreis auf den Boden, wir mussten uns in den Kreis stellen und ein Freiheitsgelübde ablegen. Ich wollte erst nicht, aber sie hat mich dazu gezwungen.«

»Warum bist du nicht einfach weggerannt?«, fragte Evie.

»Keine Ahnung, ich weiß es nicht. Ich hatte Angst zu gehen und Angst zu bleiben. Und dann holte Velvet eine Flasche Wein, die sie aus der Kantine gestohlen hatte, aus ihrer Tasche. Wir mussten eine nach der anderen davon trinken und gemeinsam mit ihr sagen: ›Das ist das Blut meiner Feinde, das Blut meiner Mutter. Ich sage mich von ihr los. Ich bin jetzt eine Tochter der Finsternis.‹ Ich weiß, es klingt blöd, aber ihr könnt euch nicht vorstellen, wie Velvet aussah, als sie all das mit feierlicher Stimme von sich gab. Dann schüttete sie etwas Wein auf den Boden, das sei eine Opfergabe für die Geister der Toten. Sie begann wie besessen zu tanzen und sich zu drehen und behauptete, sie sei in Trance oder so was. Sie murmelte: ›Mit dieser Klinge und diesem Wein erlöse ich jeden Gefangenen, jedes Tier in der Falle und jeden gefesselten Geist. Ich fordere Freiheit für mich und für alle um mich herum.‹ Die anderen im Kreis hielten sich an den Händen, sangen ›Freiheit, Freiheit‹ und lachten, als wäre das alles ein großer Spaß.

Aber dann, vielleicht war es der Wein, passierte etwas.« Sophie stockte und schien in ihren Erinnerungen zu versinken. »Velvet war völlig … völlig außer sich, vielleicht tat sie aber auch nur so, keine Ahnung. Ich weiß es nicht. Jedenfalls machte sie mir Angst. Sie war plötzlich stocksteif und rief: ›Wir nehmen uns die Freiheit. Wir sind die Geister der Toten. Wir sind die Priesterinnen.‹«

»Wir sind die Priesterinnen?« Evie und ich schauten uns alarmiert an.

»Ja, und Annabelle meinte dann: ›Das ist ja alles sehr lustig, Velvet, aber du kannst jetzt aufhören.‹ Aber Velvet starrte uns nur mit weit aufgerissenen Augen an, immer wieder wiederholte sie mit monotoner Stimme: ›Wir sind die Priesterinnen, wir sind die Priesterinnen, macht euch bereit für das Ende.‹ Und es wirkte alles so echt, als ob sie es wirklich glauben würde. Im nächsten Moment krachte es fürchterlich, und ich hätte vor Schreck fast aufgeschrien. Ein riesiger Steinbrocken hatte sich aus der Ruine gelöst und war heruntergestürzt. Wenn er eine von uns getroffen hätte, wäre sie sicher tot gewesen.

Ich hatte jetzt wirklich genug und verließ den Kreis. Ich befürchtete, dass wir mit unserem Spuk die ganze Schule aufgeweckt hatten. Als Velvet aus dem Kreis heraustrat, war sie wie ausgewechselt. Sie schien wieder sie selbst zu sein, lachte herausfordernd und nahm noch einen Schluck Wein. Aber ich wollte keine Minute länger bleiben, ergriff die Flucht und rannte zur Schule zurück. Zum Glück hatte mich niemand gesehen, aber trotzdem wurde ich das unangenehme Gefühl nicht los, die ganze Zeit über beobachtet worden zu sein. Sie würden mich erwischen, da war ich sicher. Als ich aufwachte, fühlte ich mich schrecklich.« Sie schniefte erneut. »Und jetzt auch noch die Sache mit Helen. Dabei hatte ich mich so auf das Sommerhalbjahr gefreut.«

Schweigen machte sich breit, dann fragte Sophie schüchtern: »Meint ihr, wir bekommen Ärger wegen des Steins, der aus dem Gemäuer gebrochen ist? Die Ruine ist doch bestimmt ein Vermögen wert.«

»Ich kann mir nicht vorstellen, dass irgendjemand den Schaden mit euch in Verbindung bringt, Sophie«, tröstete ich, »wahrscheinlich musste der Steinbrocken nach so vielen Jahren einfach runterfallen, es hatte sicher gar nichts mit Velvet zu tun.«

»Ich weiß nicht«, sagte Sophie unbehaglich, »sie behauptet, dass sie Dinge geschehen lassen kann. Vielleicht stimmt das ja.«

»Was für Dinge?«

»Heute Morgen hat sie uns erzählt, der Stein sei nur heruntergefallen, weil sie es so gewollt hat. Und … sie könne mich so steuern, dass ich mich in den See stürze, wenn sie das Zeichen dazu gibt.«

»Das ist unmöglich.«

»Aber sie war in der Nähe, als Helen aus dem Fenster gefallen ist! Ich wollte es Miss Hetherington nicht sagen, weil ich zu viel Angst hatte. Aber ich schwöre, Velvet war da und sah aus dem Fenster, als ich Helen fand. Sie starrte mich an und legte ihren Zeigefinger auf die Lippen, so als ob sie mich warnen wollte … Oh Gott, ich hoffe, sie fliegt endlich von der Schule!« Wieder schniefte sie und wischte sich über die Augen, dann sah sie auf die Uhr. »Ich bin so müde. Ich werde früh ins Bett gehen. Die Krankenschwester meinte, ich solle mich ausruhen und wäre für das Abendgebet entschuldigt. Ihr versprecht, das, was ich euch erzählt habe, für euch zu behalten?«

»Versprochen«, sagten wir beide und sahen ihr nach. Mein Herz war kalt wie Stein. »Die Priesterin! Von ihr hat Helen auch gesprochen«, flüsterte ich, »in ihr muss sich Mrs Hartles Seele manifestiert haben.«

»Es war also Velvet, die unseren Schutzzauber durchbrochen und sie wiedererweckt hat!«, stöhnte Evie. »Und dann konnte Mrs Hartle Helen angreifen. Wie konnte Velvet nur so leichtsinnig und naiv sein?«

»Ich vermute, dass Velvet gar nicht wusste, was sie tat.

Sie hat wahrscheinlich gedacht, es wäre nur ein Spiel, ein dummer Scherz.«

»Ein Spiel«, wiederholte Evie grimmig. »Wenn Velvet sich weiter in unbekannten Sphären tummelt, wird sie noch alles Mögliche anstellen.«

»Aber denkst du denn, dass sie wirklich über eine besondere Macht verfügt? Oder will sie sich einfach nur wichtigmachen und Angsthasen wie Sophie einen Schrecken einjagen?«

Evie lehnte sich auf dem Stuhl zurück und schloss nachdenklich die Augen. Dann setzte sie sich wieder gerade hin. »Ich erinnere mich daran, dass Helen irgendetwas gesagt hat, ganz am Anfang dieser Geschichte. Jeder hätte eine Stimme in sich, die ihm die Geschichte der eigenen Kraft erzählt. Man müsse sich nur bemühen, die innere Stimme zu hören. Warum sollten wir die Einzigen sein, die diese in uns schlummernden Kräfte entdeckt haben? Warum nicht auch Velvet? Auch wenn sie nicht genau weiß, was sie damit anrichten kann?«

»Und diese Geschichten über das, was in ihrer alten Schule geschehen ist … dieses Mädchen, das in den Flammen umgekommen ist …«

»Sollen wir sie ansprechen? Sie mit unserem Verdacht konfrontieren?«, fragte Evie.

Bedächtig schüttelte ich den Kopf. »Nein. Nein, lieber nicht. Wenn es nur Zufall war, dann hat es ohnehin keinen Sinn, und wenn nicht, dann sollten wir ihr besser aus dem Weg gehen. Sie hat schon genug Unheil angerichtet. Hoffen wir, dass sich Sophie das Ganze in ihrer Angst nur einbildet.« Aber irgendwie hatte ich Zweifel. Ich sah Evie an und wusste, dass sie das Gleiche dachte. »Oh Evie, wie kommen wir da nur wieder raus?«

Sie legte ihre Hand auf die meine. »Wir werden es schaffen, wenn du uns führst. ›S‹ steht für Sarah, erinnerst du dich? Sag mir, was ich tun soll.«

Ich atmete tief durch. »Zuerst müssen wir Miss Scratton finden, ohne unseren Wächter geht es nicht. Wir können nicht länger warten.«

Nachdem wir den Aufenthaltsraum mit seinen karmesinroten Vorhängen, dem aufgeregten Gemurmel und der poppigen Musik verlassen hatten, huschten wir vorsichtig durch den Flur und standen schon bald vor Miss Scrattons Arbeitszimmer. Als ich gerade anklopfen wollte, hörte ich von drinnen ein Geräusch, als ob Möbel gerückt würden. Alarmiert blickte ich Evie an, dann klopfte ich laut und deutlich an die Tür. Miss Dalrymple riss die Tür auf. Dieses Mal lächelte sie nicht.

»Was wollt ihr hier um diese Zeit? Ihr solltet euch besser auf das Abendgebet vorbereiten.«

»Ähm …«, wagte ich zu sagen, »Miss Hetherington schickt uns, wir sollen … wir sollen der Direktorin eine Nachricht überbringen.«

»Die Oberste Mistress kann jetzt keine Nachrichten empfangen«, ein kaltes Lächeln glitt über Miss Dalrymples gerötetes plumpes Gesicht, »und auch die nächsten Tage nicht.«

»Warum nicht?«, fragte Evie.

»Auf dem Rückweg von St. Martin's hatte sie einen kleinen Unfall. Aber ihr braucht euch keine Sorgen zu machen. Ihr seid bei mir in besten Händen.« Ihre ausdruckslosen Krötenaugen wirkten bedrohlich, als sie näher kam. Ich konnte ihr ekelhaft süßes Parfüm riechen und die dicke Puderschicht erkennen, die auf ihren Wangen lag. Als ich ihr über die Schulter blickte, sah ich, dass sie das Zimmer durchsucht hatte. Bücher und Papiere waren wahllos auf dem Boden verstreut. Wonach hatte sie gesucht? »Und wie ich hörte, hatte auch Helen ein kleines Missgeschick«, fuhr Miss Dalrymple fort, »ihr macht euch sicher Sorgen. Immerhin seid ihr euch sehr nahe, oder? Fast …«, ihre Stimme bebte, »fast wie Schwestern.«

Ohne Vorwarnung umklammerte Miss Dalrymple meinen Arm so fest, dass ich nach Luft schnappte. »Wir beobachten euch«, flüsterte sie, »ihr solltet sehr, sehr vorsichtig sein, sonst warten schlimme Zeiten auf euch.«

»Nehmen Sie Ihre Hände weg!« Aus Evies Augen sprühten Blitze. »Wir wissen alles über Sie und Ihre widerlichen Freundinnen. Wir haben keine Angst vor Ihnen und Ihrer edlen Priesterin, oder wie auch immer sie sich jetzt nennen mag.«

Über Miss Dalrymples Gesicht huschte ein Ausdruck der Verwunderung, doch dann hatte sie sich wieder unter Kontrolle. »Ich weiß nicht, wovon du sprichst.«

»Was haben Sie mit Miss Scratton gemacht?«

»Ich? Meine liebe Sarah, ich fürchte, du hast Fieber. Du musst dich beruhigen. Wenn du weiterhin an deinen absurden Verdächtigungen festhältst, wirst du Ärger bekommen. Und du musst wissen«, fuhr sie mit einem selbstgefälligen Lächeln fort, »unsere allseits geliebte Oberste Mistress liegt im Krankenhaus von Wyldford Cross. Ein furchtbarer Unfall. Eine Katastrophe.«

Sie schlug uns die Tür vor der Nase zu und ließ uns einfach stehen. Uns fehlten die Worte. Eine einzige Nacht und ein dummer Streich genügten, und nichts war mehr wie vorher. Zuerst Helen, dann die Attacke auf Miss Scratton. Wer würde das nächste Opfer von Mrs Hartle und ihren Helfershelfern sein?

Einundzwanzig

»Sieht so aus, als hätten sie herausgefunden, dass Miss Scratton nicht auf ihrer Seite ist«, sagte Evie.

»Und Mrs Hartle steckt hinter dem Ganzen, als Priesterin, oder wie auch immer sie sich jetzt nennt«, fügte ich hinzu.

Wir saßen mit Josh und Cal in der Morgensonne vor der Schäferkate.

Evie und ich waren noch vor dem Frühstück zusammen mit Josh zu unserem Treffpunkt geritten und hatten alles erzählt.

»Ihr meint also, dieser Autounfall war Teil eines Plans?«, fragte Cal.

Die Nachricht war gestern nach dem Abendgebet verkündet worden. Augenscheinlich war der Minibus, in dem Miss Scratton und die Schülerinnen auf dem Rückweg von St. Martin's unterwegs waren, ins Schleudern geraten, als ein Hirsch über die Straße rannte. Die Mädchen waren mit Schnittwunden und leichten Verletzungen vorsorglich ins Wyldford Cross Hospital eingeliefert worden, Miss Scratton dagegen hatte schwere Kopfverletzungen erlitten. Es war schrecklich, auch nur daran zu denken.

»Ich bin sicher, dass beides Absicht war«, sagte ich. »Helen und Miss Scratton hatten ›Unfälle‹, direkt nach Velvets Beschwörungsritualen, in denen sie die Geister der Toten angerufen und befreit hat. Die Attacken müssen von Mrs Hartle ausgegangen sein.«

Cal runzelte zweifelnd die Stirn. »Aber ich dachte, dass Miss Scratton ebenfalls über übernatürliche Kräfte verfügt. Wie konnte sie dann so einfach aus dem Hinterhalt überwältigt werden?«

»Miss Scratton ist ein Wächter«, erklärte ich, »sie hat in verschiedenen Epochen der Geschichte Wyldcliffes gelebt, unter verschiedenen Namen und in verschiedenen Rollen. Sie war eine Lehrerin, eine Heilerin und eine Ordensschwester im alten Frauenkloster. Das ist alles, was wir wissen, und selbst das hätte sie uns nicht erzählen dürfen. Aber ich glaube nicht, dass sie einfach wieder auftauchen und alles regeln kann. Das müssen wir schon selber machen. Sie kann uns führen, das ist alles.«

»Aber warum konnte sie sich nicht gegen den Angriff von Mrs Hartle schützen?«, fragte Josh.

»Keine Ahnung, vielleicht weil die Attacke überraschend kam. Wie auch immer, sie ist nicht unbesiegbar. Ihr Geist mag zwar aus einem mystischen Reich stammen, aber sie lebt in der realen Welt. Ihre Knochen können bei einem Autounfall ebenso brechen wie die Knochen aller anderen Menschen auch. Ich hoffe nur, dass sie schnell wieder gesund wird.«

»Sagte sie nicht, sie könnte nicht in Wyldcliffe bleiben?«, fragte Evie. »Weil sie uns ihr Geheimnis verraten hat … Meinst du, dass sie deshalb von hier wegmusste?«

Wir hatten so viele Fragen, auf die uns niemand eine Antwort geben konnte. Mein Kopf dröhnte, ich hatte Angst und war erschöpft, aber ich versuchte trotz allem positiv zu denken.

»Selbst wenn unser Verdacht zutrifft, dass Helen und

Miss Scratton Opfer der Priesterin geworden sind: Beide leben noch! Das ist doch eine gute Nachricht, oder? Entweder konnten sie erfolgreich Widerstand leisten, oder …«

»Oder die Priesterin wollte sie jetzt noch nicht sterben lassen«, beendete Cal den Satz. Ich zitterte, und er legte voller Stolz den Arm um mich, ganz bewusst, so dass die anderen es sehen konnten. Evie lächelte ermunternd, während Josh ein wehmütiges Seufzen unterdrückte. Sie waren immer noch nichts weiter als gute Freunde, doch ich spürte, wie sehr er sich danach sehnte, Evie endlich in den Arm nehmen zu dürfen.

Er stand auf und blickte über das Tal. »Mrs Hartle ist also zurück, Miss Scratton ist außer Gefecht gesetzt, Helen hatte einen mysteriösen Unfall, und Velvet ist vielleicht auf der Seite der Mächte der Finsternis. Die Situation ist nicht gerade rosig, meint ihr nicht auch? Ihr beide seid leichte Beute, Evie und Sarah. Nur gemeinsam seid ihr stark genug! Auch Helen muss sich wieder mit euch versöhnen.«

»Josh hat Recht«, sagte Cal, »wir müssen etwas tun, um Helen zu helfen, ihr und damit natürlich auch euch.«

Ich erinnerte mich an Miss Scrattons Worte aus dem letzten Halbjahr: *Wenn ihr zusammensteht, dann seid ihr stark, dann kann euch nichts passieren.* Und auch ein weiterer Satz, den sie erst vor kurzem gesagt hatte, bekam nun eine ganz andere Bedeutung: *Durchbrecht den Kreis nicht.*

Sie hatte Recht, wir waren untrennbar miteinander verbunden, wir brauchten einander. Wenn eine von uns geschwächt war, waren wir alle geschwächt. Unsere Schwesternschaft war das verbindende Glied, das uns stark machte.

»Ich habe etwas mitgebracht«, sagte ich und holte das verblichene Buch aus der Tasche. Im Sonnenlicht wirkte es unscheinbar, aber als ich es berührte, fühlte ich in den Fingerspitzen, wie es vibrierte. »Ich habe hier etwas gefunden, das Helen vielleicht helfen könnte, wieder gesund zu werden.« Dann fiel mir siedend heiß etwas ein. »Du hast doch nichts dagegen, Evie? Ich meine, ist es für dich in Ordnung, Josh und Cal das Buch zu zeigen?«

»Natürlich. Sie gehören jetzt dazu.« Sie blickte die beiden an. »Aber ihr müsst es wirklich wollen. Seid ihr sicher?«

»Ja«, antwortete Cal knapp, »ich bin sicher.«

»Ich würde für dich durchs Feuer gehen, Evie, und das weißt du auch«, sagte Josh eindringlich. »Und vielleicht hilft ja, was ich dir über Martha und Agnes erzählt habe. Ich gehöre zu Wyldcliffe, ich gehöre zu dir. Was auch immer ich für dich tun kann, meine ganze Kraft gehört dir.«

Evie wurde rot und flüsterte: »Danke, Josh, ich danke dir so sehr.«

Er trat einen Schritt zurück und versuchte, seine spontanen Gefühle unter Kontrolle zu bringen. »Ich bin einfach nur glücklich, wenn ich da sein darf, wenn ich helfen kann. Und ich freue mich für dich, dass Cal wieder da ist.«

Bei diesen Worten hatte sich Josh mir zugewandt, Verständnis sprach aus seinen braunen Augen. »Also, Sarah, was können wir für euch tun?«

Ich hatte bereits die richtige Stelle im Buch gefunden: »Beschwörung, um einen Freund zu heilen.« Kein kompliziertes Ritual, auch kein Zauberspruch, sondern ein Rezept für ein Stärkungsmittel. Ein schlichtes Hausmittel, wie es Martha, ihre Mutter und ihre Großmütter vor ihr auch zubereitet hätten. In meinem Rucksack hatte ich alle Zutaten und Geräte mitgebracht: eine Schüssel, kleine Einmachgläser und eine schmale grüne Glasphiole aus Agnes' Schatztruhe. In aller Herrgottsfrühe hatte ich mich in ihr altes Studierzimmer auf dem Dachboden geschlichen, um die Gefäße und die notwendigen Substanzen zu besorgen.

Destilliere Lavendelessenz zur Blutreinigung und Weißdornblüten für das Herz, und rühre beides in eine Mischung aus Rosenwasser und Honig. Sprich dabei die Beschwörungsformel der Freundschaft, und verbrenne Räucherwerk. Die Flamme der Freundschaft muss die Mixtur erhitzen und darf während der gesamten Zeremonie nicht verlöschen. Gib dann das Geheime Gewürz dazu, und verabreiche das Stärkungsmittel zusammen mit Bittgebeten.

Cal hatte inzwischen vor der Hütte in einem Ring aus Steinen ein Feuer entfacht, während Josh fasziniert zusah, wie Evie und ich alles vorbereiteten. Wir baten die beiden, darauf zu achten, ob sich jemand der Hütte näherte: Reiter, die aus Richtung Wyldcliffe kamen zum Beispiel, Bauern oder Wanderer, die zu so früher Stunde schon auf den Beinen waren. Sie bezogen ihre Beobachtungsposten. Evie und ich konzentrierten all unsere Gedanken auf Glaube und Hoffnung. Wir sangen die Beschwörungen, ganz zart, wie der Wind, der über die sonnenüberfluteten Hügel strich. »Lass Helen so frei wie der Wind sein«, betete ich, »befreie sie von Leid und Krankheit.« Schritt für Schritt folgten wir den Anweisungen, um den heilenden Trank herzustellen, und schon bald war die Phiole mit einer durchsichtigen Flüssigkeit gefüllt. Wir löschten das Feuer und säuberten den Platz vor der Hütte, damit niemand Verdacht schöpfen konnte, was hier vorgegangen war.

»Segne diesen heilenden Trank.« Ich reichte Evie die Phiole. Sie nahm das Glasgefäß in beide Hände und betete: »Lass Helen wieder gesund werden.« Dann blickte sie zu Cal hinüber, der immer noch Ausschau nach unliebsamen Besuchern hielt. »Jetzt du, Cal, sprich deinen Segen.« Er wirkte zunächst überrascht, nahm aber dann die Phiole und betrachtete prüfend die geheimnisvolle Flüssigkeit. »Lass sie ihre Wirkung entfalten«, mit diesen Worten reichte er sie an Josh weiter.

Die grüne Phiole ruhte nun in Joshs kräftigen Händen, mit denen er nicht nur fest zupacken, sondern auch ganz behutsam sein konnte. Mit diesen Händen hatte er für Evie zum Valentinstag ein kunstvolles Holzpferd geschnitzt, und mit diesen Händen pflegte er sanft und fürsorglich die Pferde, die man ihm anvertraut hatte. Er berührte fast zärtlich das Gefäß mit den Fingerspitzen und sagte: »Helen, komm zu uns zurück.« Aus der Phiole zuckte ein Lichtblitz, und ich sah die Verblüffung in Evies Gesicht. Bis zu diesem Moment hatte sie wohl nicht wirklich daran geglaubt, dass Josh mit Lady Agnes verbunden sein könnte. »Lass es Heilung bringen«, fügte er hinzu und gab Evie das Fläschchen zurück.

»So sei es«, flüsterte sie, und ich erkannte überdeutlich, dass wir alle miteinander verbunden waren in einem endlosen Kreislauf des Lebens, des Todes und der Erneuerung, verbunden in einem endlosen Kreislauf der Liebe.

Ich zwang mich wieder in die Gegenwart zurück. »Vielen Dank euch allen«, sagte ich, »jetzt müssen wir Helen so schnell wie möglich den Trank verabreichen. Wir müssen zurück.«

Ich ritt neben Cal, Evie neben Josh, aber ein ganzes Stück hinter uns.

Cal blieb ganz dicht an meiner Seite. »Ich hoffe, diese Medizin kann Helen helfen. Trotzdem habe ich immer noch kein gutes Gefühl«, sagte er fürsorglich, »um wirklich sicher zu sein, brauchst du noch mehr Schutz. Wenn Mrs Hartle wirklich wieder frei ist und aufs Neue ihr Unwesen treibt, kann alles passieren. Ich könnte es nicht ertragen, wenn du das nächste Opfer wärst. Lass mich die heutige Nacht auf dem Schulgelände verbringen. Ich könnte in einem der Ställe schlafen, dann wäre ich in deiner Nähe.«

»Nein, das geht nicht, wenn sie dich erwischen, dann rufen sie die Polizei! Das darfst du nicht riskieren!«

»Du bist in Gefahr, und ich will bei dir sein, niemand kann mich daran hindern.«

»Wenn ich ihr nächstes Opfer bin, dann kann sie mich immer und überall angreifen«, antwortete ich, »du kannst nicht ständig in der Nähe sein und mich beschützen. In einem hatte Evie Recht: Wir müssen leben und dürfen uns nicht verkriechen. Ich muss das zu Ende bringen, Cal. Für immer, damit wir endlich in Frieden leben können.«

»Warum lässt du das alles nicht hinter dir?«, fragte er unvermittelt. »Wir könnten mit meiner Familie reisen, frei sein wie früher, nichts könnte uns trennen.« Mein Herz raste. Ich stellte mir vor, hinter Cal auf dem Pferd zu sitzen, die Arme um seinen Körper geschlungen. Oder in einem offenen Kastenwagen über die alten Romapfade zu ziehen, lachend mit seiner Schwester und seinen Onkeln am Lagerfeuer zu sitzen, Geschichten zu erzählen und Lieder zu singen, nebeneinander auf einem schmalen Lager zu liegen und morgens gemeinsam aufzuwachen …

»Nein, unmöglich. Das kann ich nicht.«

»Warum nicht, mein verwöhntes, reiches Mädchen?«, neckte er. »Ist das Leben der Roma etwa zu unbequem für dich? Wären deine Eltern vielleicht dagegen?«

»Nein, Cal, das ist es nicht. Ich habe ein Versprechen gegeben. Ich habe versprochen, meinen Schwestern treu zur Seite zu stehen und den Mystischen Weg weiterzugehen, egal, wohin er mich auch führen wird. Dem muss ich mich stellen. Und deine Mutter hat selbst gesagt, dass ein Versprechen nicht gebrochen werden darf.«

»Außer mit einem Fluch. Du hast Recht«, seufzte Cal, »aber ich wünschte, du hättest Unrecht.« Wir ließen die Pferde Schritt gehen, ritten stumm nebeneinanderher, nahmen uns bei der Hand und lauschten unserem Herzschlag.

Als wir am Schulgelände ankamen, blieben Josh und Cal mit den Pferden am Tor zurück, während Evie und ich in den Speisesaal eilten, um nicht zu spät zum Frühstück zu kommen. Danach rannten wir zur Krankenstation. Wir mussten unbedingt zu Helen und ihr das Stärkungsmittel geben. Aber die Krankenschwester versperrte uns den Weg.

»Helen geht es sehr schlecht, fürchte ich«, sagte sie missmutig, als ob die Krankheit einer Patientin eine persönliche Beleidigung ihrer Heilkünste wäre. »Sie hat hohes Fieber und braucht Ruhe. Ich kann euch unmöglich zu ihr lassen.«

»War der Arzt bei ihr?«, fragte ich enttäuscht.

»Ja, der Arzt war gestern ganz spät noch einmal da, er meinte, es sei vielleicht eine Schockreaktion auf den Sturz. Er hat Helen etwas zum Schlafen gegeben. Ich bin sicher, es wird ihr bald besser gehen.«

»Hat sie etwas gesagt, hat sie gesprochen? Hat sie nach uns gefragt?«, wollte Evie wissen.

»Nein, nein und nochmals nein«, die Krankenschwester war jetzt sichtlich gereizt, »und jetzt hört auf, mir auf die Nerven zu fallen. Ich habe hier in Wyldcliffe genug Patientinnen gepflegt und weiß, was ich zu tun habe. Macht euch einfach keine Sorgen, das ist für alle das Beste.«

Das war leichter gesagt als getan. Einen kurzen Moment lang keimte in mir der Verdacht auf, die Krankenschwester könnte ein geheimes Mitglied des Zirkels sein und würde uns deshalb von Helen fernhalten. Aber dafür gab es keinerlei Anhaltspunkte. Ich legte ihr eine Hand auf den Ärmel ihrer Schwesterntracht. »Bitte, Schwester McFarlane«, flehte ich, »lassen Sie mich nur für ein paar Minuten zu ihr. Ich weiß, dass Sie sich rührend um sie kümmern, aber wir machen uns solche Sorgen. Das Ganze war ein richtiger Schock für uns. Wenn ich sie nur einen klitzekleinen Augenblick sehen dürfte, dann wären wir beruhigt und würden Sie nicht mehr behelligen.«

Die Schwester schürzte die Lippen und überlegte, dann gab sie nach. »Na gut, wenn euch so viel daran liegt. Es ist schön, dass ihr euch so um eure Freundin kümmert. Aber nur eine von euch und nur ganz kurz, ist das klar?«

»Du gehst«, beeilte sich Evie zu sagen und drückte mir verstohlen die Phiole in die Hand, »ich warte hier.«

Ich folgte der Krankenschwester in die sonnendurchflutete Krankenstation. Helen lag im ersten Bett gleich neben der Tür, die Decken waren zur Seite geschoben. Sie lag auf dem Rücken, und obwohl ihre Augen geschlossen waren, schien sie nicht wirklich zu schlafen. Sie bewegte unruhig den Kopf hin und her, und ihr schwacher Atem ging schnell.

»Ich glaube, die Sonne blendet«, log ich, und die Krankenschwester ging zum Fenster hinüber, um die Jalousien weiter herunterzulassen. Ich nutzte die Gelegenheit und setzte die Phiole mit einer blitzschnellen Bewegung an Helens Lippen, etwas Flüssigkeit tropfte ihr in den Mund.

»Nun, genug jetzt«, sagte die Krankenschwester freundlich, aber bestimmt, als sie zurückkam, »du siehst, sie ist in guten Händen. Du kannst ja später noch mal nach ihr sehen, dann kann ich dir mehr sagen.«

Ich hatte keine andere Wahl und musste gehen. Aber wenigstens hatten wir es versucht.

Wir holten noch unsere Bücher für den Unterricht, obwohl ich mir nicht vorstellen konnte, wie ich mich an diesem Morgen auf lateinische Verben konzentrieren sollte. Als wir unseren Klassenraum betraten, war Velvet gerade dabei, einer Schar staunender Mitschülerinnen eine ihrer Geschichten zu erzählen, während sie auf die Lehrerin warteten. Sie hingen regelrecht an ihren Lippen. Sophie allerdings war nicht dabei.

Velvet bemerkte mich und schenkte mir ihr charmantestes Lächeln.

»Hey, Sarah, schau mal, ist das nicht witzig?« Evie beachtete sie gar nicht. Seit ihrem ersten Zusammentreffen war Evie Luft für sie.

Ich war nicht in der Stimmung für Velvets Scherze. Eigentlich wollte ich sie nur fragen, aus welchem Grund sie in Helens Nähe gewesen war, als der Unfall passierte, aber nicht vor all den anderen. »Was denn?«, fragte ich knapp.

»Wir schauen uns gerade die neuesten Fotos an.« Velvet reckte ein aufgeschlagenes grellbuntes Klatschmagazin in die Höhe. Quer über die mittlere Doppelseite war die Schlagzeile zu lesen: *Rick Romaines rebellische Tochter!*

Sie hielt mir den Artikel direkt unter die Nase, und ich begann zu lesen.

Velvet Romaine, Spross des Rockstars Rick Romaine und des Supermodels Amber Romaine, ist jetzt Schülerin einer der exklusivsten und renommiertesten Schulen des Landes. Die Wyldcliffe Abbey School für junge Ladys ist bekannt für ihre Strenge und eiserne Disziplin. Wird diese steife und integre Umgebung Velvet von dem Virus exzessiver Ausschweifungen heilen, der sie in der Vergangenheit so oft heimgesucht hat? Oder wird dieser »brodelnde Vulkan« selbst hier nicht zu bändigen sein?

Unter dem Artikel war ein Hochglanzfoto von Velvet zu sehen, wie sie an ihrem ersten Tag in Wyldcliffe auf den breiten Eingangsstufen posierte. Im Hintergrund erkannte man eine schmale, unscheinbare Frau, die ihr Gesicht abwandte. Es war Miss Scratton.

Ein Gedanke schoss mir durch den Kopf. Ich musste hier raus.

»Und die Fotografen hängen immer noch im Dorf rum, weil sie nicht genug von mir bekommen können«, brüstete sich Velvet, »ich muss mir etwas Sensationelles für sie einfallen lassen.«

»Ich denke, du hast schon genug Schaden angerichtet«, ließ ich sie kalt abblitzen.

»Hey, was habe ich denn jetzt schon wieder falsch gemacht?«

»Frag Sophie«, zischte ich und wandte mich dann an Evie. »Ich habe mein Lateinbuch im Schlafsaal vergessen, kommst du mit?« Evie wirkte überrascht, verließ aber mit mir den Klassenraum.

»Hast du Miss Scratton auf dem Foto gesehen?«

»Ja, natürlich. Aber warum ist das so wichtig?«

»Es hat mich an etwas erinnert. Schnell, bevor Miss Clarke kommt und uns aufhält.«

Wir hasteten an der Bibliothek vorbei, die dunkle Treppe hinunter in den roten Korridor. Er hieß so, weil die Wände mit karmesinrotem, inzwischen verblichenem Damast bezogen waren. Einst führte er zu einem Ballsaal, der aber seit einiger Zeit verschlossen war. Die meisten Zimmer in diesem Teil des Schulgebäudes standen schon seit Jahren leer, benutzt wurden nur drei Gemeinschaftsräume, die Miss Scratton für die Unter-, die Mittel- und die Oberstufe eingerichtet hatte. Am Ende des Korridors befand sich die mit einem Vorhängeschloss gesicherte Tür zum alten Ballsaal. Von hier zweigte ein weiterer Gang ab, der als Abkürzung zu den Umkleideräumen im rückwärtigen Teil des Gebäudes genutzt wurde. Hier hingen düstere Gemälde von trostlosen Landschaften, dazwischen einige verblichene Fotografien. Rasch ging ich den Gang entlang und scannte die Wände.

»Hier ist es.« Ich verharrte vor einem sepiafarbenen Foto mit der Aufschrift »Wyldcliffe Abbey School, Kriegsende 1918«.

Etwa vierzig Mädchen in Schuluniformen mit schmalen aufliegenden Kragen standen in Reih und Glied und lächelten in die Kamera. Sie hielten Fahnen in der Hand und ein mit Rosetten geschmücktes Bild, auf dem zu lesen war: »Frieden und Sieg«. In der letzten Reihe standen etwa ein halbes Dutzend Lehrerinnen, würdevoll und mit ernsten Gesichtern, gezeichnet von den Entbehrungen des Krieges, aber auch von der Erleichterung über sein Ende. »Schau, hier!« Ich zeigte auf eine Gestalt am Ende der Reihe. Sie hatte den Kopf zur Seite gedreht, so als ob die Kamera ihr Gesicht nicht einfangen sollte.

»Das ist Miss Scratton. Ich bin sicher, sie ist es.«

»Ein bisschen unscharf«, meinte Evie, sie schien nicht überzeugt.

»Aber genau diese Haltung hat sie auch auf dem Foto mit Velvet, siehst du das nicht?«

»Ich nehme an … sie könnte es sein, vermute ich.«

»Sie ist es, da bin ich sicher. Und das bedeutet, sie könnte meine Urgroßmutter Maria gekannt haben. Sie war nach Kriegsende Schülerin hier in Wyldcliffe.«

»Und wie hilft uns das weiter?«, fragte Evie.

»Ich habe in letzter Zeit oft an Maria gedacht, und ich fühle, dass sie irgendwie in all das verwickelt ist. Ich glaube … ich glaube, ich habe sie gestern oben auf dem Blackdown Ridge gesehen, in der Nähe des Steinkreises. Ist das nicht seltsam, genau an dem Tag, als Helen und Miss Scratton schwer verletzt worden sind?«

»Kann das nicht auch Zufall sein?«

»Ich glaube nicht an Zufälle, wie du weißt. Und es war auch kein Tagtraum oder so was. Ich … nun, ich hoffe, du bist mir nicht böse, Evie, ich habe deinen Talisman benutzt, und dann habe ich Maria gesehen, oder jedenfalls ein Mädchen, und dann habe ich diese Trommeln gehört. Und Helen hat Trommeln gehört, als sie die Vision von ihrer Mutter hatte. Und dann die Nachricht an Agnes' Tür: ›Höre auf die Trommeln‹. Ich könnte mich ohrfeigen, dass ich immer noch nicht herausgefunden habe, was das zu bedeuten hat. Aber Maria erscheint mir immer wieder. Vielleicht ist sie das Zeichen, das wir brauchen.«

Evie schien noch immer nicht überzeugt.

»Ich weiß, viel ist es nicht«, gab ich zu, »aber es ist alles, was wir haben. Vielleicht gibt es eine Verbindung zwischen der Nachricht an Agnes' Tür, den Trommeln in Helens Traum und den Trommeln in meiner Vision von Maria. Vielleicht hat es etwas mit den Roma zu tun? Wir sollten noch mal Kontakt zu Maria aufnehmen. Wenn du den Talisman benutzt, dann könnten wir vielleicht eher herausfinden, ob sie wirklich hinter der Nachricht an der Tür steckt und was sie zu bedeuten hat.«

»Du hast also Trommeln gehört, als dir Maria erschienen ist?«

»Ja. Und ich bin überzeugt, dass sie etwas weiß, das uns helfen könnte. Bitte, Evie, versuchen wir es noch mal. Wir haben nichts zu verlieren, und vielleicht bringt es uns weiter.«

»Einverstanden. Heute Nacht.« Evies Gesicht war gefasst und zu allem entschlossen, wie das eines jungen Soldaten. »Für dich und Helen werde ich alles tun. Ich werde euch nicht noch einmal im Stich lassen, versprochen.«

Zweiundzwanzig

Der Tag schleppte sich dahin. Ich konnte an nichts anderes als an den Talisman denken, aber vor Mitternacht konnten wir uns nicht aus dem Schlafsaal schleichen. Erst dann waren wir vor den wachsamen Augen der Lehrerinnen und unserer Mitschülerinnen geschützt. Die einzige Abwechslung vom monotonen Schulalltag waren die Kinder aus dem Dorf, die Miss Scrattons Einladung gefolgt waren. Einige spielten Tennis, andere bekamen Musikunterricht, und wieder andere durften den noch ziemlich kalten Pool benutzen. Hier war Evie als Aufsicht eingeteilt, und ich wollte ihr dabei helfen. Ich hatte schon befürchtet, dass Miss Scrattons Pläne platzen würden, aber trotz ihrer Abwesenheit schien alles nach ihren Ideen abzulaufen. Statt zum stundenplanmäßigen naturwissenschaftlichen Unterricht gingen Evie und ich nach dem Mittagessen hinunter zum Freischwimmbecken. Die Sportlehrerin Miss Schofield wirkte heute noch missgelaunter als sonst. Sie stand vor etwa einem Dutzend begeisterter Zehnjähriger, die bei ihrem Anblick allerdings doch ein wenig besorgt aussahen.

»Nun, ich denke, ihr zieht euch jetzt um. Aber bitte diszipliniert! Ihr habt exakt zwei Minuten.«

Die Kinder verschwanden in den altmodischen hölzernen Umkleidekabinen neben dem Pool. Auch ich betrat eines der Holzhäuschen, zog meine Schuluniform aus und den Badeanzug an. Die Luft war zwar warm, aber das Wasser im tiefen Marmorbecken machte einen ziemlich kalten Eindruck. Evie dagegen war glücklich, endlich von unseren Problemen abgelenkt zu werden. Sie war eine richtige Wasserratte und würde bei jedem Wetter schwimmen gehen, aber in den kalten Monaten wurde das Wasser abgelassen. Endlich war es soweit. Die meisten Kinder waren schüchtern und kicherten verlegen, einige der größeren Jungs dagegen waren ziemlich forsch und versuchten, sich gegenseitig ins Wasser zu schubsen.

»Schluss damit!«, bellte Miss Schofield. »Geht langsam und vorsichtig ins Wasser, genau nach meinen Anweisungen.« Sie tat sich mit den Neuerungen in Wyldcliffe offensichtlich schwer, und das gefiel mir. Ich hatte diese unfreundliche Frau noch nie gemocht, und alles, was sie ärgerte, war ganz in meinem Sinn. Meine Motivation stieg.

»Oh, ist das kalt«, sagte ein zartes Mädchen mit zerzaustem Haar, als sie ihren großen Zeh vorsichtig ins Wasser gestreckt hatte.

»Wenn du erst einmal drin bist, merkst du es nicht mehr«, ermunterte ich sie.

»Es ist fantastisch, glaub mir«, Evie lächelte sie an, »und es ist schön, dass ihr da seid. Wir werden viel Spaß haben.«

Miss Schofield blickte finster drein, während wir den Kindern nach und nach ins Wasser halfen. Es gab lautes Gekreisch und wildes Geplansche, aber schon bald hatten alle großen Spaß. Ungeachtet ihrer abweisenden, arroganten Art war Miss Schofield eine gute Lehrerin. Sie ging mit den Schwimmern ins tiefere Wasser, um ihnen

Schwimmtechniken beizubringen. Evie und ich blieben mit den anderen im Nichtschwimmerbereich, spielten Ball und versuchten, ihnen die Angst vor dem Wasser zu nehmen. Die Zeit verflog im Nu, und schon bald mussten die Kinder wieder aus dem Wasser. »Aber wir sind noch gar nicht getaucht«, sagte ein kräftiger Junge, »ich kann das schon.«

»Zeig mal«, ermunterte ihn Evie. Ohne zu zögern, sprang er kopfüber ins Wasser und kam lachend und prustend wieder an die Oberfläche. »Gut gemacht«, lobte Evie lächelnd, »jetzt schau mal, wie ich tauche.«

Elegant hechtete sie ins tiefere Wasser, tauchte bis auf den Grund und glitt am Boden entlang. Ihre langen roten Haare umhüllten sie wie dunkle Seide. Während ich ihr bewundernd nachsah, begann das Licht um mich herum zu verblassen. Evie kam wieder nach oben, ihr schlanker Körper schien auf der grün schimmernden Wasseroberfläche zu schweben. Sie wirkte wie eine Eisstatue. Um mich herum herrschten Finsternis und Stille, bis auf das Dröhnen der Trommeln in meinen Ohren. Gelähmt vor Angst sah ich, wie Evie leblos auf der Wasseroberfläche trieb, die Arme hingen schlaff herab, die Augen starrten ins Leere, wie Ophelia, die ihrem schlimmen Schicksal entgegentrieb. Wasser drang mir in den Mund, ich würgte und sank langsam tiefer, ich bäumte mich verzweifelt auf und schrie: »Evie!« Im nächsten Moment war die Vision vorbei. Die Sonne strahlte, als wäre nichts gewesen. Die Kinder klatschten begeistert, als Evie am anderen Ende des Pools graziös aus dem Wasser stieg. Die Vorführung war vorbei.

»Das war ein Riesenspaß, oder?«, rief sie begeistert aus, als wir uns in der Sonne trocknen ließen. »Die Kinder sind so süß.« Dann seufzte sie tief. »Wenn nur alles so … du weißt schon, so normal sein könnte.«

»Ja«, murmelte ich, »wenn …« Ich konnte ihr nicht erzählen, was vor meinem inneren Auge abgelaufen war. Ich konnte meiner besten Freundin nicht erzählen, dass ich in einer Vision ihren Tod gesehen hatte.

Die Kinder bekamen im Speisesaal noch selbstgebackenen Kuchen, Toast mit Butter und Tee, dann machten sie sich bereit für den Heimweg. Wir halfen ihnen, ihre Jacken und ihre Sporttaschen wiederzufinden, und dann trabte die ganze Mannschaft in die schwarz-weiß geflieste Eingangshalle. »Ooh, ist das aber riesig! Wohnst du hier? Dürfen wir noch mal wiederkommen?« Ihre unschuldige Neugier war rührend. Ihr Lachen erfüllte das düstere Gebäude mit Leben, ein Gefühl der Freiheit. Nur Celeste schien das anders zu sehen. Als sie den Kindern im Flur begegnete, schreckte sie theatralisch zurück, als könnte sie angesteckt werden. »Miss Scratton, unsere Direktorin, meinte, ihr dürftet öfter kommen«, antwortete ich, um von Celestes Unhöflichkeit abzulenken. Aber die Kinder hatten sie gar nicht bemerkt, glücklich hopsten sie die Treppenstufen zur Einfahrt hinunter, wo ihr Lehrer sie wieder abholte. Evie und ich gingen ein Stück mit, dann winkten wir ihnen nach, bis sie auf der Straße hinter der Begrenzungsmauer verschwunden waren. Ihre quirligen Stimmen aber waren noch lange zu hören.

»Tschüss!«

»Bis bald!«

»Vielen Dank!«

Die Frühlingsluft war abgekühlt, und es wurde allmählich dämmrig. »Lass uns zurückgehen«, schlug ich vor.

»Nur noch eine Minute«, sagte Evie. Ihr Gesicht leuchtete vor Glückseligkeit, sie wirkte schöner denn je. »Ich hätte gerne zehn Kinder, und du?«

»In Ordnung, aber nicht alle auf einmal«, scherzte ich halbherzig. Die Angst lähmte meine Gedanken. »Lass uns besser reingehen. Wir sollten kein Risiko eingehen, bevor wir Kontakt zu Maria aufgenommen haben.«

»Wahrscheinlich hast du Recht.« Evie drehte sich um, und wir gingen zum Schulgebäude. Der Abendhimmel leuchtete glutrot. Ich wusste nicht, warum ich so unruhig war, aber ich griff nach Evies Arm und zog sie hinter mir her. Wir kamen an das Schultor mit dem verwitterten Schild, auf dem jetzt statt ABBEY SCHOOL FOR YOUNG LADIES zu lesen stand: »BE COOL OR YOU DIE!«, nachdem einige der Lettern verblasst waren. Mir lief ein eiskalter Schauer über den Rücken.

Plötzlich hörte ich Hufgetrappel, rasend schnell wie mein Herzschlag. Ein schwarzes Pferd kam rasch näher. Der Reiter im langen Kapuzenmantel kam mir bekannt vor. Sein schwarzes Haar fiel ihm bis auf die Schultern, seine traurig lächelnden Augen hatten die Farbe des Sommerhimmels. Evie stöhnte voller Schmerz auf, dann taumelte sie nach vorne.

»Sebastian! Sebastian, du bist es!«

Der Reiter beugte sich nach vorn und umfasste Evie mit beiden Armen. Einen Moment lang verharrten sie in stiller Zweisamkeit. Dann zog er Evie auf den Rücken des sich aufbäumenden Pferdes. Dabei verrutschte die Kapuze seines Mantels und enthüllte sein Antlitz. Aber das war nicht mehr das ebenmäßige Gesicht eines jungen Mannes. Das war nicht Sebastian Fairfax, weder tot noch lebendig. Es war ein skelettartiges Ungeheuer, das Evie fest umklammert hielt. Sie versuchte sich aus dem Griff zu befreien, aber es war zu spät. Das Pferd bäumte sich erneut wiehernd auf und galoppierte den Hang hinauf in die *Moors*.

»Evie, Evie!«, rief ich entsetzt und rannte hinterher, aber sie waren schon verschwunden.

Eine nach der anderen hatten sie geholt: Helen, Miss Scratton und jetzt meine beste Freundin Evie. Was hatten sie mit ihr vor? Wohin wurde sie gebracht? Das Bild von Evies im Wasser treibenden Körper tauchte wieder in meinen Gedanken auf, und Panik überwältigte mich. Ich war allein. Wir waren auseinandergerissen, unsere Gemeinschaft zerstört worden von der Priesterin und ihren Jüngern, und es gab nichts, was ich tun konnte. Ich sank zu Boden und weinte hemmungslos.

Dann hörte ich eine Stimme in meinem Kopf. »Ein Versprechen kann nicht gebrochen werden, nur durch einen Fluch.« Ich hatte versprochen, für meine Schwestern zu sorgen und sie zu beschützen, was auch immer passieren mochte. Ich war die Einzige, die noch übrig war. ›S‹ für Sarah. Meine Zeit war gekommen. Ich musste sie nutzen.

Dreiundzwanzig

Dieses eine Mal würde ich mich den Lehrerinnen anvertrauen. Ausnahmsweise. Wenn ich ihnen erzählte, dass Evie entführt worden war, dann wären sie als verantwortliche Aufsichtspersonen verpflichtet, etwas zu tun und die Polizei zu rufen. Ich wusste nicht genau, was die Polizei tun konnte, aber einen Versuch war es wert.

Ich stürzte zum Büro der Direktorin, klopfte kräftig an die Tür und hoffte, dort jemanden vorzufinden, dem ich halbwegs vertrauen konnte, Miss Hetherington vielleicht oder Miss Clarke. Aber niemand antwortete. Ich drückte die Klinke herunter, aber die Tür war abgeschlossen. So schnell wollte ich nicht aufgeben und ging die Marmortreppe zum Lehrerzimmer im zweiten Stock hinauf. Der Unterricht war bereits beendet, und Scharen von Schülerinnen strömten mir entgegen. Sie waren auf dem Weg in Musik- oder Kunst-AGs oder in die Bibliothek, um sich für den nächsten Tag vorzubereiten. Ich hatte den Eindruck, als würden sie alle auf der anderen Seite einer Glaswand leben. Ihr Wyldcliffe war nicht mein Wyldcliffe. Nur Velvet, Sophie und Laura waren aus Versehen in meine Welt eingedrungen. Als ich mir den Weg durch die Menge bahnte, fragte ich mich, wie lange es dauern würde, bis auch sie unter den dunklen Schatten der Priesterin gerieten. Warum sollte sie es bei uns dreien belassen?

Warum nicht alles zerstören, was gut und jung und voller Hoffnung war?

Ich erreichte die Tür des Lehrerzimmers und wollte gerade anklopfen, als sich die Tür öffnete. Zu meiner Erleichterung war es Miss Hetherington, die vor mir stand.

»Oh, Miss Hetherington. Ich muss Sie unbedingt sprechen, es geht um Evie.«

»Dann hast du es also schon gehört?«

»Was gehört?«

»Ihr Vater ist während seines Aufenthalts in London erkrankt. Evie musste den nächsten Zug nehmen, um zu ihm zu fahren. Ein weiter Weg, aber sie wird heute Abend noch ankommen. Es ist bestimmt tröstlich für Tochter und Vater, das gemeinsam durchzustehen.«

»Sie ist nach London gefahren?« Miss Hetherington sah so aufrichtig aus; oder bluffte sie vielleicht nur? »Sind Sie sicher?«

»Aber natürlich. Miss Dalrymple hat den Anruf aus London entgegengenommen und alles für Evie organisiert.«

Da könnte ich drauf wetten!, dachte ich wütend. So also hatte der Zirkel die Sache eingefädelt. Auf Anweisung der Priesterin hatten Miss Dalrymple und die anderen die Geschichte mit Evies überstürzter Abreise nach London frei erfunden, um ihre Abwesenheit zu rechtfertigen.

»Geht es dir gut, Sarah? Du siehst ziemlich blass aus.«

»Ja, alles klar«, antwortete ich. Vielleicht wusste Miss Hetherington gar nichts über den Zirkel, vielleicht gehörte sie auch selbst dazu. Die einzige Lehrerin, der ich wirklich vertrauen konnte, war und blieb Miss Scratton. Ich musste sie unbedingt sehen. Unser Plan, mit Maria Verbindung aufzunehmen, musste warten. Aber die Oberste Mistress war noch immer im Krankenhaus in Wyldford Cross. Ich trat einen Schritt zurück und versuchte, möglichst unbeteiligt auszusehen.

»Gut, dann wird Evie ja bestimmt bald zurückkommen. Vielen Dank. Ich gehe jetzt und mache meine Hausaufgaben.«

Ich stürmte die Marmortreppe hinunter in Richtung Bibliothek, aber ich ging an der Tür vorbei in den roten Flur. Die karmesinroten Wände wirkten im Licht der Lampen fast schwarz. Ich öffnete die Tür zu unserem Gemeinschaftsraum. Zum Glück war niemand da, und ich ging schnurstracks in die hinterste Ecke, wo das neue Telefon installiert worden war. Eigentlich musste man eintragen, mit wem man wann und wie lange telefonierte, aber ich kümmerte mich nicht darum. Rasch blätterte ich durch das Telefonbuch, bis ich die Nummer des Krankenhauses gefunden hatte.

»Hallo? Hallo? Kann ich bitte mit Miss Scratton sprechen?«, fragte ich die Telefonistin mit flüsternder Stimme.

»Wen bitte?«, fragte die Frau am anderen Ende der Leitung zurück.

»Miss Scratton«, wiederholte ich, »sie wurde am Sonntagnachmittag eingeliefert. Sie ist Lehrerin in Wyldcliffe Abbey.«

»Weißt du, auf welcher Abteilung?«

»Nein, tut mir leid, aber sie hat schwere Kopfverletzungen. Es war ein Autounfall. Geht es ihr gut? Kann ich mit ihr sprechen?«

»Und der Vorname?«

»Den habe ich nicht, ich weiß nicht …«

»Ich kann sie auf der Patientenliste nicht finden.«

»Aber sie muss … es ist wirklich dringend.«

»Einen Augenblick, ich frage mal nach. Ich stelle dich auf Warteschleife.«

Ihre Stimme verstummte, stattdessen war Musik zu hören. Nervös wartete ich; jeden Moment konnte Miss Dalrymple hereinkommen und mir den Hörer aus der Hand reißen. Ich verfluchte das Handyverbot, das in Wyldcliffe herrschte.

»Mach schon, mach schon«, drängte ich leise, dann verstummte die Musik und die Frauenstimme war wieder zu hören.

»Bist du noch dran? Ich habe mit dem Oberarzt gesprochen, und er hat mir bestätigt, dass wir keine Patientin mit diesem Namen haben.«

»Sie meinen, Miss Scratton wurde entlassen?«, fragte ich hoffnungsvoll.

»Aber nein. Sie konnte nicht entlassen werden, da sie nie hier gewesen ist.«

»Nicht hier gewesen?«

»Genau. Es tut mir leid. Guten Abend.«

Dann legte sie auf.

Ich stand da und starrte ratlos auf den Telefonhörer. Dann warf ich ihn auf die Gabel und stürzte aus dem Raum. Meine Gedanken überschlugen sich. Wo war Miss Scratton? Nach dem Unfall musste sie ins Krankenhaus eingeliefert worden sein. Aber wenn sie nie dort angekommen war … Was hatte das zu bedeuten? Warum war sie nicht nach Wyldcliffe zurückgekehrt? Hatte sie nicht geschworen, uns zu helfen? Die Antworten auf all diese Fragen mussten doch irgendwo zu finden sein.

Ich rannte den Flur hinunter, riss die Türen der Klassenzimmer auf, doch die Schule schien wie ausgestorben.

Bei meiner Suche kam ich auch zum kleinen Musikzimmer, wo Mr Brooke einer hinter ihren dicken Brillengläsern ernst dreinblickenden, semmelblonden Elfjährigen Klavierunterricht gab. »Oh, Entschuldigung«, murmelte ich. Ich drehte mich um und flüchtete in Richtung Bibliothek. Vor der Eingangstür strich ich mir die Uniformjacke glatt und atmete tief durch. Dann ging ich hinein. Ein Grüppchen Achtzehnjähriger saß am Tisch, ganz in die vor ihnen ausgebreiteten Bücher vertieft.

»Entschuldigt, dass ich euch störe, aber darf ich euch kurz mal was fragen?«

Eine von ihnen blickte auf, offensichtlich leicht verblüfft. Ein ungeschriebenes Wyldcliffe-Gesetz verbot, von sich aus ein älteres Mädchen anzusprechen. Aber ich kannte Catherine Hedley flüchtig von zu Hause, wir hatten im Sommer in der gleichen Polomannschaft gespielt. »Catherine, du bist doch mit Miss Scratton nach St. Martin's gefahren, oder?«

»Ja, ich war dabei. Es war wirklich Pech.« Sie zeigte mir ihr dick bandagiertes Handgelenk. »Wegen des Unfalls kann ich mindestens zwei Wochen nicht reiten. Aber eigentlich bin ich froh, dass nicht noch mehr passiert ist. Warum willst du das wissen?«

»Na ja … also, Miss Scratton war früher unsere Klassenlehrerin, und einige von uns haben sich überlegt … also, wir wollen ihr Blumen ins Krankenhaus schicken. Weißt du, in welche Abteilung sie eingeliefert worden ist? Hast du gesehen, wie sie dorthin gebracht wurde? Welchen Eindruck machte sie? War sie schwer verletzt?«

»Ich weiß es wirklich nicht«, antwortete Catherine, »ich kann mich nur noch vage erinnern. Es war sehr lustig in St. Martin's, danach fuhren wir zurück, alles schien okay.

Ich erinnere mich, dass plötzlich ein riesiger Hirsch vor dem Minibus auftauchte. Ab dann weiß ich nichts mehr. Irgendwann bin ich mit Schmerzen im Handgelenk wieder aufgewacht, und der Minibus klebte an einem Baum.«

»Und Miss Scratton?«

»Miss Dalrymple sagte, dass sie schon ins Krankenhaus gebracht worden war. Die Oberste Mistress saß vorne und war schwerer verletzt als wir auf den hinteren Bänken. Eine schöne Idee, Blumen zu schicken. Ich bin sicher, es wird ihr bald besser gehen.«

»Miss Dalrymple war auch am Unfallort?«

»Ja, und sie hat alles organisiert, auch unseren Rücktransport zur Schule.«

»Oh ja, sicher. Danke dir.«

Ich wandte mich ab und überließ sie wieder ihren Büchern. Miss Dalrymple schien ihre Finger überall im Spiel zu haben.

Es gab zwei Möglichkeiten: Entweder war Miss Scratton gewaltsam verschleppt worden, genau wie Evie, oder sie hatte sich mit Celia Hartle verbündet und uns im Stich gelassen, genau in dem Moment, als wir ihre Hilfe am nötigsten brauchten.

Die zweite Variante war undenkbar. Ich vertraute Miss Scratton bedingungslos. Das würde ich immer tun. Außerdem hatte sie geahnt, dass ihr etwas zustoßen würde, und hatte versucht, uns zu warnen. »Ich werde nicht lange bleiben können«, hatte sie damals gesagt und in den Ruinen einen Schutzzauber um uns gelegt. Dass Velvets Blödsinn ihn brechen würde, hatte sie nicht voraussehen können. Miss Scratton hatte alles getan, was in ihrer Macht stand, aber jetzt war sie verschwunden. Unser Wächter, meine kluge Beraterin. Aber trotzdem – ich war nicht alleine! Wie hatte ich nur vergessen können, dass ich noch eine Schwester hatte, die mir den Weg weisen konnte? Ich hatte Agnes, und ich hatte den Talisman. Mit seiner Hilfe musste ich versuchen, Kontakt zu ihr aufzunehmen.

Auch in dieser Nacht schlich ich mich aus der Schule, dabei folgte ich Evies Weg über die ausgetretenen Stufen in den Dienstbotentrakt und hinaus zu den Ställen. Trotz meiner Jacke fror ich und versuchte mir einzureden, dass das nur an der Kälte lag. Ich tat es für Evie und für Helen, Angst konnte ich mir nicht leisten. Als ich vor dem Lichtlöschen noch einmal im Krankenzimmer gewesen war, hatte mir die Krankenschwester versichert, dass es Helen besser ging und sie gerade schlief. »Ich werde sie jetzt nicht stören«, hatte sie lächelnd gesagt, »morgen früh wird sie wieder frisch und munter sein.«

Noch ein Fünkchen Hoffnung. Ich klammerte mich daran wie an hundert andere. Ich hoffte, dass Agnes mein Rufen hören würde. Ich hoffte, dass ich Evie finden würde. Ich hoffte, dass mir in dieser Nacht nichts passieren würde, obwohl die Priesterin im Moor herumgeisterte. Ich hatte den Talisman bei mir. Wieder und wieder versicherte ich mir, dass seine Macht mich vor der Priesterin schützen würde, aber als ich den mit Bäumen gesäumten Weg zum Tor hinunterging, fühlte ich mich hilflos und ungeschützt, als ob Mrs Hartles Geist alle meine Bewegungen verfolgen würde wie eine Spinne im Netz, die auf ihre Beute wartete.

Als ich am verschlossenen Tor ankam, warteten draußen bereits zwei Gestalten auf mich.

»Cal?«

Er warf ein Seil über die Mauer, ich hangelte mich nach oben und sprang auf der anderen Seite wieder herunter.

Cal nahm mich kurz in den Arm, und Josh nickte mir zu. Sein Gesicht drückte Entschlossenheit aus. Evies gewaltsames Verschwinden hatte das strahlende Lächeln weggewischt.

»Wir werden sie finden, Josh, das verspreche ich dir«, sagte ich. Sein Schmerz rührte mich. Die Angst um Evie lastete schwer auf mir. Sie war meine Schwester, meine beste Freundin, und ich fühlte mich für sie verantwortlich. Doch einen Moment lang konnte ich auch durch seine Augen sehen und seine Seelenqualen fühlen. Er hatte Evie die ganze Zeit geliebt, und dabei hatten sie sich noch nicht einmal geküsst, sie hatte ihm Freundschaft und Dankbarkeit geschenkt, aber nicht mehr. Und jetzt würde er sie vielleicht nie mehr wiedersehen.

»Wir müssen sie finden«, sagte er mit gebrochener Stimme, »wir müssen.«

Wir gingen in Richtung Dorf. Der Boden war leicht gefroren, Zeichen eines Frosteinbruchs, was im nördlichen Bereich des Wyldcliffe-Tals nicht selten war.

Der Kirchturm hob sich gespenstisch bleich gegen den Nachthimmel ab. Am Eingang des Friedhofs standen uralte Eiben wie stumme Wächter. Cal griff nach meiner Hand. »Die Geister der Toten ruhen hier. Sei vorsichtig.«

»Wir tun nichts Falsches«, antwortete ich, »wir suchen Agnes im Licht, dort, wo sie in Frieden lebt, nicht in den Schatten.«

Er antwortete nicht, umfasste meine Hand aber noch fester.

Ich ging voran zu dem erhabenen Grabmal mit der Engelsstatue. Schweigend hielten wir inne, die Statue sah mit leeren Augen auf uns herab.

Als ich Agnes das letzte Mal angerufen hatte, kurz nach

meinem Streit mit Evie, war nichts passiert. Unsere Mystische Schwester des Feuers hatte mir nicht geantwortet. Aber hier an ihrem Grab, diesem Ort der Kraft und der Geborgenheit, würde sie mir vielleicht ein Zeichen geben. Ich formte mit weißen Kerzen einen Kreis um ihr Grab, die schüchternen Flämmchen flackerten mutig in der zugigen Nachtluft. Dann verstreute ich Kräuter und Blütenblätter und benetzte den Boden mit einer Mischung aus Wasser und süßen Essenzen. Cal und Josh bewegten sich unruhig hin und her und achteten auf jedes Anzeichen von Gefahr.

»Allmächtiger Schöpfer«, begann ich, »ich stehe hier, unschuldig, ohne Fehl und Tadel. Ich bitte für meine Schwestern Helen und Evie und für unsere Wächterin Miss Scratton. Sie sind in den Händen unserer Feinde. Lass mich mit unserer Schwester Agnes sprechen, ich brauche ihre Unterstützung.«

Ich nahm den Talisman aus meiner Tasche und hängte ihn über die ausgestreckte Hand des steinernen Engels. »Agnes, empfange, was dir gehört. Sprich zu mir.«

Nichts geschah. Mein Magen zog sich zusammen. Würde sie wieder nicht antworten? Der Wind wurde stärker und rauschte durch die Zweige der Bäume. Die Hügel um uns herum wirkten abweisend und bedrohlich, und ich dachte daran, wie schwach mein Glaube doch war angesichts dieser düsteren und feindlichen Welt. Aber es war ein zarter goldener Faden, der nicht nur für den Moment, sondern für die Ewigkeit gesponnen war. Trotz aller Angst wusste ich tief in mir drinnen, dass wir alle von einer höheren Macht beschützt wurden und dass die Schöpfung von Grund auf gut war. Und nicht bösartig und chaotisch, wie die Priesterin und ihre Unbesiegten Lords sie sich eingerichtet hatten. »Ich glaube an dich, Agnes, ich glaube an deine Botschaft der Liebe«, flüsterte ich. Ich hörte mein Herz klopfen und spürte, wie Cals Herz im gleichen Takt pochte wie das meine, ein beständiger Rhythmus der Jugend und der Stärke, der niemals enden würde. »Agnes, bitte hilf mir jetzt.«

Die Statue begann zu schimmern, zu leuchten und schließlich zu strahlen, bis Agnes an ihrer Stelle erschien. Josh schnappte nach Luft und fiel auf die Knie. Er bedeckte seine Augen mit den Händen, als das Licht immer heller wurde.

Agnes sagte kein Wort, aber sie machte ein Zeichen mit der rechten Hand. Das Licht lief von ihrer Hand in weißen Flammen, in denen wir deutliche Bilder erkennen konnten. Das erste Bild zeigte Evie, genau wie ich sie schon einmal gesehen hatte, still und leblos auf der Wasseroberfläche treibend, ihre langen Haare umhüllten ihre leeren Augen. Ich schrie gellend auf, und das Bild verschwand. Jetzt sah ich Helen in ihrem Bett auf der Krankenstation. Sie wirkte sterbenskrank und kämpfte um jeden Atemzug.

»Aber sie haben doch gesagt, es geht ihr besser ... aber sie stirbt!«, stöhnte ich. »Und Evie ist ... oh, Evie.«

Agnes legte den Finger auf die Lippen, ich sollte nicht sprechen. Dann wedelte sie wieder mit der Hand. Die Flammen flackerten erneut auf, und dieses Mal sah ich ein junges Mädchen mit schwarzem lockigem Haar. Es war Maria, da war ich sicher. Sie lag mit geschlossenen Augen am Fuße des größten Menhirs im Steinkreis und trug einen geflochtenen Blätterkranz auf dem Kopf wie eine Krone. Dann sah mir Agnes direkt in die Augen, der Finger zeigte auf mich. Nur ein einziges Wort kam über ihre Lippen: »Suche.« Ihre Stimme hallte auf dem Friedhof wider: »Suche … suche … suche …« Und im nächsten Moment starrte ich wieder in das steinerne Antlitz der Engelsstatue, ausdruckslos und inhaltsleer.

In Panik fuhr ich herum. »Was soll ich machen? Wo ist Evie? Was geschieht mit ihr? Und Helen sieht so krank aus!«

»War das andere Mädchen Maria?«, fragte Cal.

»Ja, ich bin sicher, dass sie es war. Genauso habe ich sie auch damals auf dem Blackdown Ridge gesehen. Aber was hat Agnes gemeint? Suche … Welche meiner Freundinnen soll ich zuerst suchen?«

Ich war hin- und hergerissen. Josh wagte zu sagen: »Ich würde Wyldcliffe Stück für Stück auseinandernehmen, um Evie zu finden, aber wir wissen immer noch nicht, wo wir anfangen sollen. Und Maria … War das nur ein Bild aus der Vergangenheit? Immerhin wissen wir, wo Helen ist. Vielleicht sollten wir mit ihr anfangen.«

Das klang sinnvoll, aber ich befürchtete, dass Miss Dalrymple und die anderen des Zirkels sie bereits aus der Schule geschmuggelt haben könnten. Ich rannte los.

»Warte«, sagte Cal und rannte mir nach, »wir kommen mit.«

»Nein!« Einen Augenblick lang blieb ich stehen. »Wenn ihr mir helfen wollt, dann geht …«, ich wagte es kaum auszusprechen, »dann geht zum Fluss und sucht nach Evie. Wenn sie wirklich … wenn ihr Körper dort ist …«

»Sie ist nicht tot, Sarah, das verspreche ich«, sagte Josh, und für einen Moment glitt ein schwaches Lächeln über sein Gesicht.

»Wie kannst du so sicher sein?«

»Ich kann sie fühlen, hier«, sagte er und tippte sich an

die Stirn, »und ich sehe sie wie eine leuchtende Flamme in der Dunkelheit.«

Ich hoffte mit jeder Faser meines Körpers, dass er Recht hatte und dass die inaktive mythische Verbindung mit Agnes ihm den Weg weisen würde. »Wir werden trotz allem nach ihr suchen«, fügte er hinzu, »wir müssen zum Fluss.«

»Danke, ich danke dir so sehr«, stammelte ich, »wir sehen uns in der Schule. Ich muss zu Helen! Ich darf keine Zeit mehr verlieren.«

Für einen Augenblick standen Cal und ich uns jetzt gegenüber. »Ich will nicht, dass du alleine gehst, das ist zu gefährlich.«

»Ich bin nicht allein, ich habe ja dich.« Ich beugte mich zu ihm und küsste ihn, dann löste ich mich wieder. »Wirst du Evie finden, zusammen mit Josh? Versprichst du mir das?«

»Ich verspreche es dir«, er zog mich erneut an sich, »und ich breche nie ein Versprechen.« Dann wandte er sich Josh zu, und beide verschwanden in Richtung der *Moors*. Ich eilte zurück in die Schule, so schnell, als ob die Priesterin und ihre Höllenhunde mir schon auf den Fersen wären.

Die Tür zum Krankenzimmer knarrte, als ich in den klinisch weißen kühlen Raum schlüpfte. Ich war wie betäubt. Nichts schien mehr zu sein, wie es war. Der Rückweg vom Friedhof, das Betreten des stillen Schulgebäudes, die Angst, auf der Treppe entdeckt zu werden, alles durchlebte ich wie in Trance. Einzig und allein Agnes' Nachricht war Realität. Ich musste meine Schwestern finden und sie retten.

In einer Ecke der Krankenstation tickte eine Uhr. Dort

stand Helens Bett, die drei anderen weiß bezogenen Betten waren leer. Eine Tür führte ins Zimmer der Krankenschwester.

»Oh Gott, ich danke dir … ich danke dir.« Ich war so glücklich, dass Helen noch hier war, der Schock über ihren Zustand kam erst später bei mir an. Es war genau, wie ich es auf dem Bild an Agnes' Grab gesehen hatte. Sie lag auf dem Rücken, ihre leeren Augen starrten an die Zimmerdecke. Sie atmete flach und röchelnd, mit häufigen Aussetzern, jeder Atemzug schien ihr schwerzufallen. Ich fühlte ihren Puls, er war kaum noch zu spüren. Eine ferne Stimme in meinem Kopf, die aus einer anderen Welt zu kommen schien, flüsterte mir zu, ich solle die Krankenschwester wecken und einen Krankenwagen rufen. Aber kein Arzt der Welt würde Helen helfen können. Mrs Hartle und ihre Jünger hatten Helen, Laura und alle anderen für ihre Zwecke missbraucht. Jede noch so gute Medizin wäre machtlos gegen die Kraft, die Helen in ihrem unerbittlichen Bann hielt. Es war das ätzende Gift der Priesterin, das in ihren Venen pulsierte. Sophie hatte Recht gehabt. Trotz oder vielleicht gerade wegen der Pflege der Krankenschwester war Helen dem Tode nah.

Als ich mich über ihr kalkweißes und selbst jetzt noch schönes Gesicht beugte, kamen mir Miss Hetheringtons Worte wieder in den Sinn. Hatte Helen nicht vielleicht doch Selbstmord begehen wollen? Wäre es dann nicht ein Fehler, sie retten zu wollen?

Unzusammenhängende wirre Bilder schossen mir durch den Kopf: Helens Aufschrei, als sich ihre Mutter den Unbesiegten Lords ergab; Helen auf dem Dach der Schule, wie sie ins Leere tritt; Helen, die mit uns durch Zeit und Raum reist wie eine Sternschnuppe. Helen: ungeliebt, tragisch, missverstanden. Nie war sie wirklich glücklich gewesen. Vielleicht wäre es besser, sie einfach gehen und ihren Frieden finden zu lassen. War es das, was sie wollte? Ich zögerte. Tat ich wirklich das Richtige?

Meine Finger umklammerten die schmale Glasphiole, die ich immer noch in meiner Tasche hatte. Ich musste es versuchen. Ich konnte nicht aufgeben und Helen erst recht nicht. Sie hatte in ihrem Leben noch nie eine richtige Chance bekommen. Aber jeder hatte eine Chance verdient.

Ich entkorkte das Fläschchen und träufelte etwas Flüssigkeit auf ihre Lippen, dann betupfte ich ihre Stirn mit dem Rest. Helen stöhnte und bewegte sich ein bisschen. Ihr Arm veränderte die Position auf der weißen Bettdecke, ich sah das leuchtende Mal auf ihrer Haut und bemerkte, dass ihre Hand zu einer Faust geballt war. Ich nahm die eiskalte Hand, küsste sie, und ihre Muskeln entspannten sich. Die Faust öffnete sich und gab den Blick auf einen runden Gegenstand frei. Obwohl ich ihn noch nie gesehen hatte, wusste ich sofort, was es sein musste. Es war die Brosche, die Mrs Hartle nach Helens Geburt verschenkt hatte, in Größe und Form identisch mit dem Mal auf ihrem Arm.

Ich erinnerte mich an die Worte aus dem Buch: »Woher solche Zeichen kommen? Viele Gelehrte halten sie für Zeichen eines großen Schicksals, mit dem Tod im Gefolge.«

Ein großes Schicksal. Ein unscheinbares Schmuckstück, oder was immer es auch sein mochte, hatte Helen ins Unglück gerissen, dachte ich. Ich griff nach der Brosche und untersuchte sie. Zeigte das Muster in der Mitte des Kreises zwei gekreuzte Klingen oder ein stilisiertes Flügelpaar? War das ein Zeichen für Gefahr? Und wie und warum hatte sich ein identisches Abbild davon auf Helens Arm gebildet?

Eine Sekunde lang glaubte ich die Flammen auf Agnes' Hand tanzen zu sehen, genau wie in Helens Vision. Ein abwegiger Satz kam mir in den Sinn: Bekämpfe das Feuer mit Feuer. Ich nahm die Brosche und legte sie vorsichtig deckungsgleich auf das Mal auf Helens Arm, drückte sie in die Haut wie ein Siegel. Plötzlich setzte sich Helen auf, die Augen vor Schmerz weit aufgerissen.

»Aaah! Das tut weh! Aaah!« Sie fasste an ihren Arm. Das Mal war feuerrot, als ob es lebendig und wütend wäre. Aber dann, im nächsten Moment, schlang Helen die Arme um meinen Hals und schluchzte: »Danke! Oh, Sarah, ich danke dir so sehr. Ich wäre nach dem Sturz so gerne zurückgekommen, aber es ging nicht. Sie hielt mich fest.«

»Wer?«, fragte ich. »Deine Mutter? Oder Velvet?«

Helen starrte mich aus schreckgeweiteten Augen an. »Nein, nein. So war es nicht.«

»Aber was ist passiert? Wer war es denn dann?«

»Ich war an einem düsteren und geheimnisvollen Ort«, flüsterte Helen mit schwacher Stimme, »und jemand hielt mich gefangen.« Sie verbarg ihr Gesicht in den Händen und hauchte: »Es war Miss Scratton.«

»Miss Scratton?«

»Ja, sie hat mich festgehalten. Sie arbeitet gegen uns.«

Vierundzwanzig

Nichts ergab mehr Sinn.

Der Rest der Nacht war wie ein Traum, der in Zeitlupe ablief. Zuerst gab es Ärger mit der Krankenschwester, die aus dem Schlaf geschreckt war, weil sie unsere Stimmen gehört hatte. Sie rauschte in das Krankenzimmer, fand mich auf Helens Bett sitzend und wischte wütend alle Erklärungsversuche über meine Besorgnis um Helen vom Tisch. »Ich habe noch nie so etwas Egoistisches erlebt wie dich! Mitten in der Nacht hier hereinzuplatzen! Helen braucht dringend Ruhe, so eine Aufregung kann einen Rückschlag auslösen.« Doch als sie Helens Puls gemessen und ihre Atmung kontrolliert hatte, war sie positiv überrascht und beruhigte sich ein bisschen. Helen flehte sie an, nicht böse zu sein.

»Sie können sich gar nicht vorstellen, wie sehr Sarah mir geholfen hat«, bat sie, »es hat mir so gut getan, sie zu sehen. Erzählen Sie niemandem davon, bitte. Sie soll keinen Ärger bekommen.«

Schließlich war die Krankenschwester besänftigt, und ich durfte gehen. Aber ich konnte nicht einschlafen. Nichts ergab mehr Sinn. Helen war durch das Zeichen des Bösen geheilt worden, Miss Scratton hatte ihren Körper und ihren Geist in die Falle gelockt und bis an den Rand des Abgrunds gebracht. Unser Wächter war zum Feind übergelaufen. Jetzt bekam alles eine andere Bedeutung. Miss Scratton musste den Unfall und ihre Verletzung selbst inszeniert haben und war dann zu den Schwestern der Dunkelheit geflohen. Deshalb war sie auch nie im Krankenhaus angekommen. Es war alles Schwindel, und alles, was Miss Scratton uns erzählt hatte, war eine Lüge gewesen. *Aber sie hat uns doch immer geholfen, ich habe an sie geglaubt.*

Jetzt wusste ich nicht mehr, was ich glauben sollte. Es konnte einfach nicht sein. Immer und immer wieder sagte ich mir: »Das Mal ist das Böse, und Miss Scratton steht auf unserer Seite«, bis ich völlig durcheinander war. »Das Mal steht auf unserer Seite … Miss Scratton ist das Böse … Das Mal ist Miss Scratton …«, irgendwann musste ich doch eingeschlafen sein. Ich träumte ganz intensiv von Cal. Im Wald um uns herum war alles hell und warm. Die Natur war zu neuem Leben erwacht. Die Bäume trugen frische grüne Blätter, die Glockenblumenfelder leuchteten purpurfarben. Das saftige grüne Gras zwischen den Bäumen war mit weißen Blumen übersät. Cal bückte sich, pflückte einige von ihnen und flocht die feinen Stängel in mein Haar. Wir standen uns von Angesicht zu Angesicht gegenüber, als ob wir tanzen oder miteinander sprechen wollten. Aber wir schwiegen, erfüllt von neu erwachten Gefühlen. Er sah mich fragend an, dann fuhr er zärtlich mit seinen Fingern durch meine Haare bis in den Nacken. Unsere Lippen suchten und fanden sich. Als wir uns küssten, durchlief uns ein Zittern, so als könnten wir nicht glauben, dass dieses Glück wirklich uns gehörte. Ich meinte die Bäume atmen zu hören und fühlen zu können, wie das Gras wuchs, und der süße Duft der Glockenblumen war so berauschend wie Wein.

Im nächsten Moment verschwamm alles, und die Wiese verwandelte sich in einen morastigen Sumpf. Hinter den Baumstämmen tauchten bizarre erdfarbene Gestalten auf, mit unförmigen Körpern und aufgeblähten Köpfen, deren Anblick mich mit Abscheu erfüllte. Sie begannen nach mir zu grapschen und mich von Cal wegzuzerren. Ich glitt aus seinen Armen und musste ihn zurücklassen.
»Nein!«, schrie Cal. »Komm zurück!« Dann veränderte sich sein Gesicht, und er streckte seine Arme wieder nach mir aus und schrie: »Maria … Maria, komm zurück! Fasst sie nicht an! Nein!«

Ich stimmte in seine Schreie ein: »Nein, nein, nein!« Dann wachte ich schweißgebadet auf. Ich musste laut geschrien haben.

»Sarah, was ist los?« Ruby saß kerzengerade in ihrem Bett und starrte mich aus ihren kurzsichtigen Augen besorgt an. »Alles in Ordnung?«

»Oh … ja, entschuldige. Ein Alptraum.« Ich fiel zurück in mein Kissen und wischte mir übers schweißnasse Gesicht. Immer noch sah ich die grapschenden knochigen Hände und die Verzweiflung in Cals Gesicht, als ich von ihm weggezogen wurde. Und ich hörte die verzweifelte Stimme, die Marias Namen rief.

»Was zum Teufel ist hier los?« Velvet funkelte mich von ihrem zerwühlten Bett aus an.

»Nichts, nur schlecht geträumt. Tut mir leid.«

»Das klang eher so, als ob du total hysterisch gewesen wärst. Na ja, du kannst ja nichts dafür.« Velvet gähnte und sah auf ihre Uhr. »Mist, es klingelt in einer Minute. Wir können also getrost aufstehen und uns auf einen weiteren wunderbaren Tag in diesem Irrenhaus freuen.« Sie stand auf, zog die Schubladen auf und warf ihre Klamotten wahllos auf den Boden. »Dieser Horrorladen macht uns alle wahnsinnig. Ich ertrage diese ätzende Uniform keine Minute länger. Wenn meine Eltern mich nicht bald hier rausholen, brenne ich den Schuppen nieder. Und das ist kein Witz.«

»Ich dachte, die Rolle des *Bad Girls* macht dir Spaß?«, sagte ich und versuchte die Verwirrung zu überspielen, die der Alptraum in mir ausgelöst hatte.

»Bitte, keine Beleidigungen«, antwortete Velvet affektiert. »Ein paar Schwachköpfe zum Ausflippen zu bringen und verknöcherte Jungfern in den Wahnsinn zu treiben, das ist keine große Sache.«

»Velvet, mach mal halblang«, warnte ich und setzte mich auf. »Du weißt nicht, was du damit anrichtest.«

»Ja und? Werde ich etwa bestraft werden? Darf ich dann nicht mit zum Schulpicknick oder was auch immer Miss Scratton sonst noch als Belohnung für brave Mädchen auf Lager hat?«

»Nein, es ist nur … Wyldcliffe ist anders. Hier geschehen Dinge, die nicht geschehen sollten.«

»Wie interessant«, spottete sie, »erzähl mir mehr.« Sie starrte mich mit ihren unergründlichen, funkelnden Augen an, und wieder fragte ich mich, was sie wohl alles wusste.

»Was hast du zu Helen gesagt, bevor sie aus dem Fenster stürzte?«, fragte ich.

»Ich? Gar nichts. Ich war nicht einmal in ihrer Nähe. Warum auch?«

Weil Sophie keine Lügnerin ist. Weil du in der Nähe warst, als deine Schwester starb und als das Feuer im Internat ausbrach, und als der Assistent deiner Mutter verletzt wurde. Weil ich dir nicht traue.

Aber es war hoffnungslos. Das alles konnte ich ihr nicht sagen. »Ich denke einfach, du solltest mit deinen Scherzen andere Menschen nicht verletzen, Sophie zum Beispiel«, sagte ich wenig überzeugend. »Du weißt gar nicht, was du damit anrichtest. Nach diesem Auftritt in der Ruine war sie völlig aufgelöst.«

»Allerdings, das stimmt«, fügte Ruby hinzu, »es ist unfair. Du bist reich und berühmt, Velvet, und alles, was mit dir passiert, kann dir ziemlich egal sein. Aber wir wollen die Schule hier abschließen und danach aufs College gehen oder so. Gute Zeugnisse und Beurteilungen sind wichtig für uns.«

»Ach, was mit mir passiert, ist egal?« Velvets Gesichtsausdruck verhärtete sich. »Das denkt ihr also? Dass ich keine Gefühle habe, nur weil mein Gesicht in den Zeitungen auftaucht?«

»So hat Ruby das nicht gemeint«, versuchte ich zu beschwichtigen.

»Vergiss es. Du hast Recht, Ruby. Niemand sollte sich mit mir einlassen. Ich sollte gar nicht erst versuchen, Freundinnen zu finden oder Spaß zu haben.« Ihr Ton war scharf wie ein Messer. Sie riss sich das Nachthemd herunter und quälte sich in die Schuluniform. »Ich bin ein schlechter Einfluss.« Velvet war außer sich. »Ich sollte diejenige sein, die man verletzt. Jeder hasst mich, sogar meine eigene Mutter.« Sie zog wütend ihre Schuhe an, stand auf und beugte sich über mich. Ihr Gesicht war jetzt so nahe, dass ich die samtige Oberfläche ihrer zarten Haut sehen und ihr schweres Parfüm riechen konnte. »Ich hätte es gerne mit dir versucht, Sarah. Ich wäre bestimmt eine bessere Freundin gewesen als diese pampige rothaarige Evie Johnson oder diese verrückte Helen Black. Aber jetzt ist es zu spät. Und wenn wir keine Freundinnen sein können, müssen wir eben Feindinnen sein.«

»Sei nicht so …«

»Feindinnen!«, stieß sie wütend hervor und rauschte aus dem Zimmer.

Noch ganz aufgewühlt begann ich mich anzuziehen. Tief in meinem Inneren tat Velvet mir leid, aber ich hatte auch Angst vor ihr. Was sollte ich von ihr halten? War sie nur eine melodramatische Angeberin oder etwas viel Gefährlicheres? Als ich schließlich die Marmortreppe herunterging, sagte ich mir, dass ich im Moment nur an eine Person denken sollte, und das war Evie. Helen war vom Rand des tödlichen Abgrunds ins Leben zurückgekehrt, aber Evie war immer noch verschwunden, und jede Stunde, jede Minute war kostbar im Wettlauf gegen die Zeit.

Als ich in den Speisesaal kam, war ich überrascht, Helen zu sehen. Sie saß am Tisch, leichenblass und erschöpft.

»Warum ruhst du dich nicht noch aus?«, fragte ich.

»Ich habe die Krankenschwester überzeugt, dass ich fit genug bin, um wieder in die Schule zu gehen«, antwortete sie, »ich habe kein Fieber mehr, und sie konnte auch sonst nichts finden, deshalb hat sie mich gehen lassen.«

Ich war erleichtert, sie wieder an meiner Seite zu haben, aber sie wirkte immer noch etwas angeschlagen. Ihre Augen zuckten hektisch hin und her, und sie rührte das Frühstück nicht an.

»Kann ich es sehen?«, fragte sie mich leise.

»Was?«

»Das Zeichen … das Ding, mit dem du mich letzte Nacht berührt hast, um mich zu retten.«

Ich griff in die Tasche und zog die Brosche heraus. Aus

irgendeinem Grund, den ich mir nicht näher erklären konnte, widerstrebte es mir, sie ihr zu geben.

»Woher hast du sie, Helen?«

Ein Schatten glitt über ihr Gesicht. »Miss Scratton hat sie mir gegeben, bevor sie nach St. Martin's aufgebrochen ist. Sie hätte das Schmuckstück in ihrem Arbeitszimmer gefunden, sagte sie, die Brosche hätte meiner Mutter gehört, und deshalb sollte ich sie als Andenken bekommen.«

»Aber woher hatte sie die überhaupt? Die Brosche hat dir doch schon als Baby gehört. Du hast doch erzählt, dass sie dir jemand im Kinderheim weggenommen hat?«

»Vielleicht ist das, was ich damals gesehen habe, gar nicht die Wahrheit gewesen, vielleicht war es nur ein Traum. Vielleicht hat das Heim die Brosche vorübergehend aufbewahrt und meiner Mutter zurückgegeben, als sie mich Jahre später dort abgeholt hat. Was soll's, das spielt sowieso keine Rolle mehr. Jetzt ist sie jedenfalls wieder da.«

Sie nahm mir die Brosche aus der Hand und steckte sie an ihr Unterhemd unter der Uniformbluse.

»Tu das lieber nicht, Helen«, warnte ich flüsternd, »sie ist ein Zeichen des Bösen, oder etwa nicht? Wenn wir Miss Scratton nicht trauen können, sollten wir sehr vorsichtig mit Dingen sein, die sie dir gegeben hat. Außerdem stammt die Brosche von deiner Mutter. Noch ein Grund mehr, misstrauisch zu sein.«

»Aber ich war doch nur ein Baby! Meinst du nicht, dass meine Mutter mir wenigstens ein Andenken hinterlassen hat, das gut für mich war?« Ihre Stimme zitterte. »Die Brosche hat mich immerhin aus Miss Scrattons Bann befreit.«

»Aber warum sollte Miss Scratton sie dir geben, wenn du sie gegen sie selbst einsetzen kannst?«

»Ich weiß es nicht! Vielleicht dachte sie, das sei nur ein wertloses Schmuckstück. Ich weiß es nicht, und es ist mir auch egal. Es ist ein Geschenk von meiner Mutter, bevor sie so wurde, wie sie heute ist. Du kannst mich nicht davon abhalten, die Brosche zu tragen. Das werde ich nicht zulassen.«

Sie war kalkweiß im Gesicht und zitterte vor Wut. So hatte ich sie noch nie gesehen. Ich hasste es, wenn arrogante Menschen wie Celeste sie als verrückt bezeichneten, aber jetzt hatte auch ich das Gefühl, dass sie kurz vor einem Nervenzusammenbruch stand. Aber war das nicht nachvollziehbar? Würde es nicht jedem so gehen, dem ein Schicksal wie Helens auferlegt war?

»Ist ja gut, Helen«, beschwichtigte ich, als ich bemerkte, dass einige Schülerinnen sie anstarrten, »ist schon gut.«

Ich schwieg und wartete ein wenig. Dann aß ich mein Frühstück, obwohl ich keinen Hunger hatte.

»Ich kann dich nicht davon abhalten, die Brosche zu tragen«, sagte ich nach einer Weile, »aber bitte sei vorsichtig. Wir wissen nicht, welche Macht sie sonst noch hat. Ich möchte, dass du in Sicherheit bist.«

»Ich bin in Sicherheit«, murmelte Helen, »aber was ist mit Evie? Wohin haben sie sie gebracht? Und Agnes hat nur gesagt, du sollst suchen? Nichts sonst?«

»Nein, nur das.« Ich seufzte. »Suche und du wirst finden. Ich hoffe, das stimmt.«

Ich erzählte Helen nicht, dass ich vor dem Frühstück zum Pool gegangen war, voller Angst und schon fast sicher, Evies toten Körper auf der Wasseroberfläche treiben zu sehen. Aber dort war niemand gewesen außer dem

Gärtner, der den Rasen mähte und leise Selbstgespräche führte. Aber Josh hatte ja gesagt, dass sie nicht tot war, trotz des Bildes eines ertrunkenen Mädchens, das Agnes uns gezeigt hatte. Danach war ich zu Josh in den Stall gegangen. Er erzählte mir, dass sie am Fluss keine Spur von Evie gefunden hatten und er immer noch fest davon überzeugt war, dass sie lebte. Nach getaner Arbeit würde er noch einmal ins Moor reiten, um die Suche fortzusetzen. Das konnte ich Helen immerhin auch erzählen.

»Lass uns das gesamte Schulgelände absuchen, überall, wo der Zirkel früher aktiv war«, sagte ich zu Helen, »insbesondere bei der Krypta unter der Ruine, wo wir unseren ersten Kampf mit ihnen hatten. Ich gehe nicht in den Unterricht, sondern sehe mich dort als Erstes um.«

»Ich komme mit«, sagte sie spontan.

»Aber wenn wir beide fehlen, würde das zu viel Aufmerksamkeit erregen. Besser du gehst hin und entschuldigst mich mit irgendeiner Ausrede, ich müsste irgendetwas für eine andere Lehrerin erledigen oder so.«

Es läutete, und das Frühstück war zu Ende. Wir standen auf, um zu beten, anschließend reihten wir uns in den Strom der Schülerinnen ein.

»Ich gehe nur schnell die Post durchschauen«, sagte Helen, »vielleicht hat Tony – mein Vater – geschrieben.«

Wir gingen durch den Flur in die schwarz-weiß geflieste Eingangshalle. Auf einem Tisch mit polierter Platte wurde jeden Morgen die Post für die Schülerinnen ausgelegt. Helen fand den ersehnten Brief. Sie öffnete ihn, und ich konnte die ersten Zeilen lesen. *Liebe Helen, Miss Hetherington rief mich an, um mir mitzuteilen, dass du einen Unfall hattest. Ich hoffe, es geht dir schon wieder besser. Ich habe mir Sorgen gemacht …*

Helen stopfte den Brief in ihre Tasche. Sie sah zufrieden aus. »Ich schreibe ihm später zurück. Schau mal, ist das nicht für dich?«

Auf dem Tisch lag ein flaches Paket mit der Aufschrift *Miss Sarah Venetia Rosamund Fitzalan, Wyldcliffe Abbey School for Young Ladies.* Ich erkannte die auffällige Handschrift meiner Mutter und erinnerte mich wieder daran, dass ich ihr zu Beginn des Halbjahrs geschrieben und Fragen über Maria gestellt hatte. Das alles schien eine Ewigkeit zurückzuliegen. Erwartungsvoll griff ich nach dem Paket, obwohl mich irgendetwas warnte, es nicht in Gegenwart der anderen zu öffnen. Die Glocke läutete zur ersten Stunde, und Schülerinnen und Lehrerinnen hasteten durch die Halle, um in ihre Klassenzimmer zu gelangen. Ich blickte kurz auf das Porträt an der Wand. Und ich hatte den Eindruck, dass Lady Agnes mich aufmunternd musterte. Sie hatte mir das Bild von Maria gezeigt, und ich war mir sicherer denn je, dass es eine Verbindung zwischen Maria und all dem gab, was geschah. Dann kam mir in den Sinn, dass es Miss Scratton war, die das Gemälde an diesen Platz hängen ließ, damit es von allen bewundert werden konnte. Die gleiche Miss Scratton, die nicht hielt, was sie uns versprochen hatte. Wieder geriet meine Überzeugung ins Wanken, und für einen Moment packte mich die Panik. Wie sollte ich Maria finden? Und Evie? Hoffnungslos. »Suche«, hatte Agnes gesagt, aber es war, als würde ich ein einzelnes Blatt in einem riesigen Wald suchen.

»Helen, bitte finde irgendeine Entschuldigung für mich, wenn du in den Unterricht gehst. Wir sehen uns später.« Ich rannte mit dem Päckchen unter dem Arm die Marmortreppe hinauf. Als ich am Schlafsaal vorbeikam, stieß ich mit Velvet zusammen. Sie trug Reitkleidung.

»Pass doch auf!«, schnappte sie.

»Oh, entschuldige …«

»Geh mir einfach aus dem Weg!« Sie eilte die Treppenstufen hinunter. In ihren Augen lag ein unheilvolles Leuchten. Ein Bild kam mir wieder in den Sinn, ich sah schwarzen Rauch aus verlöschenden Flammen quellen, ich hörte verzweifelte Mädchen schreien und schluchzen. Mir war übel, und der Geruch nach verkohltem Holz und verglühendem Metall nahm mir fast den Atem. Im nächsten Moment waren die Bilder und Geräusche verschwunden, und ich war allein.

Ich wäre Velvet am liebsten nachgerannt, um die Sache zu klären, aber ich musste mich auf das konzentrieren, was wirklich wichtig war. Alle waren im Unterricht, deshalb bemerkte niemand, wie ich in den durch einen Vorhang abgetrennten Alkoven schlüpfte. Dann schlich ich mich die düstere Treppe zum Dachboden hinauf. Ich knipste die Taschenlampe an, die wir auf der ersten Stufe deponiert hatten. Niemand würde mich hier finden, geschweige denn den Inhalt meines Päckchens sehen. Erst würde ich mein Geschenk auspacken und mich dann auf die Suche nach Evie machen.

Nachdem ich die Tür von Agnes' Studierzimmer hinter mir zugemacht hatte, fiel mein suchender Blick auf die Regalbretter, auf denen sie die Zutaten für ihre Beschwörungsrituale aufbewahrte. Ich fand einen Karton mit verschiedenfarbigen Kerzen, wählte vier weiße aus und stellte sie auf den Schreibtisch. Vier Kerzen für vier Schwestern, vier Kerzen für vier Elemente, für die vier Elemente des Mystischen Kreises. Nachträglich kam mir die Idee, noch eine blutrote Kerze für Maria in die Mitte zu stellen. Dann zündete ich die Kerzen an und knipste die Taschenlampe aus. Ich setzte mich und riss das Paket auf. Unter mehreren Schichten Seidenpapier fand ich ein Kleid aus scharlachrotem Seidenstoff, das über und über mit Früchten und Blumen bestickt war.

»Oh, das ist wunderschön«, seufzte ich und strich leicht über das feine Gewebe. Dann fiel mir ein, dass ich etwas Ähnliches schon einmal gesehen hatte: das rote Seidenband, dass Cals Mutter mir geschenkt hatte. Die gleiche Art von Stickerei. Das Kleid stammte von den Roma, da war ich sicher. Einen Augenblick lang vergaß ich alles andere und begann, voller Ungeduld den Brief meiner Mutter zu lesen.

Liebste Sarah,
ich hoffe, du hattest einen guten Start ins neue Halbjahr. Wie sieht das gute alte Wyldcliffe im Frühlingssonnenschein aus? Über deinen Brief habe ich mich sehr gefreut. Ich weiß, dass du seit jeher von Maria und unserer Verbindung zu den Roma fasziniert warst! Schon als Kind hast du immer wieder gefragt, ob ich dir etwas über Maria erzählen könnte:
Ich schicke dir dieses Kleid und bin sicher, dass du es sorgfältig behandeln wirst. Es ist über hundert Jahre alt und gehörte Marias Mutter (deine Ururgroßmutter, stell dir das mal vor!). Es könnte ihr Hochzeitskleid gewesen sein, aber sicher bin ich mir nicht. Und ich glaube, der Kopfschmuck mit den ineinandergeflochtenen Blättern gehört dazu. Eigentlich wollte ich dir das Kleid erst an deinem 18. Geburtstag schenken, mein Schatz, aber da ihr ein Tanzvergnügen haben werdet (Oh Gott, bei uns gab es das damals nicht!), dachte ich mir, du könntest es bereits zu diesem Anlass tragen. Ich glaube, es wird wun-

derbar an dir aussehen, viel besser als jedes andere Kleid. Es wurde zur Erinnerung an eine längst vergangene Zeit aufbewahrt, und jetzt gehört es dir.
Ich weiß leider nicht viel mehr über Maria, als ich dir bereits erzählt habe. Sie starb, als ich zwei oder drei Jahre alt war, ich habe sie deshalb leider nie richtig kennengelernt. Meine Mutter war sehr zurückhaltend, was Maria betraf, sie sprach nicht gerne über sie. Aber du weißt ja, wie puritanisch deine Großmutter war, wie alle Familienmitglieder der Talbot-Travers-Seite. Steif, starrsinnig und altmodisch. Ich wäre ihr so gerne nahe gewesen, aber das ging einfach nicht bei ihr. Auch deshalb habe ich mich bemüht, eine andere Mutter für dich zu sein, mein Schatz.
Bevor Granny letztes Jahr verstarb, blickte sie noch einmal auf ihr Leben zurück und erzählte recht weitschweifig von ihrer Kindheit, dabei habe ich einiges aufgeschnappt. Offensichtlich hatte Maria eine blühende Fantasie und bekam Ärger in Wyldcliffe, weil sie anderen Mädchen mit Schauergeschichten über Goblins, die in den Höhlen unter den Hügeln lebten, Angst machte. Und obwohl Maria »gut« heiratete (was Geld, Grundbesitz und alles andere anging), blieb sie stets in Kontakt mit den Roma und unterstützte sie, wo immer das möglich war. Allem Anschein nach pflegte sie eine innige Freundschaft mit einem Roma namens Zak. Als ich klein war, dachte ich immer, Maria und Zak wären heimlich ineinander verliebt gewesen, und malte mir romantische Geschichten aus. Granny war darüber immer sehr wütend, weil sie meinte, dadurch würde das Ansehen ihres Vaters beschmutzt. Aber soweit ich mich erinnere, war dein Urgroßvater ein langweiliger und

verknöcherter Mann, ganz anders als Marias Roma-Freund!
Ach, und noch etwas. Als Granny kurz vor ihrem Tod noch einmal ihre Kindheit durchlebte, erzählte sie von Maria und den Trommeln. Es war merkwürdig. Sie murmelte etwas wie: »Meine Mutter sagte immer, ich sollte mich von den Trommeln fernhalten.« Granny wiederholte diesen Satz immer und immer wieder. »Halte dich von den Trommeln in den Tiefen der Erde fern.« Natürlich war sie da schon sehr krank und verwirrt, die Arme. Es ist wirklich traurig, so auf die Familiengeschichte zurückzublicken, oder? All die geliebten Menschen, die vor uns gelebt haben und dann ins Tal des Todes gegangen sind und die irdische Welt hinter sich gelassen haben.
Jetzt ist aber Schluss mit den finsteren Gedanken! Das soll ja ein heiterer Begleitbrief zu deinem schönen Kleid sein. Ich hoffe, du wirst eine geeignete Gelegenheit finden, es zu tragen. Wenn es nicht passt, bitte doch die Hausmutter, es zu ändern. Ich bin sicher, sie wird dir helfen, wenn du höflich fragst.
Nun, das ist alles, mein Schatz. Ich hoffe, du genießt viele Ausritte auf Starlight. Und noch etwas: Dein Vater hat angedeutet, dass du eines der jungen Jagdpferde bekommen wirst, die er gerade trainiert, wenn du das Jahr erfolgreich abschließt.

Der restliche Brief bestand aus Klatsch, Familienangelegenheiten und Freundlichkeiten. Die Stellen, die Maria betrafen, las ich noch einmal.

Halte dich von den Trommeln fern.

Das alles fügte sich zu einem Muster zusammen, aber ich erkannte keinen Sinn darin. Dann fiel mein Blick auf einen anderen Satz. *Ich glaube, der Kopfschmuck mit den ineinandergeflochtenen Blättern …* Diesen Kopfschmuck hatte ich noch nicht gefunden. Ich wühlte in dem Seidenpapierhaufen und ertastete schließlich etwas Hartes, Kaltes.

So etwas Schönes hatte ich noch nie gesehen. Eine filigrane Krone aus polierten Bronzeblättern, die sich um einen Reif wanden. Das Kleid war schon prachtvoll, aber diese Krone war etwas ganz Besonderes, ein Meisterwerk der Handwerkskunst, auf dessen glatter Oberfläche sich das Kerzenlicht spiegelte. Schwer zu glauben, dass dieses Kleinod ursprünglich ein Klumpen Erz gewesen war, der von Menschenhand in etwas so Schönes verwandelt worden war.

Mein Herz begann zu rasen. Ich hatte diese Krone schon einmal gesehen, damals bei meiner Vision am Steinkreis auf Marias dunklem Haarschopf. Die Krone musste sehr alt sein, viel älter als das Kleid, das Marias Mutter gehört hatte, bestimmt hunderte, vielleicht sogar tausende von Jahren. Wo hatte Maria sie gefunden? Was hatte das alles zu bedeuten? Und warum war die Krone jetzt zu mir gekommen?

An einer Wand des Zimmers stand ein Schrank mit Glastüren, in dem Tiegel mit Salben und Fläschchen mit Essenzen aufbewahrt wurden. Ich stand genau davor, mein Gesicht spiegelte sich matt in den Scheiben. Fasziniert beobachtete ich, wie ich die Krone in die Hand nahm und auf den Kopf setzte. Ich sah aus wie eine Königin.

Und dann veränderte sich auf einmal alles. Plötzlich sah ich mit anderen Augen. Ich war nicht mehr auf dem Dachboden, sondern auf einer Wiese voller Blumen. Ich trug eine Krone aus Kornähren und purpurroten Mohnblumen im Haar und hielt die Hand eines kleinen Kindes, das voller Vertrauen zu mir aufsah. Die Sonne ging auf, und der neue Tag breitete sich vor mir aus, eine Vision aus Gold durchfluteten Bildern. Zu meinen Füßen war ein Schwimmbecken mit kristallklarem Wasser, und als ich nach unten blickte, spiegelte ich mich darin. Ich war wunderschön, ich war eine andere. Ich lebte jetzt und in der Ewigkeit, weit entfernt von allem, was ich wusste, und die Trommeln setzten ein, drangen in mein Herz und in meine Seele und zogen mich immer tiefer in die Zauberwelt. Ich war eine Auserwählte, eine Gesalbte, für Großes bestimmt …

»Nein, komm zurück! Sarah, Sarah!« Jemand schüttelte mich. »Sarah, wach auf!«

Es war Cal. Er riss mir die Krone vom Kopf, und ich fiel zu Boden. Jede Spur meiner Herrlichkeit war verschwunden. Ich war wieder Sarah, nur Sarah. Die Vision war zu Ende. Ich brach in Tränen aus und schluchzte, das Gesicht in den Staub gedrückt. Cal kniete besorgt neben mir, aber ich war zu wütend, seine Fürsorge interessierte mich nicht. »Warum hast du das getan?« Ich schnappte mir die Krone. »Sie gehört mir! Gib sie her.«

Er war überrascht, wandte sich ab und stand auf. »Nimm sie«, sagte er verbittert, »aber was macht das verdammte Ding mit dir?«

Ich stand auf und zwang mich, mit dem Weinen aufzuhören. Dann betrachtete ich die Krone, um mich zu vergewissern, dass sie nicht beschädigt war. »Sie macht gar nichts, es ist nur … Das verstehst du nicht.«

»Dann erklär es mir. Sag mir, was los ist. Was geschieht hier, Sarah?« Cals fragendes Gesicht wirkte in dem diffusen Licht angespannt und müde. »Du warst wie in Trance.«

»Ich wollte etwas über Maria herausfinden.«

»Ich dachte, du wolltest erst einmal nach Evie suchen«, unterbrach er.

Ich wurde verlegen und blaffte: »Ich weiß, aber ich kann nicht alles auf einmal machen. Ich fühle, dass Maria sehr wichtig ist. Wie kommst du eigentlich hierher? Die Lehrerinnen werden außer sich sein vor Wut, wenn sie dich auf dem Schulgelände erwischen.«

»Das werden sie nicht. Ich bin nämlich Joshs neuer Gehilfe, ganz offiziell. Er hat der Schule mitgeteilt, dass er wegen seiner Ausbildung nicht mehr jeden Tag nach Wyldcliffe kommen kann und ich ab und zu für ihn einspringe. Das ist die perfekte Erklärung für meine Anwesenheit.«

»Damit du mich im Auge behalten kannst?«

»Ich spioniere dir nicht nach, falls du darauf anspielen solltest.« Seine Stimme klang hart und stolz. »Ich habe Helen im Stall getroffen, und sie sagte mir, dass du wohl in Agnes' Studierzimmer bist, sie hat mir auch erklärt, wie ich in das geheime Treppenhaus komme. Ich wollte dir helfen, aber wenn du auch ohne mich zurechtkommst …« Wir starrten uns feindselig an. Warum ich eigentlich so wütend auf ihn war, wusste ich selbst nicht. Ich wusste nur, dass ich für immer in meiner Zauberwelt hatte bleiben wollen und er mich aus meinen Träumen herausgerissen hatte.

»Ich habe noch nie jemanden gebraucht«, gab ich nicht minder stolz zurück.

»Gut. Dann mach, was du für richtig hältst. Aber ich sage dir eins: Josh wird nicht tatenlos zusehen, bis du deine ›Gefühle‹ ausgelebt hast. Wir haben letzte Nacht den

Fluss bis zum Wasserfall und große Teile der *Moors* abgesucht, aber keine Spur von Evie gefunden. Heute Morgen ist er wieder im Moor unterwegs, und wenn das auch nichts bringt, dann wird er zur Polizei gehen und alles erzählen.«

»Was kann die Polizei schon machen?«, murmelte ich trotzig. »Sie werden Evie oder Miss Scratton bestimmt nicht aufspüren.«

»Ich kann nicht sagen, dass ich die Polizei besonders mag«, auf Cals Gesicht erschien ein Anflug seines vertrauten Grinsens, »aber sie werden der Sache nachgehen und ermitteln. Josh ist völlig verzweifelt, und jede noch so kleine Hoffnung ist besser als nichts. Wyldcliffe Abbey kann sich keinen weiteren Skandal leisten, die Behörden würden das Internat möglicherweise schließen«, fügte Cal hinzu. »Und wenn ihr alle nach Hause geschickt werdet, wie willst du dann Evie finden oder mit dieser Priesterin abrechnen? Du musst dich beeilen. Maria ist nur ein Phantom, eine Erinnerung, mehr nicht. Evie ist ein Mensch aus Fleisch und Blut. Wenn sie noch am Leben ist, dann braucht sie jetzt deine Hilfe, sonst ist sie verloren. Nach ihr musst du zuerst suchen.«

Ich wusste, dass er Recht hatte, aber genau das forderte meinen Widerspruch noch mehr heraus.

»Ich werde Evie finden, auch ohne deine Hilfe«, schleuderte ich ihm entgegen. »Maria wird mir helfen, ich weiß es. ›Die Geister der Toten können uns sehen‹, daran glauben doch die Roma, oder?«

»Gut«, neben Stolz konnte man jetzt auch Wut in seiner Stimme hören, »wenn du alles besser weißt, dann vertraue weiter deiner toten Urgroßmutter. Ich gehe dorthin zurück, wohin ich gehöre.«

»Dann geh doch! Ist mir doch egal! Ich weiß, was ich tue.«

»Das hoffe ich, Sarah, das hoffe ich wirklich«, sagte Cal.

Dann drehte er sich um und ging. Ich hörte seine Schritte auf den schmalen Treppenstufen leiser werden. Als das Geräusch ganz verebbt war, wünschte ich, jedes Wort zurücknehmen zu können, aber es war zu spät.

Ich wollte weinen, aber wozu? Dann lieber die Trauer über den schrecklichen Verlust unterdrücken. Wenn Cal Wyldcliffe verlassen und zu seiner Familie zurückkehren würde, bekäme ich nie wieder die Chance, ihm alles zu erklären und mich mit ihm zu versöhnen. *Lass ihn gehen,* sagte ich mir und versuchte, meinen Ärger wieder hochkochen zu lassen. Wut war allemal besser als Verzweiflung. Unser Streit war auch seine Schuld, versuchte ich mich zu rechtfertigen. Er war überempfindlich und zu ungeduldig gewesen. Ich sah erst auf das schmale Krönchen, das ich noch immer fest umklammert hielt, und dann auf das in weiche Falten fallende Kleid auf Agnes' altem Schreibtisch. Für Cal würde ich das Kleid nun niemals tragen können, aber ich hatte immer noch die Krone. Sie würde mich zu Maria führen, und mit ihrer Hilfe würde ich Evie finden, davon war ich fest überzeugt. Ich würde Cal beweisen, dass ich Recht hatte, ich würde es allen zeigen.

Ich raffte meine Schätze zusammen und presste sie an mein Herz, aber selbst damit konnte ich die Leere nicht füllen, die sich in mir ausgebreitet hatte, nachdem Cal gegangen war.

Fünfundzwanzig

An diesem Tag fand ich nichts. Die feuchte Krypta unter der Ruine wirkte verwaist, und auch in dem fantasievoll ausgemalten unterirdischen Geheimgang vom Schulgebäude zur Krypta begegnete ich keiner Menschenseele. Am Nachmittag war ich völlig erschöpft, nicht nur wegen der körperlichen Anstrengung und der ständigen Sorge, ja nicht gesehen zu werden. Der Schulalltag lief doch ganz normal weiter. Ich begann an mir zu zweifeln. Zum ersten Mal. Würde ich Evie überhaupt finden? Joshs Plan, die Polizei einzuschalten und alles zu erzählen, schien letztendlich die einzige Alternative zu sein. Natürlich würde es großes Aufsehen geben, eine Vermisstenanzeige, auch Evies Vater würde mit hineingezogen werden, außer sich vor Angst. Und ich würde sie nie wiedersehen.

Nein! So durfte es nicht enden. Das konnte ich nicht zulassen. Ich war stark, machte ich mir Mut. Ich war Sarah. Selbst ohne Cals Hilfe konnte ich es schaffen. Ich würde durchhalten. In Gedanken ging ich noch mal jeden Ort in der Schule durch, wo ich Evie oder wenigstens einen Hinweis auf sie finden konnte. Plötzlich fiel es mir wie Schuppen von den Augen. Ich hatte doch noch das Buch. Vielleicht entdeckte ich dort eine Zauberformel, die mir weiterhelfen könnte. *Finde, was verloren ist* – die Antwort musste einfach in diesem Buch zu finden sein.

Ich hatte das Buch in das Versteck in Starlights Stall zurückgelegt, nachdem wir den heilenden Trank für Helen zubereitet hatten. Ich hoffte, dass ich dort nicht auf Cal treffen würde. Noch war ich nicht bereit, ihm zu begegnen. Und ich hatte Glück. Das gepflasterte Stallgelände schien verlassen. Vorsichtig schlüpfte ich in Starlights Box. Mein treues Pferd wieherte glücklich, voller Vorfreude auf einen Ausritt, aber ich legte ihm nur sanft die Hand auf den Hals und tätschelte ihn beruhigend. Dann schob ich das Heu auf eine Seite und hob den losen Backstein hoch, unter dem das Buch des Mystischen Weges versteckt war. Ich nahm es heraus und setzte mich im Schneidersitz auf den Boden, den Rücken an die Boxenwand gelehnt. Das in Leder gebundene Buch legte ich auf meine Knie.

Ich wollte es aufschlagen, aber es ging nicht, so sehr ich mich auch bemühte. Panik stieg in mir auf. Ich legte eine Hand auf das grüne Leder und sagte entschieden: »Öffne dich! Öffne dich mir!«, so hatte ich es auch bei der verschlossenen Tür zu Agnes' Studierzimmer versucht. Das Buch sprang auf, die Blätter flatterten hin und her, als führe ein unsichtbarer Wind durch sie hindurch. Die Buchstaben, die Zeichnungen und Symbole, alles verschmolz zu einem verwirrenden Durcheinander, bevor wieder Ruhe einkehrte. Jetzt lag das Buch aufgeschlagen auf meinen Knien, aber was ich vor mir sah, waren keine Beschwörungsformeln oder Zaubersprüche. Mühevoll entzifferte ich den eng geschriebenen Text.

»Hab Acht! Du, der du Wahrheit und Licht suchst, sollst wissen: Es gibt jene, die sich gegen den Mystischen Weg auflehnen, sich an ihm reiben wie ein Schaf, das sich auf seinem Weg zur Weide an einem Eichenstamm reibt.

Diese Frauen sind weder wahre Schwestern der Heiligen Elemente noch Dienerinnen der Schatten, doch gehen sie zu weit, so wird alles zerstört werden. Lass dir sagen, dass man diese Frauen ›Prüfsteine‹ nennt. Es scheint, dass das Licht sie trifft, aber sie fühlen es nicht und sehen nicht, woher es kommt und wohin es sie führt. Eine elementare Kraft wie das Feuer kann eine solche Frau dazu bringen, sich zu offenbaren, und doch wird sie nicht wissen, was sie berührt hat.

Manche Prüfsteine leben ihr Leben in Unschuld und Reinheit und fragen sich nie, welche Wunder ihnen begegnen. Warum zum Beispiel aus einer Quelle heilendes Wasser sprudelt, wenn sie vorbeigehen, oder es in ihrem Dorf nur gute Ernten gibt oder das Feuer in ihren Öfen heller und länger brennt als das ihrer Nachbarn. Aber es gibt andere, deren Herzen weniger rein sind. Durch sie entstehen Unbill und Leid. Durch sie verbrennt die Ernte, die Flüsse trocknen aus, und der Wind bläst so stark, dass er das Haus des Nachbarn niederreißt. Solche Frauen begreifen, dass sie ein Prüfstein sind. Und sie suchen nicht nach der Weisheit und den Regeln des Mystischen Weges, sie streben nur nach seinem Ruhm. Unbewusst nutzen sie ihre Macht, um das Böse und die Zerstörung anzulocken, und wenn das geschieht, dann werden sie in die Schatten gezogen, wo sie großes Unheil anrichten können.

In allem Lebendigen fließt magnetische Energie (welche die Elemente vereint), von der Geburt bis zum Tod, von der Erde bis in den Himmel, von einem Herzen zum anderen, wie ein gewaltiger heiliger Tanz. Ein Schwarzer Prüfstein zerstört den Rhythmus des Tanzes, unterbricht seinen Weg und stoppt den Fluss des Guten. So, als wür-

de jemand mit böser Absicht einen Fluss aufstauen und dann den Damm öffnen, damit die Flut mit ihrer gewaltigen Kraft alles Leben mit sich reißt.

Ich musste den Text mehrmals lesen, um seinen Sinn zu verstehen, und selbst dann konnte ich nur schwer akzeptieren, was er mir sagen wollte. Tief in meinem Herzen wusste ich es: Velvet war ein Prüfstein. Das Feuer in ihrer letzten Schule, der schreckliche Unfall ihrer Schwester, der Selbstmord ihres Freundes und ihre dubiose Rolle bei Helens Fenstersturz, all das ergab jetzt einen Sinn. Irgendwie zog Velvet ungezähmte Energie an, eine Art Energieüberschuss der Elemente, und die Dunkelheit in ihrem Herzen verwandelte sie in eine negative, zerstörerische Kraft. *Sie werden alle verletzt*, hatte sie gesagt, und ich wusste nun auch warum. Ich lehnte mich gegen die raue Stallwand. Das war zu viel. Und jetzt hatte ich mich auch noch mit Cal gestritten … Weswegen? Wegen eines Traumes?

Die Zeit der Träume war vorbei.

Ich hielt Ausschau nach Helen und fand sie im Gemeinschaftsraum, allein. Sie hatte es sich in einem Sessel gemütlich gemacht und hielt einen Gedichtband in der Hand, starrte aber ins Nichts. Ihre Lippen bewegten sich, als würde sie ein Mantra murmeln. Als sie mich sah, hörte sie damit auf und fragte:

»Du hast Evie nicht gefunden, oder?«

Ich schüttelte den Kopf und ließ mich in den Sessel neben ihr sinken.

»Helen, was ist wirklich geschehen, als du aus dem Fenster gefallen bist? Steckt Miss Scratton dahinter? Oder deine Mutter?«

Helens Gesicht verdüsterte sich. »Ich weiß es nicht. Ich bin nicht sicher.«

»War … war Velvet in der Nähe, als es passierte? Hast du sie gesehen?«

»Ja. Ich erinnere mich, sie war da. Warum?«

»Sophie meinte, Velvet hätte aus dem Fenster gesehen, nachdem du herausgestürzt warst.« Rasch erzählte ich Helen, was ich gerade gelesen hatte und was ich vermutete. »Velvet scheint Mittel und Wege zu haben, um etwas Böses geschehen zu lassen. Und wenn sie unter den Einfluss des Zirkels oder deiner Mutter gerät, kann die Lage noch schlimmer werden.«

Helen nahm ihren Kopf in beide Hände und wiegte ihn hin und her, um sich zu erinnern.

»Es war Sonntagnachmittag«, begann sie, »ich lag auf dem Bett, aber ich war unruhig und ging hinaus auf den Flur, immer auf und ab, ohne Ziel. Ich war ganz alleine. Es war heiß und stickig, und ich öffnete das Fenster, das Bogenfenster gegenüber der Treppe, das auf die Einfahrt hinausgeht. Ich brauchte frische Luft.

Ich erinnere mich, dass ich über die *Moors* geblickt und mir gewünscht habe, ich würde dort auf einem Hügel stehen und der Wind würde mich überall hintragen, wo ich hin wollte. Ich fragte mich, ob dort der Geist meiner Mutter herumwanderte und ob ich es je wieder wagen würde, noch einmal mit dem Wind zu tanzen. In Agnes' Studierzimmer war es mir nicht gelungen, aber ich dachte, wenn ich dorthin wehen würde, wo der Geist meiner Mutter war, und mich ihr unterwarf, dann wäre sie vielleicht endlich zufrieden. Wenn sie mich vernichtet oder in ihren Bann gezogen hätte, oder was auch immer sie sonst wollte, dann würde sie Evie und dich vielleicht endlich in Ruhe lassen. In diesem Moment war es mir völlig egal, was mit mir passierte, solange ihr beide in Sicherheit wärt.«

»Oh, Helen, du darfst nicht denken, dass …«

»Ich sah keine andere Möglichkeit, euch zu retten. Jedenfalls stand ich dort am Fenster und dachte nach, als ich Schritte hörte. Es war Velvet. Sie hatte eine Reitgerte in der Hand. Sie blieb stehen und sah mich ganz seltsam an, so als ob sie meine Gedanken lesen könnte. Und dann … es ist schwer zu beschreiben. Wind kam auf, stark wie ein Orkan. Das Fenster wurde aus der Wand gerissen, fiel, und ich fiel mit. Ich hatte keine Zeit nachzudenken, aber ich war mir bewusst, dass ich unten auf den Treppenstufen aufschlagen und sterben würde. In der nächsten Sekunde schwebte ich. Ich schwebte friedlich und schwerelos, ich war von meiner Körperhülle gelöst. Ich war in einem großen weißen Raum, und ich tanzte wie in einem Traum. Aber ich war nicht allein. Da war jemand, der mit mir tanzte …«, ihre Stimme stockte.

»Und dann?«

»Da waren Menschen und Stimmen. Sie kämpften um mich. Ich wollte frei sein, aber sie ließen mich nicht los, so genau weiß ich das nicht mehr. Plötzlich tauchte Miss Scratton auf und sagte: ›Nein, nicht jetzt, es ist nicht deine Zeit. Du musst auf die Priesterin warten. Du musst die Priesterin werden.‹ Dann verschwand der weiße Raum, und alles wurde dunkel. Ich wollte wieder zurück, aber Miss Scratton ließ es nicht zu. Sie hielt mich fest, es tat richtig weh. Es schmerzte in meinem Kopf.« Helen sah mich aus traurigen Augen an. »Ich weiß nicht, ob ich jemals wieder mit dem Wind tanzen kann.«

»Hast du es seitdem noch einmal versucht?«

Sie seufzte tief. »Ja, heute Morgen, als du nach Evie gesucht hast. Ich wollte zu dem Ort gelangen, an dem Evie festgehalten wird, wollte sie finden, selbst wenn ich dabei in Gefahr geraten würde. Aber es war wie das letzte Mal, es ging nicht. Jemand bewacht mich und hält mich zurück. Es tut mir sehr leid.«

»Glaubst du, dass es wieder Miss Scratton war?«

»Ich weiß es nicht. Es war … es ist schwer zu erklären, als würde jemand auf meinen Flügeln sitzen, wenn das für dich irgendeinen Sinn ergibt.«

Es ergab Sinn, aber einer Lösung waren wir damit immer noch nicht näher gekommen. Was sollten wir tun? Welche Rolle spielte Velvet? Ich sprang auf und begann ungeduldig auf und ab zu gehen.

»Aber selbst wenn Miss Scratton dich davon abhält, gibt es nicht andere Möglichkeiten?«, fragte ich. »Wie können wir die Priesterin und ihren Zirkel attackieren oder Velvet entwaffnen, bevor sie Evie etwas tun können?«

»Wir können unsere Kräfte nur zur Verteidigung und nicht zum Angriff nutzen. Nur zum Wohle aller.«

»Aber ich habe die Erde beben lassen, unten in der Krypta, während unserer ersten Auseinandersetzung mit dem Zirkel, ich habe eine Mauer zum Einsturz gebracht und Felsen gesprengt, oben auf dem Hügel …«

»Diese Kämpfe wurden uns aufgezwungen, Sarah. Die Initiative kann gar nicht von uns ausgehen.«

»Aber irgendetwas müssen wir tun! Die Priesterin hat bereits zugeschlagen. Sie hat sich Evie geholt. Wir müssen reagieren.«

»Und was willst du machen? Ein Erdbeben in Wyldcliffe? Miss Dalrymple bis zum Hals in einem Erdloch vergraben, damit sie uns verrät, wo Evie ist?« Es klang absurd, aber so weit weg von meinen Gedanken war es gar nicht. »Sei's drum! Was sagt Cal eigentlich dazu? Er kennt die Situation, ihm kannst du vertrauen.«

Ich setzte mich wieder und fühlte mich gemein und dumm. »Ich weiß es nicht, du wirst ihn selbst fragen müssen.«

»Habt ihr euch gestritten? Oh Sarah, nein, bitte nicht!«

Ihre verzweifelte Reaktion überraschte mich, und ich versuchte, die Sache mit einem Schulterzucken abzutun. »Menschen streiten eben manchmal«, sagte ich, »davon geht die Welt nicht unter.«

»Aber unsere Welt könnte untergehen. Jeder, der mit dem Mystischen Weg in Kontakt kommt, muss seinen Beitrag leisten. Alles ist vorbestimmt, wir passen zusammen wie die Teile eines Puzzles. Alles ist miteinander verbunden. Wenn ein Teil verloren geht, sind wir alle verloren.« Helen versuchte, sich zu beruhigen und ihre Fassung wiederzuerlangen. »Wir brauchen Cal. Du brauchst Cal.«

Brauchen. Da war das Wort wieder.

»Ich kann auf mich selbst aufpassen. Ich brauche keinen Jungen, um mich anzulehnen. Ich brauche Cal nicht.«

»Hast du dir jemals eine Kletterrose angesehen, die ohne Gerüst eine Hauswand hochwächst? Hilfe zu akzeptieren ist kein Zeichen von Schwäche. Im Gegenteil. Es macht dich stärker.« Helen seufzte erneut. »Wenn ich jemanden hätte, irgendjemanden, dann würde ich keine Sekunde mit Streiten verschwenden.«

Ich wusste nicht, was ich sagen sollte, aber mir war klar, dass sie Recht hatte.

»Sarah, ich habe mein Leben in einer Art Traum gelebt«, fuhr Helen fort. »Selbst hier und jetzt, während ich mit dir spreche, sehe ich nicht so klar, wie ich die Bilder vor meinem inneren Auge sehe«, dabei rieb sie ihre Stirn, als ob sie Schmerzen hätte, »manchmal fürchte ich, verrückt zu werden und das alles nicht mehr auszuhalten. Ich weiß nicht, ob ich das alles zu Ende bringen kann. Aber ich muss daran glauben, dass es möglich ist und dass ich finden werde, wonach ich suche. Evie und Sebastian, ihr gemeinsamer Weg war von Anfang an vorgezeichnet. Cal ist real. Seine Gefühle für dich sind echt. Und wenn ich so etwas Wertvolles besitzen würde, dann würde ich es festhalten. Wie einen kostbaren Stein. Ein Stein in meiner Tasche, der mich immer wieder daran erinnert, was real und echt und ewig ist.«

»Oh Helen, ich fühle mich so …«

Ich beendete den Satz nicht. Eine Horde kichernder Mädchen drängte in den Raum.

»Mein Gott, wie die aussah! Die ist ja völlig außer sich!«

»Nicht mehr so sexy wie sonst, was? Ich nehme an, ihr Foto ist morgen in allen Zeitungen.«

»Was hat sie mit ihren Reitkünsten angegeben! Und dann so was!«

Ich ging zu ihnen. »Was ist passiert? Was ist so witzig?«

»Oh, hi, Sarah«, sagte Marion Chase, eine Freundin von Celeste, »es geht um Velvet Romaine. Sie hat sich komplett lächerlich gemacht, und einer dieser im Dorf rumhängenden Fotografen hat sogar Bilder davon gemacht.«

»Was hat sie gemacht?«, fragte Helen.

»Eigentlich nichts«, kicherte Marion, »sie hat Miss Scrattons Pferd gestohlen und ist mit ihm ins Moor geritten. Aber dann wollte sie wohl eine Abkürzung nehmen und ist im Sumpf stecken geblieben. Halb tot und völlig verdreckt musste sie zu Fuß zur Schule zurück, zusammen mit einem hinkenden Pferd.«

»Und Velvet bildete sich ein, sie würde so cool aussehen!«, Marions Freundinnen wieherten vor Lachen, »jetzt wird sie hochkant rausgeschmissen, garantiert. Sie hat nie richtig hierher gepasst, oder?« Ihre schadenfrohen Gesichter machten mich krank. Als Velvet in Wyldcliffe auftauchte, hatten sich alle bei ihr eingeschleimt, und jetzt waren sie voller Schadenfreude über ihren tiefen Fall. Und das wollten junge Ladys sein! Wo waren ihre Ideale wie Selbstlosigkeit, Ehre und Loyalität geblieben?

»Sie ist immer noch eine Wyldcliffe-Schülerin«, fuhr ich sie mit schneidender Stimme an, »deshalb sollten wir ihr helfen und uns nicht über sie lustig machen, nur weil sie einen Fehler gemacht hat. Komm, Helen.«

Sie starrten uns mit offenen Mündern an, und ich wusste, sie würden ihr Gift verspritzen, sobald wir außer Sichtweite waren. Aber das war mir egal.

»Ich muss Velvet finden«, sagte ich, als wir den Flur hinuntergingen. Obwohl ich von Hilfe und Vergebung gesprochen hatte, war ich wütend. Ich wusste von meinem Vater, dass bei einem Pferd selbst die kleinste Verletzung an den Beinen bedeuten konnte, dass es nie wieder richtig laufen konnte. Und in dem Fall wurde es meist erschossen, um ihm ein Leben voller Schmerzen zu ersparen. »Ihr geht's bestimmt bald wieder gut, aber wenn sie Seraph etwas angetan hat …«, ich musste die Tränen zurückhalten, als ich daran dachte, wie Miss Scratton ihrem Schimmel den Befehl gab, Mrs Hartles leblosen Körper nach dem Kampf auf dem Hügel abzutransportieren. Damals wären wir für Miss Scratton durchs Feuer gegangen, sie war unsere Freundin und unser Fels in der Brandung. Und das alles sollte nichts als Lüge gewesen sein? In diesem Chaos der Gefühle war Seraph für mich der Inbegriff für Freiheit, Unschuld und Güte geworden, bevor die Welt sich verdüstert hatte. Wir durchquerten die Eingangshalle, vorbei an aufgeregten Schülerinnen, die auf das Läuten warteten. Ich schnappte Gesprächsfetzen auf. »… wie egoistisch, das arme Pferd … wirklich dumm … ich hoffe, sie schmeißen sie raus …« Es hörte sich an, als ob es in der ganzen Schule kein anderes Thema als Velvet gäbe. Wir eilten die Stufen zu den Schlafsälen hoch.

»Bitte auf der Treppe nicht rennen!«, tadelte Miss Clarke, die Lateinlehrerin, als ich im zweiten Stock ankam. »Ah, du bist es, Sarah. Da du heute nicht im Unterricht warst, wollte ich dich bitten, nach dem Abendessen zu mir zu kommen und dir die Aufgaben zu holen.«

»Ja, natürlich, entschuldigen Sie bitte.«

Ich zwang mich, den Rest des Weges langsamer zurückzulegen. Als wir unseren Schlafraum betraten, lag Velvet zusammengekrümmt auf ihrem Bett. Ihre Kleidung war von oben bis unten verdreckt, und sie hatte eine breite Schramme auf der Wange. Ruby beugte sich gerade über sie.

»Wir würden gerne mit Velvet sprechen«, sagte ich zu Ruby, »kannst du uns einen Moment alleine lassen?«

Ruby war meine Wut nicht entgangen, sie verließ den Raum ohne ein weiteres Wort.

»Von mir aus kannst du dir gerne das Genick brechen«, begann ich, »aber Finger weg von unschuldigen Tieren. Du hattest überhaupt kein Recht, das Pferd zu nehmen. Das war total egoistisch und unverantwortlich.«

Velvet tat gelangweilt und gähnte. »Oh, Schluss mit der Predigt, Sarah. Geh mir nicht auf die Nerven. Ich schwöre, Seraph ist nichts passiert. Es sind nur harmlose Schnittwunden. Josh hat ihn sich angesehen und gesagt, dass es nicht so schlimm ist, wie es aussieht. Nach der Meinung von Celestes bekloppten Freundinnen habe ich das Tier natürlich absichtlich gequält und fast in den Tod getrieben.«

Die Nachricht über Seraph beruhigte mich etwas, aber trotzdem war ich noch nicht fertig mit Velvet. »Welche Rolle hast du eigentlich bei Helens Unfall gespielt?«, fuhr ich fort. »Hast du sie gestoßen oder sie gezwungen runterzuspringen?«

»Ich habe keine Ahnung, wovon du sprichst«, antwortete Velvet, setzte sich auf und begann, den verkrusteten Schlamm von ihren Reithosen zu bürsten. »Hast du es schon wieder vergessen? Du und ich haben uns nichts zu sagen.«

»Oh, ich glaube doch«, erwiderte ich, »wir wissen von dem Feuer in deiner letzten Schule. Wir wissen mehr, als du denkst.«

»Dann wollt ihr also wissen, dass ich es darauf angelegt habe, Gina bis an ihr Lebensende zu entstellen? Dass ich meinen Freund in den Selbstmord getrieben und dafür gesorgt habe, dass meine kleine Schwester bei einem Autounfall stirbt? Ich nehme an, ihr habt in irgendeinem dieser Drecksmagazine gelesen, dass ich eifersüchtig auf Jasmine war und sie aus dem Weg räumen wollte und deshalb alles arrangiert habe? Es ist übrigens gar nicht so einfach, einen Autounfall zu inszenieren, falls euch das noch nicht aufgefallen sein sollte. Mein Gott, es macht mich krank, dass die Leute diesen Mist auch noch glauben! Ihr wisst nichts über mich, nichts!«

»Ich weiß, dass es mich krank macht, wenn mich Leute anlügen und meinen Freundinnen wehtun«, antwortete ich. »Warum ist Helen gefallen? Sag's mir!«

»Woher soll ich das wissen? Frag sie doch selbst.« Velvet warf Helen, die neben mir stand, einen hilfesuchenden Blick zu. »Sieh den Tatsachen ins Auge, Sarah, es hatte nichts mit mir zu tun. Helen hat sich selbst aus dem Fenster gestürzt. Glaubst du das nicht insgeheim auch? Alle sagen, dass sie verrückt ist. Dafür kannst du mich nicht verantwortlich machen.« Sie brach in Tränen aus. »Sie versuchen, mir alles in die Schuhe zu schieben. Aber ich kann nichts dafür, ich kann es nicht kontrollieren ...« Dann schüttelte sie sich, sie bebte vor Zorn. »Warum fragst du mich das alles überhaupt?«, fauchte sie. »Was weißt du wirklich?«

Ich zögerte, hin- und hergerissen. Ein Teil von mir wollte Velvet alles erzählen, sie davor warnen, dass sie ein Prüfstein war. Ich wollte ihr helfen, aber ich glaubte nicht, dass sie mir zugehört hätte. Sie war zu wütend und zu verbittert. Sie wollte keine Hilfe, sie wollte auf die Welt einschlagen, die ihr wehgetan hatte, und ihr damit ebenfalls wehtun. Sie sah mich wachsam an wie eine Katze. »Passiert dir das auch?«, fragte sie leise. »Hast du auch ... Macht?«

»Wir haben alle Macht, oder?«, antwortete ich ausweichend. »Allein jung zu sein ist eine Macht.«

»Nein, ich meine besondere Kräfte. Nicht wie in den Bühnenshows meines Vaters, dieser Voodoozauber oder dieser Black-Magic-Hokuspokus. Mein Vater steht drauf, aber ich weiß, dass das alles nur Schwindel ist, obwohl er behauptet, von einer Hexe abzustammen, die vor Urzeiten mal aufgehängt worden ist. Alles nur Showbusiness. Aber ich denke, hier sind Kräfte am Werk, die manche Dinge verhindern und andere geschehen lassen können. Rätselhafte Dinge. Wollt ihr nicht mehr darüber wissen?« In ihre Augen war ein wölfischer Ausdruck getreten, und ich wusste, wo ich diesen Blick schon einmal gesehen hatte: Ich blickte in Harriets Gesicht, als sie von Celia Hartles dunklem Geist besessen gewesen war. Velvet strahlte die gleiche verzweifelte Gier aus, aber selbst jetzt wollte ich nicht glauben, dass es zu spät für sie war. Wenn es irgendeine Möglichkeit gab, Velvet zu helfen und sie davor zu bewahren, noch tiefer in die Finsternis hinabgezogen zu werden, dann war es das Risiko wert.

»Wir wissen einiges«, flüsterte ich und fügte noch leiser hinzu: »Helen war die Erste, die mit den in ihr schlummernden Kräften konfrontiert wurde.«

»Erzähl!« Velvet packte mich am Arm. »Was für eine Macht hast du?«

Ich blickte Helen hilfesuchend an. Ruhig sah sie Velvet an und sagte: »Wir sind nur Diener. Unsere Kräfte können nur zum Wohl aller genutzt werden.«

»Das klingt nicht gerade aufregend.«

»Darum geht es auch nicht«, schaltete ich mich wieder ein.

»Was macht ihr denn? Wo trefft ihr euch? Schleicht ihr euch deshalb nachts aus der Schule? Ich habe euch beobachtet und eine ganze Menge zu diesem Thema gelesen. Ihr braucht vier Elemente in eurem Kreis, oder? Das heißt, Evie und Helen und du … Und wer ist Nummer vier? Eine der Lehrerinnen?«

Ich spürte Unbehagen in mir aufsteigen. Velvets Vermutungen kamen der Wahrheit verdammt nahe. Wie lange hatte sie uns wohl nachspioniert, um das alles herauszufinden?

»Unsere geheime Schwester ist Lady Agnes«, sagte Helen.

»Das tote Mädchen auf dem alten Gemälde? Ohne Witz? Ihr wollt mich doch nicht verarschen?«

Helen zuckte die Schultern. »Ich lüge nie. Die Wahrheit ist viel mächtiger als jede Lüge.«

Ob es eine gute Idee war, Velvet von Agnes zu erzählen? Ich war mir nicht sicher. Für mich war Velvet eine machthungrige, sensationsgierige Egomanin, die bestimmt nicht an Heilung oder Weisheit interessiert war. Ich konnte ihr nicht trauen, zumindest noch nicht. »Hör mal, Velvet, vergiss, was wir gesagt haben. Versuch bitte, dich aus allem rauszuhalten, wir werden uns schon darum kümmern. Vielleicht können wir uns später noch einmal unterhalten.« Ich versuchte mich loszureißen, aber sie hielt meinen Arm fest umklammert.

»Du kannst nicht einfach gehen! Du musst mir alles erzählen. Ich will auch dazugehören. Ich will Macht haben und manche Dinge verhindern und andere geschehen lassen.« Ihr Gesicht verdüsterte sich. »Ich will Rache. Ihr könnt mir dabei helfen.«

»Lass mich los!«

»Aber ihr braucht mich! Ich weiß, dass ihr in irgendetwas verwickelt seid, und ich will dabei sein. Das Leben hier ist langweilig und öde, aber diese Geschichte ist immerhin spannend. Lass mich dabei sein, Sarah. Evie ist weg, und sie wird nicht wiederkommen. Ich könnte ihren Platz einnehmen.«

Schockiert starrte ich Velvet an. »Was weißt du über Evie? Und was meinst du damit, sie kommt nicht zurück?«

»Die Geschichte, sie wäre plötzlich zu ihrem Vater gefahren, stinkt doch zum Himmel. Interessiert euch, wo ich wirklich hingeritten bin? Ich denke, ihr wollt sicher wissen, was tatsächlich geschehen ist.«

»Los, erzähl's uns! Aber beeil dich.«

Velvet ließ meinen Arm los und legte sich aufs Bett. Sie war jetzt wieder ganz die alte und ließ uns zappeln. »Heute Morgen habe ich geschwänzt und bin zu den Ställen gegangen. Josh war schon bei der Arbeit, deshalb habe ich im Küchengarten gewartet, bis er mal kurz weg war. Sonst war niemand da, und es war nicht schwer, Seraph zu satteln und unbemerkt über den Übungsplatz zum Tor zu führen. Ich dachte, wenn ich das Pferd der Obersten Mistress stehle, werfen sie mich sicher von der Schule, und außerdem hätte ich auch noch eine Menge Spaß dabei.

Der einzige Mensch, den ich traf, war der Gärtner. ›Wohin geht's, Miss?‹, fragte er. Ich sagte, ich hätte Miss Scrattons Erlaubnis, ihr Pferd zu reiten, und er glaubte mir. Das Wetter war herrlich, und ich freute mich darauf, über die *Moors* zu galoppieren. Mit einer Sache hattest du übrigens Recht, Sarah. Jupiter hasst unebenen Boden. Mit ihm macht es keinen Spaß, hier auszureiten. Seraph ist ein wundervolles Pferd, und obwohl sie etwas zu hoch für mich ist, wusste ich, dass ich mit ihr klarkommen würde.«

»Wohin seid ihr geritten?«, hakte ich nach.

»Ich hatte keinen richtigen Plan, ich dachte nur, so schnell wie möglich von der Schule weg. Auf dem Schild am Weg stand ›Beacon Hill‹, kennt ihr das?«

»Das ist die alte Festung auf dem Hügel«, erklärte Helen, »von dem Gemäuer ist allerdings nichts mehr übrig. Ganz früher stand dort ein Tempel.«

»Ich bin höher und höher geritten, bis fast auf den Hügelkamm. Der Ausblick war fantastisch, man konnte meilenweit sehen, und ich dachte, Wyldcliffe wäre gar kein so schlechter Ort, wenn man einfach nur reiten, nachdenken und frei sein könnte. Dort oben war es so friedlich … jedenfalls war ich richtig glücklich. Ich lachte über die anderen, die in der Schule schmorten, und fragte mich, was ihr wohl sagen würdet, wenn ihr von meinem Abenteuer wüsstet. Dann kam mir der Gedanke, ein Beweisstück zu besorgen, und ich überlegte, bis St. Martin's, oder wie auch immer diese Jungenschule heißt, zu reiten. Ich würde dort ein paar Jungs anmachen und mir ihre Telefonnummern geben lassen als eine Art Trophäe. Ich hatte sogar einen von diesen Paparazzi-Fuzzis angerufen und ihm gesagt, dass er mich später im Dorf beim Schuleschwänzen fotografieren könnte. Es ist geschmacklos, ich weiß, aber alle machen es. Was glaubt ihr, wie die sonst zu ihren Fotos kommen?«

»Ich weiß es nicht, und es ist mir auch egal«, erwiderte ich, »aber was passierte dann? Wie konntest du Seraph in solche Schwierigkeiten bringen?«

»Das versuche ich dir ja gerade zu erklären. Ich habe es nicht mit Absicht gemacht. Ich ritt also in Richtung St. Martin's, als plötzlich alles anders wurde. Etwas Unheimliches geschah.« Sie zögerte. »Ich schwöre, es war so, auch wenn es wirklich unglaublich klingt. Das Licht veränderte sich, es wurde plötzlich dämmrig. Ich weiß nicht, wie ich es sonst beschreiben soll. Es schien, als ob die Farbe aus allem herausgesaugt worden wäre. In der Ferne hörte ich eine Frau singen. Dort musste ich hin! Seraph wich zur Seite, schnaubte und bewegte den Kopf auf und ab, dann bäumte sie sich auf und schoss wie ein Rennpferd nach vorne in Richtung der Stimme. Ich dachte nur noch an eines: Festhalten, bloß nicht abgeworfen werden! Ich wusste nicht, wohin es ging oder wie ich Seraph stoppen konnte. Die Stute schien auf einmal übernatürliche Kräfte zu haben, meine Arme schmerzten von dem Versuch, sie zu zügeln. Ich hatte Angst, dass wir direkt auf den Sumpf am anderen Ende der *Moors* zugaloppierten, ich hatte Geschichten von Leuten gehört, die dort hineingeraten und nie wieder zurückgekehrt waren. Wir mussten schon sehr nahe sein, denn der Boden begann weich und matschig zu werden, und der Schlamm spritzte unter Seraphs Hufen hoch. Ich schloss einfach die Augen und wartete ab. Plötzlich ging es bergauf, und die Luft wurde kühler. Vor uns tauchte ein bewaldeter Hang auf. Ganz im Hintergrund war ein altes Haus zu erkennen. Wir umrundeten es, und wie auf einen stillen Befehl galoppierte Seraph wie besessen den Hang hoch, quer durch die stacheligen Ginsterbüsche und verletzte sich furchtbar die Beine.«

Während Velvet ihre Geschichte erzählte, schien mein Herz immer langsamer zu schlagen, ich sah uns drei, als wäre ich ganz weit weg. Ich blickte aus dem Fenster, wo der Tag ruhig und hell vor mir lag. Die Lösung war in greifbarer Nähe. Bald würde ich selbst draußen auf den Hügeln sein und mein Schicksal suchen. *Suche und du wirst finden.* Ich brauchte nur noch ein einziges Puzzleteil.

»Was geschah dann?«, fragte Helen.

»Seraph kam abrupt zum Stehen und warf mich ab. Das geschah am Hang, direkt oberhalb des alten Hauses, ich stürzte auf etwas Hartes, wie ein Grabmal oder so was Ähnliches.«

Ich wusste, was sie jetzt sagen würde. Ich wusste, was sie gesehen hatte.

»Es war eine verwitterte, mit Moos bedeckte Steintafel, und es waren Buchstaben eingemeißelt, ein … ein Name.«

»Sebastian Fairfax«, sagte ich.

»Woher weißt du das?«, fragte sie verwundert.

»Ich weiß es einfach, erzähl weiter.«

»Die Inschrift besagte etwas wie ›Zur Erinnerung an Sebastian Fairfax, geliebter Sohn‹, und als ich näher heranging, bemerkte ich, dass jemand hinter mir stand. Ich wollte schreien, aber ich konnte nicht, und ich musste mich umdrehen, obwohl ich gar nicht wollte. Und dann sah ich ihn.«

»Wer war es?«, fragte ich, obwohl ich es bereits wusste.

»Er war wunderschön«, flüsterte Velvet, »jemanden wie ihn hatte ich noch nie gesehen. Er trug Reitkleidung und einen langen schwarzen Umhang wie im Film. Und er hatte strahlend blaue Augen, so blau wie … ich kann es nicht beschreiben. Er war perfekt.«

»Hat er etwas zu dir gesagt?«, fragte Helen.

»Ja, darum geht es ja. Er sagte: ›Erzähl deinen Freundinnen, dass Evelyn Johnson an einem Ort tief unter der Erde gefangen ist und weder Feuer noch Wasser sie retten kann. Sag ihnen, dass sie die Hilfe ihrer Schwestern braucht.‹ Und dann … dann veränderte sich sein Gesicht, als ob es sich in Staub auflösen würde.« Velvet sah uns triumphierend an. »Seht ihr, Evie kommt nicht wieder. Jetzt braucht ihr mich. Ihr müsst mich in eure Schwesternschaft aufnehmen.«

»Glaubst du wirklich, dass wir Evie so schnell aufgeben?«, schleuderte ich ihr wütend entgegen. »Wofür hältst du uns? Wir sind ihre Freundinnen!«

»Über Freundinnen und Freundschaft weiß ich nicht viel«, Velvet zuckte mit den Schultern, »ich bin ein Naturtalent, mir Feinde zu machen. Also was nun, Sarah? Bin ich dabei? Werdet ihr mich in eure Geheimnisse einweihen oder nicht? Freunde oder Feinde?«

Ich wusste nicht, was ich sagen sollte.

»Niemand wird jemals Evies Platz einnehmen können, Velvet«, schaltete sich Helen mit ruhiger Stimme ein, »und es ist an dir zu entscheiden, ob du für oder gegen uns sein möchtest. Diese Entscheidung können wir dir nicht abnehmen. Komm Sarah, wir gehen.«

Sie schob mich aus dem Zimmer. Velvet starrte uns wütend hinterher, ihre Augen sprühten Funken. Ich zitterte, und Helen nahm meinen Kopf zwischen ihre Hände. »Sarah, du kannst dich nicht um jeden kümmern oder die ganze Welt retten. Velvet wird ihren eigenen Weg finden. Deine Aufgabe ist es, Evie zu finden. Wie wirst du dich entscheiden?« Ihr Gesicht war bleich, die Augen sorgenvoll. Sie sah aus wie eine Heilige in einem antiken Gemälde. Wer tat Helen in diesem Augenblick mehr leid? Velvet oder Evie? Oder galt ihre Sorge etwa mir?

Ein Ort tief unter der Erde. Sebastian oder sein Schatten, oder eine spirituelle Botschaft an seine Liebe hatte versucht uns zu sagen, wo Evie versteckt gehalten wurde. Sie war tief unter der Erde … aber wo?

Erde steht für Sarah.

»S« wie Sarah.

Der Brief meiner Mutter und die darin enthaltene Warnung fielen mir wieder ein. *Halte dich von den Trommeln in den Tiefen der Erde fern.* Die Trommeln waren das Bindeglied, die Trommeln, die ich während meiner Vision von Maria gehört hatte. Ich hatte Recht gehabt, als ich Cal sagte, dass Maria der Schlüssel war, um das Geheimnis zu lüften. Sie musste diesen schrecklichen Ort, wo Evie gefangen war, selbst gekannt haben. *Halte dich fern*, hatte Maria damals gesagt, aber ich hatte keine Wahl. Es war meine Pflicht, dorthin zu gehen. Ich musste Maria suchen, und wenn ich sie gefunden hatte, würde sie mich zu Evie führen, mitten ins Herz der Gefahr.

Sechsundzwanzig

Ich bereitete mich vor wie für eine Wanderung und packte warme Pullover, eine Wanderkarte, eine Taschenlampe und ein Seil, das ich in den Ställen gefunden hatte, in einen alten Rucksack. Alles Dinge, die vielleicht wichtig sein konnten. Die bronzene Krone verstaute ich ganz unten. Sie war zu wertvoll, um sie unbewacht zurückzulassen. Unter meinen Reitklamotten trug ich den Talisman. Eine unwirkliche Situation und eine Ironie des Schicksals: Die Lockerung der strengen Verhaltensregeln durch Miss Scratton bedeutete auch, dass es unserem Jahrgang erlaubt war, das Schulgelände nach dem Abendessen für einen Spaziergang oder einen kurzen Ausritt zu verlassen, wenn wir uns in das Abwesenheitsbuch in der Eingangshalle eintrugen. Deshalb fiel es gar nicht weiter auf, als Helen und ich auf Bonny und Starlight hinunter zum Schultor ritten. Zwei Wyldcliffe-Schülerinnen auf einem Ausritt an einem lauen Frühlingsabend, mehr nicht.

Helen hatte sich ohne Wenn und Aber auf meine Pläne eingelassen. Sie kam einfach mit. Obwohl es ihr eigentlich keinen Spaß machte, war sie eine geborene Reiterin, viel besser, als Evie es je sein würde. Jetzt bloß nicht an Evie denken. Es tat zu weh. Das war unsere letzte Chance, sie zu finden, und ich durfte nichts falsch machen. Um mich abzulenken, beobachtete ich Helen und bewunderte ihre aufrechte Haltung und ihr feines Profil. Sie sah aus, als würde sie nicht zu dieser Welt gehören, wie ein Ritter aus dem Mittelalter, der in die Schlacht zog, dem Untergang geweiht, stolz und traurig.

Wir ritten durch das Dorf, und ich erinnerte mich an meine erste Begegnung mit Cal. Er war am Anfang misstrauisch und reserviert gewesen, doch meine schüchternen Versuche, in der Roma-Sprache zu sprechen, hatten das Eis zum Schmelzen gebracht. Er hatte gelächelt und mich »Romamädchen« genannt, und ich hatte gespürt, dass ich dorthin gehörte. Wie gerne würde ich ihn wiedersehen! Ich sehnte mich nach seinen im Wind wehenden, ungebändigten Haaren und nach seinen wachsamen Augen, die so viel älter wirkten als er selbst. Ich sehnte mich nach seinem seltenen Lächeln, ein Lächeln, das nur mir galt. Ich wusste jetzt, dass ich ihn vom ersten Moment an gemocht hatte. Aber ich hatte es versaut. Wenn nur … aber es war besser, nicht daran zu denken, was hätte sein können. Ich würde keine zweite Chance bekommen.

Auf einem kargen Stück Land machten wir Rast, dort, wo damals das Romalager gewesen war. Jetzt wäre der Moment umzukehren und rechtzeitig zum Abendgebet in der Schule zurück zu sein. Stattdessen ritten wir weiter und folgten dem gewundenen Pfad, der stetig nach oben führte, hinein in die *Moors*. Es wurde langsam kalt. Hier oben kam der Frühling erst spät, aber die Landschaft war trotzdem wunderschön. Mir war bis zu diesem Moment nicht bewusst gewesen, wie sehr dieses Fleckchen Erde ein Teil von mir war – die Weite der Heidemoore, die zerklüfteten Felsen, die Schreie der Raubvögel, wenn sie sich auf ihre Beute stürzten. Das war meine Welt, dieser Ort war in meinem Herzen. Schließlich kamen die schwarzen Steine oben auf dem Ridge in Sicht. Als wir dort ankamen, stiegen wir ab.

»Bereit?«, fragte Helen.

Ich nickte. »Bereit.«

Wir standen inmitten des Steinkreises und blickten in das verblassende Licht der untergehenden Sonne. Pinkfarbene und goldene Wolken segelten am fernen Horizont. Die Vögel schwiegen. Nur unser Atem und das Seufzen des Windes waren zu hören. Ich hielt den Talisman in die Sonne, und er begann im Schein der letzten Strahlen zu glühen.

»Maria«, sprach ich, »du bist mir schon einmal in diesem heiligen Kreis erschienen. Jetzt rufe ich dich wieder an! Zeige mir, wo ich die Orte tief unter der Erde finden kann. Sag mir, wie ich unsere Schwester Evie finden kann. Heilige Mächte, enthüllt uns die Wahrheit.«

Schlagartig verschwand die Sonne. Es wurde Nacht, Mitternacht, und über uns leuchteten die Sterne. Auf der anderen Seite des Steinkreises, in der Nähe des höchsten Menhirs, sahen wir ein junges Mädchen und eine schwarz gekleidete Frau. Ihre Gesichter waren mit Schleiern verhüllt, aber sie winkten und riefen nach uns. Das Mädchen deutete auf den Boden. So schnell, wie sie gekommen waren, verschwanden die beiden Gestalten wieder, auch die Sterne erloschen. Das glühend rote Licht des Abends kehrte zurück, als ob man eine Lampe angeknipst hätte.

»Dort drüben muss etwas sein«, drängte ich ungeduldig, »komm!« Wir liefen auf die andere Seite des Steinkreises, um den Boden abzusuchen, aber wir konnten nichts Ungewöhnliches finden. Ich fiel auf die Knie und presste meine Hände auf den torfigen Boden, damit die Erde zu mir sprechen konnte. Ich schloss die Augen, konzentrierte mich und bat um Beistand. Ich hörte ein Mädchen lachen. Sie saß auf einem kräftigen Pony. »*Komm schon, Cracker! Zak, du kriegst mich nicht!*« Dann sah ich sie stürzen und gegen den Stein prallen, die Krone auf ihrem Kopf und das Blut auf ihrer Wange. Maria rief nach mir.

»Graben!«, keuchte ich. »Wir müssen graben.« Ich bohrte meine bloßen Hände in den weichen Boden und begann zu wühlen. »Mutter Erde, enthülle uns deine Geheimnisse«, flehte ich. »Enthülle deine Schätze.« Die Erde zerkrümelte unter meinen Fingern, bis ich sie ganz leicht zur Seite schieben konnte wie feinen Sand. Schnell hatte ich am Fuße des Steins eine flache Höhle entdeckt. Ich griff hinein und fand eine Handvoll angelaufener Münzen. Daneben lag ein kleines Wachstuchbündel. Meine Hände zitterten, als ich es öffnete. Das Bündel enthielt einige eng beschriebene, eingerissene Blätter, ich erkannte die flüssige, gut leserliche Handschrift. »Sie sind von ihr! Sie sind von Maria!«

Ich strich die zerknitterten Blätter auf meinem Knie glatt. *Wyldcliffe-Tagebuch von Maria Melville* war der Titel.

Helen blickte mir über die Schulter, als ich zu lesen begann, und der Tag neigte sich.

Wenn du dies eines Tages lesen wirst, egal wer du bist, dann musst du die Kraft haben, die hier beschriebenen Rätsel anzunehmen. Ich wünsche dir, dass du nicht in die unterirdische Welt hinuntergehen musst. Ich hoffe, du glaubst mir.
All das geschah im Frühling 1919. Mein Name ist Maria Adamina Melville, und jedes Wort ist wahr, ich schwöre es.

Wir lasen die Seiten aus Marias Tagebuch bis zum Ende. Schließlich glättete ich die Blätter noch einmal und faltete sie zusammen. Jetzt wusste ich, wohin ich gehen und was ich tun musste. Marias Geschichte hatte mir das letzte Puzzleteil verraten, den unterirdischen Ort, an dem Evie gefangen gehalten wurde. Die Höhlen am White Tor. An diesem Felsturm würden wir die Schwelle zwischen dieser Welt und den dunklen Plätzen unter der Erde finden. Ich liebte und bedauerte Maria für all das, was sie erlebt hatte, aber auf alle Fälle war ich ihr dankbar für ihr Tagebuch.

»Aber was ist mit diesen Ungeheuern, diesen Kinsfolk, leben die immer noch in den Höhlen?«, fragte Helen. »Oder sind sie nur Werkzeuge meiner Mutter?«

»Ich weiß es nicht.« Es widerstrebte mir, Helen zu erzählen, dass ich bereits flüchtige Bilder von Marias Peinigern in meinen Träumen gesehen hatte. Maria hatte in ihrem Tagebuch geschrieben, dass Sebastian die Kinsfolk in einen tiefen Schlaf versetzt hatte, aber hatte Velvets Leichtsinn sie vielleicht zu neuem Leben erweckt? Was auch immer einst tief unter der Erde geschlummert haben mochte, konnte erwacht sein, und allein dieser Gedanke lähmte meine Kräfte. Ich hatte keinen Zweifel an Helens Mut, aber vielleicht zweifelte ich an mir selbst. Die Priesterin kannte ich bereits, eine erneute Konfrontation mit ihr machte mir keine Angst, aber die Vorstellung, diese missgestalteten schrumpeligen Kreaturen wiederzusehen, erfüllte mich mit Ekel. Ich fühlte ihre Klauenhände nach mir greifen, so wie sie nach Maria gegriffen hatten. Ich sah ihre hässlichen Fratzen und spürte ihren eisigen Atem des Todes. Ich fühlte, dass sie darauf warteten, mich zu holen.

Ich hatte verzweifelt versucht, die Geheimnisse zu entschlüsseln, die mich zu Evie führten. Ich wollte sie unbedingt retten, und jetzt, als ich die Lösung in Händen hielt, wusste ich nicht mehr, ob ich dazu überhaupt in der Lage war. Ich blickte über das Tal zum gegenüberliegenden Hügelkamm, wo der White Tor in den Himmel ragte. Tief in meinem Herzen wusste ich, dass ich eine andere sein würde nach der Rückkehr von der Reise in den Untergrund. Aber würde ich überhaupt zurückkehren? Ich ging hinüber zu Starlight, der geduldig wartete, und legte meinen Kopf an seinen Hals. Ich betete um Kraft, mein Vorhaben ausführen zu können.

Ich war nicht wie Evie. Ich gehörte nicht in eine große romantische Liebesgeschichte. Ich war einfach nur Sarah. Sarah, die beste Freundin im Hintergrund, nichts Besonderes. Die gute alte Sarah, immer bereit, anderen zu helfen. Dazu sind beste Freunde da. Ich hatte versprochen, dass ich alles für meine Schwestern tun würde. Doch das war leichter gesagt als getan. Denn ich wusste nun, dass ich Opfer bringen musste, um Evie zu retten.

Ich stand vor der schwersten Entscheidung meines Lebens. Weitermachen oder aufgeben.

»Sarah?«, fragte Helen sanft. »Gehen wir? Auf was warten wir noch?«

Die letzten Sonnenstrahlen lagen auf dem wilden weiten Land, das Land, das ich so sehr liebte. Ich liebte den Wind auf meinem Gesicht, die schrillen Schreie der Vögel und das Leben und die Geschichte dieser uralten Hügel. Die Felsen, die wie bleiche Knochen unter den Ginsterbüschen und dem Heidekraut lagen, erzählten mir von Kraft und Stärke und Ewigkeit. War ich wirklich stark genug, das alles aufzugeben und mein geliebtes Land vielleicht nie wiederzusehen?

Und Cal? Angenommen, ich kehrte aus den Höhlen tief unter der Erde nicht wieder zurück? Dann würde er von meinen Gefühlen nie etwas erfahren. Er würde nie wissen, dass ich schwach genug war, um dumm und wütend zu sein und es zu bedauern. Schwach genug, um ihn zu brauchen. Schwach genug, um mich zu verlieben.

Aber ich hatte es versprochen, und dieses Versprechen durfte nicht gebrochen werden.

Die Dunkelheit breitete sich langsam über den *Moor*s aus. Da draußen, unter dem Land, das ich liebte, war Evie versteckt. Das war das Einzige, was zählte.

Ich hatte mich entschieden. Ich würde alles aufgeben, was mir etwas bedeutete, und mich in die Unterwelt wagen, um Evie zu retten. Ich würde mich nicht umdrehen. Das Tal des Todes war mein Ziel.

»Ich bin bereit«, sagte ich zu Helen, »lass uns zum White Tor reiten.«

»Aber nicht allein«, ertönte eine raue Stimme. Es war Cal, der in der Mitte des Steinkreises stand, die Hände in die Hüften gestützt. Josh war an seiner Seite und hielt die Zügel ihrer Pferde in der Hand.

»Cal«, sagte ich verblüfft, »ich dachte, du wolltest weg?«

»Ich habe meine Meinung geändert.«

»Aber wie hast du mich gefunden? Woher wusstest du, dass ich hier sein würde?«

Helen kam auf mich zu, ihre Augen funkelten verschwörerisch. »Das war ich. Ich habe Josh gesagt, dass wir ihre Hilfe brauchen.«

»Das hättest du nicht tun sollen«, sagte ich barsch, die ganze Situation war verwirrend und peinlich. »Ich brauche keine Hilfe.«

»Einen Menschen zu brauchen oder zu lieben ist keine Schwäche. Josh liebt Evie. Du liebst Cal«, sagte Helen ganz ruhig. »Liebe macht dich stärker. Kennst du nicht das Geheimnis von Agnes' großer Macht? Es war ihre Liebe zu Sebastian. Heute Nacht können wir jede Unterstützung brauchen. Das ist der Beginn der Kämpfe, nicht das Ende.«

Ich war feuerrot im Gesicht und konnte Cal kaum in die Augen sehen. »Ich … es tut mir so leid wegen des dummen Streits«, stammelte ich.

»Ich bin es nicht gewohnt, mich zu entschuldigen, es fällt mir schwer«, antwortete er mit gesenktem Blick, dabei stampfte er mit dem Fuß auf den Boden. »Aber ich tue es trotzdem. Du weißt gar nicht, wie sehr es mir leid tut. Ich dachte, ich hätte dich verloren, und das hätte mich fast umgebracht.«

»Ich hasse Streit ebenso wie du.«

Cal kam näher und flüsterte: »Sarah, ich muss dir etwas erklären. Den wahren Grund, warum ich nach Wyldcliffe gekommen bin.«

»Warum? Cal, was ist los?«

Er sah mir jetzt direkt ins Gesicht. »Ich liebe dich! Ich liebe Sarah Venetia Rosamund Fitzalan. Wenn du mich willst, natürlich.«

Ich blieb stumm. Ich hatte keine Worte für das, was soeben geschehen war. Wir küssten uns, und dieser Kuss besiegelte einen Bund für die Ewigkeit, den weder Streit noch Missverständnisse jemals würden brechen können. Fest, ewig und unzerstörbar wie ein Stein in meiner Tasche.

»Lass uns gehen, Sarah«, sagte Helen, »es ist Zeit.«

Dann stiegen wir auf die Pferde und ritten wie vier Racheengel durch das immer dunkler werdende Land. Wir bewegten uns vorsichtig immer am Rand des Sumpfes entlang, dann noch höher zum White Tor und zu den Tropfsteinhöhlen. Als wir ankamen, glitten wir von den Pferden und banden sie an einen Akazienbaum.

»Hab keine Angst«, flüsterte Cal, als er sah, dass ich mich angstvoll nach unseren Pferden umdrehte. »Ich kümmere mich später um sie, was immer auch passiert. Ich verspreche es.«

Ich lächelte ihn kurz an, seine Fürsorge rührte mich. Doch dann schaute ich mich um. Es war das erste Mal, dass ich am White Tor war, aber ich erkannte den Eingang zur größten Höhle sofort. Alles war genauso, wie Maria es in ihrem Tagebuch beschrieben hatte. In Gedanken dankte ich ihr.

Josh führte uns voller Ungeduld in die Höhle, er wollte so schnell wie möglich zu Evie. Er hatte bereits zuvor einige der Höhlensysteme in Wyldcliffe erkundet und wusste, wie gefährlich unterirdische Hohlräume waren. Enge Stollen ohne Atemluft, tiefe Spalten, Steinschläge und Wassereinbrüche – dagegen war er gewappnet. Aber gegen die bösen Geister, die diese geheimen Orte der Unterwelt bevölkerten, war auch Josh hilflos. Wir konnten nur zwei Dinge tun: einander vertrauen und auf das Schicksal hoffen.

Josh schritt voran, und wir folgten ihm in den ersten Tunnelgang. Schon bald erreichten wir den Ort, den Maria erwähnt hatte, eine Erweiterung, als hätte jemand ein Zimmer in die Felsen gehauen. Damals auf ihrem Weg war der Raum verschlossen gewesen, und Sebastian hatte seine magischen Kräfte benutzt, um den Zugang in das unterirdische Königreich frei zu machen. Aber heute brauchten wir das nicht. In der Felswand war eine Öffnung wie ein Rundbogenfenster, in die elegant geschwungenen Ränder waren Runen und Beschwörungen eingeritzt, seltsame Zeichen aus einer anderen Welt. Diese einladend geöffnete Tür war mir unheimlich. War das etwa eine Falle?

Wir mussten hier durch, wir hatten keine andere Wahl. Cal drückte kurz meine Hand, als wir in einen noch engeren und niedrigeren Tunnelgang kamen. Der Schein unserer Taschenlampen zauberte bizarre Schattenbilder auf die bedrohlich nahen Felswände.

Ganz vorne konnte ich Josh sehen, tief gebückt, dahinter Helen mit gebeugtem Kopf und eng angelegten Armen. Helen, die Verkörperung der Luft und des Lichts, musste in dieser Enge wohl am meisten leiden. Ich hatte wenigstens Cal an meiner Seite. Selbst hier konnte ich die Wärme seiner Liebe spüren. Er war zurückgekommen, um bei mir zu sein, hatte seinen Stolz überwunden und wollte einen Neuanfang wagen. Diese Strapazen nahm er für mich und für meine Freundinnen auf sich. Wo immer er war, da fühlte ich mich zu Hause. Und Helen? Wie konnte sie diese Einsamkeit nur ertragen? Aber wenn sie eines Tages die Liebe finden würde, dann wäre es etwas ganz Tiefes, eine Liebe, von der andere Menschen nur träumen konnten. *Eine Liebe jenseits der Grenzen der Welt*, hatte Miss Scratton ihr das nicht versprochen? Ich fragte mich, was sie damit gemeint hatte und wann diese Zeit für Helen kommen würde. Doch dann fiel mir ein, wie oft Miss Scratton gelogen hatte. Vielleicht war dieses Versprechen ja auch eine Lüge.

»Halt!«, flüsterte Josh. »Wir haben das Ende des Tunnels erreicht. Seid vorsichtig.«

Einer nach dem anderen betraten wir die Höhle, in der Maria vor fast hundert Jahren gestanden hatte. Der Schein meiner Taschenlampe war zu schwach, um den ganzen Raum zu beleuchten, aber ich konnte hohe Felsen, Kristallformationen und herabhängende, leuchtend gelbe Stalaktiten erkennen. Die Luft war sehr kalt, und der unterirdische See schimmerte tiefschwarz, schwarz und undurchdringlich wie Erdöl. Das gegenüberliegende Ufer konnte ich nicht erkennen, es war zu weit entfernt. Wie die Schläge eines Herzens hörte man Wassertropfen auf den Boden fallen, sehen konnte man sie nicht. Jetzt kamen alle meine Ängste zurück, und mir graute es vor den Klauenhänden der Kinsfolk, die mich umklammerten und jederzeit in die Tiefe schleifen konnten.

Wie von unsichtbarer Hand entzündet tauchten brennende Fackeln auf. Sie steckten in Felsnischen und tauchten die Höhlenwände in warmes Licht. Aber der See … von ihm ging etwas Böses aus. An seinem Ufer erkannte ich einen ausgehöhlten flachen Steinblock, der mit Wasser gefüllt war. Es war ein aus dem Felsen herausgehauener Sarg.

»Nein, nein, nein!«, stöhnte Helen. Dann sah ich es auch.

In dem steinernen Sarg lag Evie, ganz und gar mit Wasser bedeckt. Ihre Lippen waren leicht geöffnet, die Augen dagegen waren geschlossen. Ihre Haut war kalkweiß, alles Leben war aus ihr gewichen. Es stimmte also. Meine Vision hatte sich bewahrheitet. Evie war tot, und unsere Mühen waren vergebens. Die ganze Welt schien plötzlich still zu stehen. Ich spürte Schmerzen auf mich zukommen wie ein Felsblock, der auf mich herabzustürzen drohte, doch ich war wie gelähmt, unfähig, mich zu wehren.

Josh taumelte nach vorne und schrie verzweifelt auf. Er tauchte seine Arme ins Wasser und hob Evies Körper aus dem Sarg. Auf seinem Gesicht zeichneten sich Höllenqualen ab, als er zu Boden sank und Evies leblosen Körper sanft hin- und herwiegte.

»Evie, komm zurück, komm zurück«, murmelte er und streichelte über ihr feuchtes Haar. »Mein Schatz, meine Liebste …« Er schien sie wieder ins Leben zwingen zu wollen, aber sie hing schlaff und leblos in seinen Armen. Dann blickte er auf, seine Augen irrten hektisch herum, als würde er jemanden suchen. »Agnes«, rief er, »wenn du mich hören kannst, hilf mir! Deine Heilkraft entzünde sich in mir! Agnes, hilf mir!«

Hilf mir … hilf mir … hilf mir …

Die Worte hallten durch die Höhle. Josh berührte Evies Gesicht, als wollte er sie segnen, dann küsste er ihre feuchten Lippen.

»Seht nur!« Ich schnappte nach Luft. Evies Augenlider flatterten, und ein Atemzug ließ ihren Körper erzittern. Sie setzte sich auf und schlang ihre Arme um Joshs Hals, und im nächsten Augenblick waren wir alle bei ihr. Wir umarmten sie, lachten und weinten gleichzeitig vor Freude und vergaßen in diesem Glücksmoment jede Angst und jede Vorsicht.

»Da seid ihr also. Willkommen!« Eine spröde Stimme zerschnitt unsere Freude wie ein Messer. In der Mitte des Sees tauchte eine kleine Insel auf. Auf ihr thronte eine Gestalt, mit dem Rücken zu uns, die in einen weiten Umhang gehüllt war. Ich versuchte, mich innerlich zu wappnen, bevor ich die verhasste Kreatur ansah, das Ungeheuer, das einmal Helens Mutter gewesen war. Die todbringende Priesterin.

»Willkommen!«, wiederholte sie schleppend und wandte sich zu uns um, dabei ließ sie die Kapuze von ihrem Gesicht gleiten. »Ich bin die Priesterin. Auch ihr seid Priesterinnen. Wir sind alle Priesterinnen.« Aber es war nicht Celia Hartles Geist, der da vor uns stand. Es war Laura.

Siebenundzwanzig

»Laura? Aber das kann nicht sein!«

Ich erinnerte mich an Laura van Pallandt als hübsches, verwöhntes und nicht besonders cleveres Mädchen, das immer mit ihrer Cousine Celeste und deren Gefolge herumhing. Sie hatte dickes honigfarbenes Haar und leicht aufgerissene Augen, als ob das Leben sie stets aufs Neue überraschte. *Aber sie ist tot,* sagte ich mir immer wieder. *Laura ist tot, das kann nicht sein.* Ich zwang mich, in das graue Gesicht der geisterhaften Erscheinung zu blicken. Ihre Augen waren blutunterlaufen, und ihre Haare hatten die Farbe von welken Blättern, aber sie war das Mädchen, das ich einmal gekannt hatte, da war ich ganz sicher. »Laura!«, schrie ich ein zweites Mal.

Sie richtete ihre leeren Augen auf mich. »Laura … Laura …«, wiederholte sie mit monotoner Stimme. »Ja, das war einmal mein Name. Aber das Leben hat mich verlassen, ich bin nicht mehr länger wie ihr. Ich diene dem König der Unbesiegten und seiner Priesterin. Ich bin die Priesterin«, verkündete sie. »Wir alle gehören der Priesterin. Auch ihr gehört der Priesterin.«

»Das stimmt nicht«, sagte Helen trotzig, »ich gehöre niemandem.« Ich hatte sie das schon einmal sagen hören. Damals hatte es traurig geklungen, jetzt sprach Stolz aus ihrer Stimme.

»Ihr werdet alle mir gehören.«

Eine neue Stimme ertönte. Laura sank in sich zusammen, Angst und Schmerz spiegelten sich in ihrem Gesicht. Eine unsichtbare Kraft zwang mich zu Boden und ließ mich vor Celia Hartles fleischgewordener Erscheinung niederknien. Die ehemalige Oberste Mistress von Wyldcliffe, die Führerin des Zirkels der Dunklen Schwestern und jetzt die treue Dienerin der Unbesiegten. Als sie aus den Schatten trat, stürzte Cal neben mir ächzend zu Boden, Helen strauchelte, dann musste auch sie sich verbeugen und ihrer Mutter die Ehre erweisen. Evie brach zusammen, Josh versuchte noch, ihren Sturz zu mildern.

Mrs Hartles Gesicht war geschrumpft wie bei einer Mumie, ihr Körper war von wirbelnden Nebeln umhüllt. Als sie auf uns zukam, rieselten Staub und Asche von ihr herab, sie schwebte über das Wasser, ohne in den schwarzen Fluten zu versinken. Sie schnippte mit den Fingern, und schwarze Feuerzungen loderten auf. Cal und Josh wurden von einem unsichtbaren Wind umgerissen, und in der nächsten Sekunde waren sie an Steinsäulen gekettet.

»Ach«, höhnte sie, »ihr habt eure Freunde mitgebracht? Helen, du überraschst mich, ich hätte nicht gedacht, dass du jemandem gefallen könntest. Vor allem nicht einem so gut aussehenden jungen Mann.« Sie strich mit ihren knöchernen Fingern über Joshs Wange, und er wich zurück. Im nächsten Moment waren die beiden geknebelt. Sie wehrten sich nach Kräften, um sich zu befreien, aber vergebens. Ich wollte Cal zu Hilfe eilen, aber ich konnte mich nicht bewegen, die Priesterin hielt uns mit magischer Kraft am Boden fest. Ich suchte fieberhaft nach einer Erdbeschwörung, um den Boden zu erschüttern und die Steinpfeiler zu sprengen, aber Mrs Hartles übermächtige Bösartigkeit lähmte meine Gedanken.

»Lass sie los«, fauchte Helen, »sie sind unsere Freunde. Aber das verstehst du natürlich nicht.«

»Ich sage dir, was ich nicht verstehe«, in Mrs Hartles immer noch ruhiger Stimme schwang jetzt ein gefährlicher Unterton mit, »ihr seid hierher gekommen, um eure geliebte Freundin zu retten. Aber ihr werdet es nicht schaffen. Ihr habt genau das getan, was ich inszeniert hatte, ihr seid meinen Wünschen gefolgt. Ich habe euch beobachten lassen. Nach dir habe ich nachts in deinen Träumen gerufen, Helen. In der ersten Nacht nach den Ferien habe ich euch zum Blackdown Ridge gelockt. Ich wollte euch eine Chance zum Nachdenken geben. Ihr hättet euch entschließen können, nicht mehr in irgendwelchen Geheimnissen herumzustochern und euch meiner großen Sache anzuschließen. Aber ihr habt euch geweigert. Ihr habt eure lächerlichen Kräfte gegen mich gerichtet, ihr alle, selbst Agnes, diese einfältige Verräterin, die einfach nicht in ihrem verfluchten Grab bleiben will.«

»Was wollen Sie?«, fragte ich verzweifelt. »Warum haben Sie Evie geholt? Warum ist Laura hier?«

»So viele Fragen auf einmal!« Sie schien amüsiert. »Aber schon die erste ist hochinteressant. Die Kernfrage aller Philosophie! Was will ich? Eine der großen Fragen des Lebens. Warum sollte ich dir das verraten?« Wieder schoss ein Feuerpfeil aus ihr heraus, und es fühlte sich an, als hätte er mich mitten ins Gesicht getroffen. »Aber andererseits – warum nicht? Es wäre amüsant, euch um Gnade betteln zu sehen, im Angesicht meiner Allmacht.

Ich wollte unsterblich sein, so wie Sebastian es versprochen hatte«, fuhr sie bedächtig fort, als ob sie sich an etwas weit Zurückliegendes erinnern würde. »Du und deine Freundin Evelyn Johnson haben das verhindert. Ja, ihr wart klug. Klugheit oder Glück – was war es, frage ich mich?«

»Wir konnten Sie aufhalten, weil wir im Recht waren«, sagte ich. »Das Böse gewinnt nie, zumindest nicht endgültig.«

»Niemand gewinnt endgültig, nicht in dieser Welt, denn der Tod nimmt uns letztendlich alles, selbst den Siegern. Als das mit Sebastian misslungen war, suchte ich nach einem anderen Weg, mich aus dem Griff des Todes zu befreien, und ich fand ihn. Mein Gebieter ist der Großmeister der Unbesiegten, ihr Ewiger König, und ich bin seine Priesterin. Wenn ich ihm diene, werde ich für immer im Reich der Schatten leben.«

»Wer will in den Schatten leben, wenn er einmal das Licht gesehen hat?«, fragte Helen herausfordernd. »Und selbst die Unbesiegten Lords wird es nicht ewig geben. Die Zeit selbst wird am Ende aller Dinge zerstört werden, wenn das Jüngste Gericht kommt. Dann werden sie für alles zur Rechenschaft gezogen, was sie getan haben. Der Allmächtige Schöpfer sieht alles.«

Der wabernde Nebel um Mrs Hartles Erscheinung erzitterte einen Moment, als ob sie an sich zweifelte. Doch dann lachte sie. »Oh, ich hoffe, du wirst dabei sein, wenn ich vor dem Gottesgericht stehe, falls es jemals so weit kommt; was ich bezweifle. Eure Götter sind erschöpft. Nur die Macht ist wahrhaftig.«

»Die Macht ist wahrhaftig«, wiederholte Laura aus dem Hintergrund, »die Priesterin wird triumphieren.«

»Wie ist Laura in all das hineingeraten?«, fragte Helen

und hielt ihre Augen fest auf das Gesicht ihrer Mutter gerichtet. »Was hast du mit ihr gemacht?«

»Warum fragst du, meine Tochter? Du warst doch in der Nacht dabei, als der Zirkel Lauras Seele eingesaugt und ihre Kräfte und ihre Energie geraubt hat, um Sebastian zu ernähren und unsere Hoffnungen am Leben zu erhalten.«

»Nur weil du mich gezwungen hast!«, schrie Helen. Ihre quälenden Schuldgefühle waren offensichtlich, und mir wurde klar, welch erdrückende Last Lauras Tod für sie gewesen war.

»Du hättest dich ja weigern können, bei der Zeremonie dabei zu sein«, erwiderte Mrs Hartle, »und aus diesem Grund, Helen, bist du genauso verantwortlich für Lauras Tod wie meine anderen Dunklen Schwestern, allein aufgrund deiner Anwesenheit. Du hast gesehen, wie ich zu viel von ihrer Jugend in mich eingesaugt habe und sie starb. Aber ihre Seele blieb am Leben. Unsere Magie hatte sie von ihrem Körper getrennt und unter meine Herrschaft gebracht. Als Lauras Körper starb, blieb ihre Seele zwischen dieser Welt und dem Jenseits gefangen. Und als diese Velvet auf dem alten Altar ihren Hokuspokus veranstaltete, löste sie nicht nur die Fesseln, die mich banden, sondern sie befreite auch Lauras Seele. Ich nahm sie in mir auf, und deshalb lebt sie jetzt weiter, unter meiner Führung.«

»Keine Wahl … musste mich … der Priesterin unterwerfen«, brabbelte Laura vor sich hin.

»Lassen Sie Laura frei!«, rief ich. »Hören Sie auf, sie zu quälen und Helen auch. Lassen Sie die beiden gehen.«

Mrs Hartle lachte. »Sie gehen lassen? Ihr werdet alle mir gehören, ob ihr wollt oder nicht. Widerstand ist zwecklos.

Ich werde eure Seelen mit Gewalt brechen und mir untertan machen. Laura ist die Erste, aber viele werden ihr folgen. Durch eure Seelen wird meine Macht größer und größer werden, wie bei einer Spinne, die tausende von Eiern legt. Mein Meister wird zufrieden sein. Eine ganze Armee wird unter unserem Kommando stehen und Wyldcliffe zerstören.« Mrs Hartle blickte lockend zu Helen hinüber. »Aber wenn du freiwillig zu mir kommst, Helen, wie meine Schwestern im Zirkel, dann wartet ein gnädigeres Schicksal auf dich. Du wirst mein Gefolge anführen und den Ruhm mit mir teilen.«

»Nichts auf der Welt kann mich dazu bewegen«, sagte Helen.

»Bis auf deinen sehnlichsten Wunsch«, erwiderte Mrs Hartle. Ihre Stimme klang auf einmal sanft. »Mutterliebe. Komm zu mir, und ich verspreche dir, dass ich dich immer lieben werde.« Sie breitete die Arme aus, und ihr eben noch maskenhaftes Gesicht verwandelte sich in das Antlitz einer jungen und wunderschönen Frau. Voller Unruhe blickte ich zu Helen hinüber. Würde sie diesem verlockenden Angebot widerstehen können? Ihr sehnlichster Wunsch würde endlich in Erfüllung gehen!

Helen keuchte: »Du bist so grausam! Tu doch nicht so, als ob du mich lieben würdest! Niemand kann das. Niemand!«

»Ich habe dich immer geliebt, mein Kind, obwohl uns das Schicksal entzweit hat«, flüsterte Mrs Hartle, und einen Augenblick lang glaubte ich ihr. Aber als sie nach Helen griff, erkannte ich das wilde Glitzern in ihren Augen, das ihre Gier nach Helens Kräften verriet. »Wir können noch einmal von vorne anfangen. Komm zu mir«, lockte sie flüsternd.

Helen erhob sich und schritt auf ihre Mutter zu, als wäre sie ferngesteuert.

»Nein, Helen, das sind alles Lügen, glaub ihr kein Wort!«, schrie Evie verzweifelt, aber Helen hörte nicht auf sie.

»Ich liebe dich!«, schluchzte sie, als sie Mrs Hartle direkt gegenüberstand. »Ich habe dich mein ganzes Leben lang geliebt! Ich hätte alles für dich getan!«

Ich war schockiert. Wenn Helen uns ihre Hilfe verweigerte und zu ihrer Mutter zurückkehrte, dann war alles verloren. Und sie würde durch die Hölle gehen. Das durften wir nicht zulassen. Cal und Josh versuchten immer noch, sich von den Fesseln zu befreien, während Evie verstört zu der weinenden Helen hinüberblickte. Ich bemühte mich, Kontakt mit dem Talisman aufzunehmen, der immer noch unter meiner Kleidung versteckt um meinen Hals hing. *Lass Helen die Wahrheit erkennen, Agnes,* betete ich innerlich, *lass sie wissen, dass wir sie so lieben, wie sie ist, nicht wegen ihrer Kräfte. Erspare ihr die Enttäuschung.*

»Endlich, mein Kind«, sagte Mrs Hartle, »endlich hast du Vernunft angenommen.«

»Ich … ich habe gelernt, dass ich nicht so sein kann wie du«, erwiderte Helen. Man merkte ihr an, wie viel Mühe sie diese Worte kosteten: »Ich habe dich geliebt und gehasst, und jetzt habe ich gelernt, ohne deine Liebe zu leben. Hier, das hast du mir gegeben, aber es hat mich nur in Schwierigkeiten gebracht. Nimm es zurück, und vergiss, dass du einmal eine Tochter hattest.« Sie löste die Brosche mit dem stilisierten Flügelpaar von ihrer Bluse und hielt sie ihrer Mutter hin. »Lass es hier zwischen uns zu Ende sein.«

Mrs Hartle starrte überrascht auf das glitzernde

Schmuckstück in Helens Hand, und ein rätselhafter Ausdruck glitt über ihr Gesicht. Sie schien mit sich zu kämpfen. Als wäre dieser Moment ihre letzte Chance, sich zwischen Gut und Böse zu entscheiden, zwischen Wahrheit und Lüge.

»Du hast also das Siegel gefunden«, flüsterte sie kaum hörbar, »das einzig Gute, das du jemals von mir bekommen hast. Versteck es, bevor ...«, dann brach sie ab, und ihr Gesichtsausdruck veränderte sich erneut. »Dafür habe ich jetzt keine Zeit. Willst du zu mir kommen oder nicht? Das ist das letzte Mal, dass ich dir die Wahl lasse. Entscheide dich! Für oder gegen mich!«

»Ich habe meine Entscheidung schon getroffen«, antwortete Helen mit zitternder Stimme, als ob jedes Wort ihr Schmerzen bereitete. Sie blickte erst uns und dann ihre Mutter an. »Ich habe mich für meine Freunde entschieden. Ich wähle meine Freiheit ... nein zu dir zu sagen.« Es brach mir fast das Herz, sie so zu sehen, so zerbrechlich und ungeschützt und doch so mutig.

»Du hast die Verliererseite gewählt! Du hast Untergang und Verzweiflung gewählt!« Ein Wutanfall riss die Maske der Güte von Mrs Hartles Gesicht und enthüllte wieder ihr entstelltes mumifiziertes Gesicht. »So sei es! Von diesem Moment an bist du ein Niemand für mich.«

»Und du für mich«, erwiderte Helen, ihr Gesicht schien zu Stein erstarrt. »Wir werden dir niemals untertan sein, und du wirst für immer in deinem selbst gewählten Elend gefangen sein! Wir haben uns nichts mehr zu sagen. Mach Platz, und lass uns gehen!«

»Meinst du etwa, du könntest mich einfach wegschicken und kommen und gehen, wie es dir gefällt?« Mrs Hartles Ton war jetzt schrill. »Wie kannst du es wagen!«

Sie stieß Helen von sich, die neben mir zu Boden stürzte. Dann lachte sie dröhnend laut, wutverzerrt und grausig. »Ich werde nicht zulassen, dass einer von euch flieht, nicht einmal durch das Tor des Todes. Ihr werdet hierbleiben, hier an dem unsichtbaren Ort unter der Erde, und alle eure Kräfte werden mir dienen!«

Mrs Hartle schien sich in unsere Gedanken zu schleichen und mental zwischen uns hin- und herzupendeln. Dabei versuchte sie, unsere Stärken und Schwächen auszuloten und jedes Geheimnis tief in uns zu ergründen. »Willkommen, Schwester«, sagte sie zu Evie, »du schenkst mir die Mystischen Kräfte des Feuers und des Wassers. Es wird wunderbar sein, deine Macht in mir zu spüren, die süße Rache dafür, dass ihr Sebastian gerettet habt. Aber ihr werdet dieses Glück nicht haben, das verspreche ich euch. Es gibt niemanden mehr, der euch retten kann.

Helen, du bringst mir die Mystischen Kräfte der Luft, das erste und größte aller Elemente, Atem des Lebens, die Essenz der Schöpfung. Und du, kleine Erdfrau«, fügte sie höhnisch hinzu, »selbst du opferst deine dreckig braune Mystische Kraft der Erde auf meinem Altar. Wenn ich mit meinen Dunklen Schwestern zurückkehre, werden wir die Seelen aus euren Körpern heraussaugen. Ihr werdet wie Laura sein, für immer an eure Herrin gebunden. Bis es soweit ist, werde ich euch bewachen lassen. Von mir treu ergebenen Wesen, die zusammen mit Laura erwacht sind. Ich habe sie in den Schatten um mich geschart. Und am Ende werden sich alle Dinge um mich drehen.«

Es wurde noch dunkler. Die Priesterin schwebte auf dem Wasser zurück zur Insel, ihr Schatten hüllte die arme Laura ein wie ein schwarzer Mantel und ließ sie unsichtbar werden.

»Erwacht, Kreaturen der Nacht!«, rief Mrs Hartle. »Bewacht meine Beute.«

Aus den schwärzesten Schatten war eine Horde missgestalteter Kreaturen aufgetaucht. Mit ihren deformierten Köpfen und den plumpen Körpern wirkten sie wie modellierte Erdklumpen. Um Hals und Handgelenke trugen sie eiserne Ketten. Ihre Haut wirkte ledern, wie mumifiziert. Evie wandte entsetzt den Blick ab, als sie uns einkesselten, aber ich wusste, wem wir gegenüberstanden.

Die Kinsfolk. Die urzeitlichen gebeugten Kreaturen, die Maria angegriffen hatten.

Als sie näher kamen, konnte man es riechen: den Duft des Todes. Einige hatten Speere mit Bronzespitzen in den Klauenhänden, andere Keulen. Wieder andere trugen Trommeln und Lederbeutel über ihren Schultern. Als der Anführer Evie mit seinem Speer bedrohte, überlief mich ein kalter Schauer.

»Dieses Mädchen gehört uns«, schien er zu sagen. Sein schiefer Mund bewegte sich kaum, aber ich verstand seine Gedanken. »Sie lag im Steinbett und schlief im Wasser. Ihr habt sie uns als neue Königin der Kinsfolk versprochen.«

»Du Dummkopf! Ich bin eure neue Königin!«, rief Mrs Hartle. »Ich habe mit diesem Versprechen eure Gedanken aufgeweckt. Eure einzige Aufgabe ist es, die Gefangene zu bewachen, bis ich bereit bin, mich ihr zu widmen. Sonst nichts! Finger weg von ihr! Achtet auch auf die anderen.«

»Versprechensbrecherin!«, grunzte er. Die anderen Kinsfolk nahmen dieses Wort auf und stießen mit den Speeren auf den Boden. »Versprechensbrecherin! Wir verfluchen dich, Geistfrau! Verflucht seist du! Verflucht bis in alle Ewigkeit!«

»Ruhe! Das Mädchen gehört mir!« Die Priesterin

hob die Hand und schleuderte einen Feuerpfeil auf einen Kinsfolk. Er begann zu brennen wie eine Fackel und schrie in Todesangst. Dann stürzte er sich in den See, um die Flammen zu löschen. Es trat wieder Stille ein. Das Einzige, was ich sicher wusste, war: Mrs Hartle hatte die Macht, uns alle zu töten.

»Das Mädchen gehört mir«, wiederholte sie mit eisiger Stimme. »Sie gehören alle mir, genau wie ihr. Achtet auf sie, bis ich zurück bin, sonst werde ich euch bestrafen. Mit Qualen, die selbst ihr euch nicht vorstellen könnt. Die Männer dürft ihr töten, wenn ihr wollt. Seid zufrieden damit.«

Wieder ertönte missmutiges Murmeln, aber der Anführer verbeugte sich tief: »Die Geistfrau hat gesprochen. Die Kinsfolk haben deine Worte gehört.«

»Dann tut wie euch geheißen!« Die Priesterin hüllte sich in eine Nebelwolke und verschwand. Mit ihr verschwand auch der lähmende Bann. Die Ketten, die Cal und Josh gefesselt hatten, zerfielen zu Staub, auch wir konnten uns wieder frei bewegen. Wir rückten eng zusammen, während Mrs Hartles Kreaturen ihren Kreis immer enger um uns zogen wie gnadenlose Jäger.

Ihre scharfen Waffen waren wie eine Mauer, es gab kein Entrinnen. Keinen Ausweg.

Achtundzwanzig

Die Kinsfolk attackierten mit unvorstellbarer Kraft und atemberaubendem Tempo. In Windeseile hatten sie Josh und Cal überwältigt und pressten ihnen ihre Feuersteinmesser an die Kehle. Dann reckte der Anführer den Arm in die Höhe, um seinen Speer in Cals Herz zu rammen, und seine Krieger riefen: »Tod! Tod! Tod!«

»Nein«, schrie ich und warf mich dem Anführer zu Füßen. »Halt! Tut das nicht, ich bitte euch!«

Er hielt inne und fixierte mich mit seinen schwarzen Schlitzaugen. »Das ist der Blutlohn für die Kinsfolkkrieger. Es ist unser Recht. Die Geistfrau hat uns diese Männer überlassen.«

»Ich werde euch etwas Wertvolleres schenken, wenn ihr sie am Leben lasst«, stieß ich hervor.

»Was wirst du uns schenken?«

»Ich … ich werde eure Königin sein«, stammelte ich. Bilder schossen mir durch den Kopf, Marias Schluchzen und die gierigen Hände, die aus einer roten Dampfwolke nach mir griffen. Ich hörte die Trommeln, ich spürte den Dolchstoß, und ich dachte, ich müsste mich übergeben. Panik flutete durch meinen Körper, aber jetzt konnte ich nicht mehr zurück. Ich hatte meine Freunde in Gefahr gebracht, und ich musste ihnen helfen. Ich griff in meine Tasche und zog die Bronzekrone heraus.

»Hier, das gehört euch. Nehmt es, und nehmt mich. Aber gebt meine Freunde frei.«

Die Kinsfolk sabberten vor Gier, als sie die Krone sahen, aber Cal stöhnte: »Sarah, das darfst du nicht tun. Ich lasse das nicht zu!«

»Sie werden euch sonst umbringen! Wir haben keine andere Wahl!«

»Wir sind für uns selbst verantwortlich, jeder Einzelne von uns«, schaltete sich Helen mit verklärtem Blick ein. Hatte sie gerade eine Vision? »Sarah hat den steinigen Weg gewählt, wir können sie nicht aufhalten. Niemand von uns kann das. Es ist ihre Zeit. So stand es geschrieben: ›S‹ für Sarah.«

Evie war starr vor Entsetzen, versuchte aber, mir Mut zu machen: »Ich glaube an dich, Sarah. Ich vertraue darauf, dass du die richtige Entscheidung triffst.«

»Nehmt mein Angebot an«, flehte ich und überreichte dem Kinsfolkführer die Krone. »Lasst meine Freunde frei, bevor die Priesterin zurückkehrt.«

»Das willst du für uns tun? Um deine Freunde zu retten?«

»Ja«, antwortete ich, »ich verspreche es. Und ich breche meine Versprechen nie.«

»Du hast den Kinsfolk die verlorene Krone zurückgebracht«, sagte er mit feierlicher Stimme und verbeugte sich leicht. »Wir werden den Befehl der Geistfrau missachten und die anderen freilassen. Aber du musst bei den Kinsfolk im unterirdischen Königreich bleiben und ihre Krone tragen. Versprichst du das? Einverstanden?«

»Einverstanden«, sagte ich, »aber du musst meine Freunde auf der Stelle gehen lassen, damit sie sich in Sicherheit bringen können.«

»Wir werden ihnen einen Geheimgang zeigen. Er führt vom unterirdischen Königreich in den Steinkreis der Himmelswelt.«

»Ich kann dich hier nicht allein lassen«, sagte Cal gequält.

»Du musst! Sonst seid ihr verloren. Wenn Mrs Hartle zurückkommt, dann wird sie dich und Josh töten und Evie und Helen zu ihren Sklavinnen machen. Und auch mich. Ich muss das tun; nur so habt ihr eine Chance. Geh! Geh jetzt!«

»Sarah hat Recht«, gab Josh widerstrebend zu, »sie ist jetzt unsere einzige Hoffnung. Wir müssen tun, was sie von uns verlangt.«

Ich umarmte meine Freunde, einen nach dem anderen, zuletzt Cal.

»Du hast mir unendlich viel geschenkt«, flüsterte ich, »genug für die Ewigkeit.« Unsere Augen trafen sich, und ich verstand alles: Cal war derjenige, der mich erkannt hatte, bis ins Innerste meiner Seele. Der, vor dem ich keine Geheimnisse hatte. Der mich liebte. Nicht deswegen, weil ich gut oder stark war, sondern nur weil es mich gab, um meiner selbst willen. Er liebte alles an mir, meine Stärken und meine Schwächen. Aber ich musste mein Versprechen halten. Ich musste ihn gehen lassen.

»Ich liebe dich«, flüsterte ich, »das ist nicht das Ende für uns.«

»Es darf nicht das Ende sein. Ich werde es nicht zulassen. Ich werde im Steinkreis auf dich warten, ich werde für dich da sein, wenn du das alles überstanden hast …«, seine Stimme brach, er konnte nicht mehr weitersprechen.

»Ich werde es überstehen«, sagte ich, »warte auf mich.« Mit einem Lächeln schob ich ihn von mir weg, damit er meine Tränen nicht sah. Sanft, aber bestimmt zog Josh Cal an seine Seite. Es gab nichts mehr zu sagen.

Es war Zeit.

Ich war bereit.

»Du musst den Geheimgang nehmen«, sagte der Anführer der Kinsfolk zu Josh, »meine Krieger werden euch führen.« Zwei der lederhäutigen Gestalten gingen mit Fackeln in der Hand voran. Sie zogen an einem der Stalaktiten, und mit einem Donnergrollen tat sich ein Durchgang in der Höhlenwand auf. Das war der geheime Weg zurück ins Licht, aber nur für Josh, Helen, Evie und Cal. Nicht für mich. Ich blieb zurück.

Ich sah ihnen nicht nach, sondern schloss die Augen, bis der Klang ihrer Schritte verhallt war. Und dann war ich allein in den tiefsten Tiefen der Erde. Ich hatte ein Versprechen zu erfüllen.

Die zurückgebliebenen Kinsfolk zogen mich auf die andere Seite der Höhle. Dort erhob sich ein riesiger Felspfeiler. Er stand da wie ein steinerner Baum, der mit roten Lämpchen geschmückt war. Der Anführer entzündete sie mit seiner Fackel, schwerer süßer Rauch erfüllte die Luft. Und dann begann es. Ich hörte die Trommeln. Den monotonen Singsang. Ich sah die kalten Klauenhände, die sich nach mir ausstreckten, und spürte, wie sie an meinen Kleidern und meinen Haaren zerrten. Maria hatte das auch erlebt und war in Panik geraten. Sebastian hatte sie gerettet. Aber ich musste es ertragen. Dann berührten die Finger des Anführers den Talisman, der immer noch um meinen Hals hing, er zuckte zurück und schrie: »Aiiii! Sie trägt den Stein der Kraft! Sie hat Zauberkräfte!«

Das Trommeln und das monotone Singen wurden noch ekstatischer, die bizarren Töne hallten von den Höhlenwänden wider. Einer der Kinsfolk nahm ein großes Stück groben Stoff aus seinem Beutel und legte es mir wie ein Festgewand um die Schultern. Dann banden sie mich an den Steinbaum, wetzten die Messer und schärften die Speere. Instinktiv wollte ich schreien, aber der schwere süße Rauch kroch in meinen Kopf und flüsterte mir alte Geschichten zu, die meine Angst dämpften.

Hör auf die Trommeln.

Bis jetzt hatte ich die Trommeln in meinem Kopf gehört, nicht in meinem Herzen. Ich hatte nur das gehört, was in meinen Ohren klang, wild, furchterregend und fremd. Aber jetzt hier, tief unter der heiligen Erde, hörte ich mit meiner Seele. Ich hörte zu, und losgelöst von meiner Angst verstand ich endlich. Die Trommeln waren ein Klagelied über die lange Sklaverei der Kinsfolk und nicht etwa ein Aufruf zum Krieg. Im Gegenteil: Sie waren ein Aufruf zum Leben. Die Trommeln schlugen im Takt meines Herzens, und mir wurde klar, dass sich in dieser Höhle noch ein anderes Schicksal erfüllte, nicht nur mein eigenes.

»Wer bist du?«, fragte ich. »Wo kommst du her?«

»Ich bin Kundar«, sagte der Anführer. Er berührte seine vernarbte Brust. »Ich bin der Häuptling. Wir sind Erdmenschen. Sklaven. Die neue Königin wird uns befreien.« Er griff in seinen Beutel, holte etwas roten Puder heraus, der aussah wie gemahlene Tonerde, spuckte in die andere Hand, mischte eine Paste daraus und malte mir ein Zeichen auf die Stirn, das wie ein Auge aussah. »Sieh mit Kundars Augen. Sieh wie die Kinsfolk.«

Der Rauch lichtete sich, und ich sah wieder klar. Ich war nicht mehr in der Höhle, sondern auf dem Blackdown Ridge. Ich blickte mich um. Die Häuser von Wyldcliffe waren verschwunden. Die Türme und Giebel der Abtei waren verschwunden, das Einzige, was mir bekannt vorkam, war der Steinkreis auf dem Hügel. Unten im Tal sah ich eine Ansammlung von Holzhütten mit Strohdächern. Ich erkannte eine Reitergruppe, kleine gedrungene Männer, die auf ihren struppigen Ponys über das weite Land auf die Hügel zuritten und ihre Bronzespeere im Sonnenlicht schwenkten. In ihren schwarzen Haaren glitzerten rote Strähnen. Als sie näher kamen, sah ich, dass einige von ihnen kunstvolle Armbänder und Ketten trugen und ihre Kleider aus Tierhäuten und Wolle gefertigt waren. Ich erkannte auch, dass hinter ihnen Frauen und Kinder auf den Pferden saßen und sich an ihnen festklammerten. Einige junge Männer rannten barfuß neben den Reitern her.

Nachdem sie die Menhire erreicht hatten, stiegen sie von ihren Pferden. Der ganze Stamm bildete einen Kreis. Sie hielten frisch geschnittene Zweige in die Luft und schwenkten sie hin und her, dabei sangen sie monotone Lieder. Dann wurde ein etwa vierzehnjähriges Mädchen ausgewählt, ein aufgeregtes Raunen ging durch die Runde, die Zweige wurden auf den Boden geworfen. Das Mädchen trat in die Mitte, ihr blasses Gesicht wirkte ängstlich, aber ihre Haltung drückte Stolz und Würde aus. Ein schmaler Bronzereif wurde auf ihren Kopf gesetzt. »Hinab in die Erde«, schrie die Menge, »die neue Königin geht hinab in den Tod! Sie bringt das Leben zurück, für uns alle!«

Dann verschwand das Bild in einem Wirbel aus Farben. Jetzt sah ich die Menschen, wie sie vor ihren Hütten rund um ein Feuer zusammensaßen und gemeinsam aßen. Eine Frau melkte eine Ziege, Kinder spielten und tollten im Gras. Im nächsten Moment war der eben noch so friedliche Ort von gellenden Schreien erfüllt, und blonde Reiter preschten durch das Dorf, zertrampelten die Feuerstelle und schlachteten die Männer ab, die von dem Überfall völlig überrascht waren. Sie griffen sich die Frauen und Kinder und warfen sie auf den Rücken ihrer Pferde. Jammern und Wehklagen erfüllten die Luft.

Das letzte Bild zeigte eine Gruppe von Männern, die von dem feindlichen Stamm überwältigt worden waren. Sie waren aneinandergefesselt und trugen Ketten um ihre Handgelenke und Hälse. Die Körper der Toten waren am Rande des Moors aufgehäuft worden. Die siegestrunkenen Angreifer warfen die Leichen in den schwarzen Sumpf, wo sie langsam versanken. Auch die Gefangenen wurden in den Sumpf getrieben, wo sie durch das Gewicht der Eisenketten unaufhaltsam nach unten gezogen wurden und qualvoll erstickten. Von der Erde verschluckt.

»Nein«, schrie ich, als ich aus der Vision erwachte, »das ist zu grausam, ich will nichts mehr davon sehen.«

»Es ist die Wahrheit. All diese Dinge sind geschehen. Die Männer, die unsere Körper getötet und unsere Frauen geraubt haben, haben uns mit einem Fluch belegt. Unsere Seelen dürfen nicht sterben und ins Land der Ahnen gehen. Deshalb schliefen wir als Sumpfmenschen in der Erde, gefangen zwischen dieser Welt und der nächsten. Alle hundert Winter erwachen wir für kurze Zeit und schleichen durch die Höhlen des unterirdischen Königreichs. Wir sind voller Schmerz und Scham. Wir suchen nach der neuen Königin, aber wir finden sie nicht. Jetzt hat uns die Geistfrau mit Feuer und Zauberei an sich gebunden und zu ihren Sklaven gemacht.«

»Sie will uns alle zu Sklaven machen«, sagte ich.

»Sie ist ein böser Geist. Anders als unsere Königin. Nur die Königin kann Leben zu den Kinsfolk bringen.«

»Wie soll das gehen?«, fragte ich, und mein Herz raste. »Was soll ich tun?«

»Die Königin steigt hinab in den Tod. Sie findet dort den Baum des Lebens, der nie verdorrt. Dann kommt sie mit einem Geschenk des Baumes zurück. Das ist das Zeichen, dass die Kinsfolk in Sicherheit sein werden, viele Winter lang. Und die Königin wird es auch sein.«

»Und wenn … wenn sie diesen Baum nicht findet?«

»Dann ist sie nicht die richtige Königin«, antwortete Kundar frei heraus, »dann bleibt sie in den Tiefen des Todes.«

Jetzt kannte ich die Wahrheit über die Kinsfolk, und diese Wahrheit würde mich entweder zum Sieg oder in den Tod führen. Kundar reckte seine Arme hoch, die Bronzekrone in den Händen. Ich sah sie an. Selbst in der dunklen Höhle schienen ihre Blätter zu leuchten. *Mutter Erde, hilf mir,* bat ich leise. *Allmächtiger Schöpfer, beschütze mich.*

Ich sah in Kundars seltsam verformtes Gesicht, das trotz aller Hässlichkeit einen Hauch von Würde ausstrahlte. Seine schwarzen Augen glänzten im Licht der Fackeln. Die Trommeln setzten wieder ein. Sein Antlitz wurde zu einer grinsenden Maske. Aber seine Augen waren voller Liebe. Es waren die Augen eines freien, ungezähmten Jungen mit einem stolzen Herzen, ein Junge, der mich kannte, im Guten und im Bösen …

»Ich bin bereit«, flüsterte ich, »ich bin bereit.«

Kundar setzte die Krone auf meinen Kopf, und die Kinsfolkkrieger kamen auf mich zu, um mir ihre geschärften Steinmesser in die Brust zu stoßen. Schmerz durchzuckte mich, ein unbeschreiblicher Schmerz …

Ich fiel.

Ich fiel und fiel wie ein Blatt im Wind.

Schließlich fand ich mich in einem tiefen Loch wieder, das in den Boden gegraben worden war. Ich lag auf dem Rücken und öffnete die Augen. In der Ferne leuchteten die Sterne. Dort sah ich Cal, dann das Antlitz meiner Mutter und schließlich einen weißen Schwan. Schmerz drückte mich nieder, aus meinen Wunden strömte das Blut. Mein Leben versickerte in der feuchten Erde. Jemand stand am Rand meines Grabes. Es war Kundar. Er warf eine Handvoll Erde auf mich und sagte bedauernd: »Hinab in den Tod.«

Dann bemerkte ich Evie, die traurig auf mich herabsah. »Für deine lange Reise«, auch sie warf eine Handvoll Erde ins Grab. Helen erschien mit tränenüberströmtem Gesicht. »Für den Weg, der vor dir liegt«, sagte sie und warf einen verwelkten Blumenkranz in die Tiefe. Dann begann die Erde von den Seiten her einzusacken, und schon bald war die Grube mit Erde gefüllt, so schnell, wie sich ein leckes Boot mit Wasser füllt. Ich ertrank in der Erde, ich konnte nicht atmen, in meinem Mund war nur noch Staub, in meiner Lunge lauerte der Tod. *Der Baum,* konnte ich noch denken, *ich habe den Baum nicht gefunden*. Panik erfüllte mich, als mich die schwarze Erde erstickte, und alles Licht, alle Geräusche und alle Gefühle verschwanden für immer.

Neunundzwanzig

Hinab stiegst du in die Erde, Schwester,
du sankst hinab.
Die Steine riefen nach dir,
die Hügel griffen nach deinem Herz.
Hinab stiegst du in die Erde.

Angst packte dich, sie raubte deinen Atem.
Doch die Erde beschützt dich
wie die Arme eines Liebenden.
Wer wird jetzt mit deinen Augen sehen?
Wer tröstet all die, die du zurückgelassen hast?
Hinab stiegst du in die Erde.
Das Gras wächst, die Flüsse rauschen,
aber die Vögel bleiben stumm.
Weißer Schwan, du verlässt uns.
Du bist fort, Schwester.
Hinab stiegst du in die Erde.

Hinab stiegst du ins Grab,
hinab in die Arme des Todes.
Wann werde ich dich wiedersehen?
Ein weißer Schwan fliegt über den Mond
und schweigt.

Helens Stimme weckte mich aus einem langen Schlaf. Ich öffnete die Augen. Ich war in einem Wald, umgeben von hohen schlanken Bäumen. Glockenblumenfelder schimmerten wie violetter Nebel in der Ferne. Auf der Wiese leuchteten weiße Blumen. Ich trug ein langes grünes Gewand, das über und über mit Blüten und Früchten und ineinanderverschlungenen Blättern bestickt war. Die Bronzekrone saß auf meinem Kopf, und ich trug Rosen im Haar. Ein silbernes Amulett hing um meinen Hals. Ich hatte es schon einmal gesehen, ineinandergeflochtene Silberfäden, die einen prachtvollen Kristall einfassten. Natürlich erinnerte ich mich daran. Es war der Talisman. Ich erinnerte mich an alles.

»Nutze ihn gut«, hatte Evie gesagt, »es ist deine Zeit.«

Ich blickte mich um, aber sie war nicht da. Ich war allein an diesem stillen verwunschenen Ort. Die Farben wirkten strahlender als alles, was ich bisher gesehen hatte. Als ob dieses Blau und dieses Gelb und dieses Grün nur für diesen Moment geschaffen worden wären. Die Luft war so rein, dass mir ganz leicht im Kopf wurde. Hier konnte alles wachsen und erneuert werden und Frieden finden.

Ein weißer Pfau stolzierte majestätisch über das Gras. Ich folgte ihm, und schon bald ließen wir den Wald hinter uns. Vor uns breitete sich ein weites Tal mit fruchtbaren Feldern aus, auf denen das schnittreife Korn golden in der Sonne leuchtete. Scharlachrote Mohnblumen streiften meine Knöchel, als ich über das Feld zu einem im gleißenden Licht glitzernden See ging.

Auf einer Insel in der Mitte des Sees erhob sich ein majestätischer Baum. Er sah aus wie der Steinerne Baum in der Unterwelt, aber dieser Baum hier lebte. Es war der Baum des Lebens. Seine Rinde schimmerte golden, seine

Blätter schillerten in allen Farben: von hellem Grün bis Tiefrot. Als ich am Ufer stand und den Baum betrachtete, hörte ich, wie sich neue Blätter entfalteten und die Früchte reiften. Dieser Baum war die Wurzel aller anderen Bäume auf der Erde.

Der Pfau schritt langsam am Ufer hin und her und pickte Samen vom Boden. Wie sollte ich über den See zum Baum des Lebens gelangen? Das Wasser war zwar klar, der Weg aber zu weit, um hinüberzuschwimmen. Wenn nur Evie hier wäre! Dann erinnerte ich mich an ihre Worte. *Nutze ihn gut.* Ich löste den Talisman von meinem Hals und zog ihn durchs Wasser. »Bitte lass mich passieren«, sagte ich, »ich bin ein Kind der Erde. Ich will nichts Böses.«

Am Ufer begann eine Efeuranke aus dem Boden zu sprießen, sie wuchs und wuchs und drehte sich um sich selbst wie ein dickes Seil. Sie reckte und streckte sich über das Wasser bis zur Insel wie eine Hängebrücke. Rasch ging ich darüber bis zum Baum des Lebens, wo alles Atmen und Wachsen wohnte.

»Willkommen, kleine Schwester«, sagte eine Stimme. Woher kam sie nur? »Du hast großen Mut bewiesen. Das ist der Lohn.«

Ein einzelnes Blatt fiel von einem der oberen Äste, schwebte durch die Luft, bis es schließlich auf der Innenfläche meiner Hand landete. »Geh«, sagte die Stimme, »und sei eine Königin.«

In der nächsten Sekunde war ich wieder in der Finsternis. Ein modrig riechendes Grabtuch bedeckte mein Gesicht, und ich spürte etwas Schweres auf meinen Augen. Einen Moment lang überfiel mich Panik. Hatten die Kinsfolk ein übles Spiel mit mir gespielt? Gab es gar keinen

Weg zurück? Mit großer Mühe bewegte ich meine Hand, in der ich immer noch das kostbare Blatt hielt, dann hörte ich Stimmen.

»Sie bewegt sich … sie erwacht!« Ich fühlte Hände, die mich nach oben zogen und mir das Tuch vom Gesicht nahmen. Ich war wieder in der Höhle. Die Fesseln lagen zerschnitten auf dem Boden, und die Kinsfolk umringten mich. Ich trug immer noch das grüne Gewand, aber das Blatt, das ich in der Hand hielt, war aus Bronze. Das Geschenk des Baumes des Lebens. Ich hatte mein Versprechen gehalten.

»Hier ist euer Zeichen«, verkündete ich mit zitternder Stimme, »ein weiteres Blatt für eure Krone.«

»Sie bringt das Geschenk! Sie ist die wahre Königin!« Kundar nahm das bronzene Blatt und flocht es in die Krone auf meinem Kopf. Dann kamen die Kinsfolk auf mich zu, berührten mein Gewand und die Krone, meine Füße und Hände. Plötzlich war ihre eben noch gebeugte Körperhaltung kerzengerade, die Ketten und Fesseln fielen von ihnen ab. Aus unförmigen, gekrümmten und schrumpligen Kreaturen waren die Menschen geworden, die ich durch Kundars Augen gesehen hatte. Menschen, die vor hunderten oder tausenden von Jahren in Wyldcliffe gelebt hatten, bevor sie ermordet und verflucht worden waren. Sie hatten dunkle Augen und rote Haare, die mit Eichenblättern und Kornähren bekränzt waren. »Du bringst Leben. Du hast die Kinsfolk befreit. Die Königin ist endlich gekommen!«

Kundar sah mich mit wachen Augen an, in denen ein Feuer glomm. »Jetzt werden wir gut schlafen. Jetzt, wo die Erde vergeht und die Zeit endet und alle vom Tod zurückgekehrt sind. Unsere Frauen werden uns erkennen. Nenne uns deine Wünsche. Die Kinsfolk werden deine untertänigen Diener sein.«

Ich hatte nur einen einzigen Wunsch. »Ich will meine Freunde sehen und sie in die Arme schließen.«

Kundar verneigte sich: »Du bist die Königin der Erde, aber du lebst auch in der Himmelswelt. Wir werden dich zu ihnen bringen und dann einschlafen, bis du uns rufst.«

»Wann immer ihr mich braucht, werde ich zurückkehren«, sagte ich.

»Ist das ein Versprechen?«

»Ja. Ich verspreche es.«

Kundar gab ein seltsames Geräusch von sich, als ob er lachen würde. »Komm«, sagte er, »wir werden zum Steinkreis gehen.« Als er sich umwandte, um mir den Weg zu zeigen, konnte ich nur hoffen, dass meine Freunde dort auf mich warten würden.

Ich schob ein Gewirr aus Brombeerranken und Farnwedeln beiseite und trat aus der gut getarnten Höhlenöffnung wieder in die frische Nachtluft. Wir hatten das Ende des unterirdischen Geheimtunnels erreicht, der von der Höhle bis zum Fuß des Blackdown Ridge führte. Der Wind war kühl, der Himmel tiefschwarz und über und über mit Sternen bedeckt. War das wirklich noch die Nacht, in der wir in die Höhlen unter dem White Tor gegangen waren? Es kam mir vor, als hätte ich ein ganzes Leben mit den Kinsfolk verbracht. Kundar trat neben mich, während sich die anderen im Hintergrund hielten.

»Wir sind jetzt in der Himmelswelt.« Er blickte zum Firmament. »Die Sterne haben sich verändert. Alles verändert sich.«

»Ich werde die Gleiche bleiben«, sagte ich, »bitte bleib

hier, Kundar. Ich laufe zum Ridge hoch, vielleicht brauche ich deine Hilfe.«

So schnell es mein langes Gewand erlaubte, stieg ich den schmalen Pfad hinauf. Die Nachtluft wehte leise Stimmenfetzen zu mir herüber, und schon bald sah ich sie: Cal, Josh, Helen und Evie saßen im Steinkreis auf dem Boden und sprachen leise miteinander. Plötzlich fühlte ich mich unsicher und wusste nicht recht, wie ich mich verhalten sollte, dann nahm ich die Krone von meinem Kopf. Helen erkannte mich und sprang auf. »Ich wusste, du würdest zurückkommen.« Sie lachte und küsste mich. »Ich wusste, du würdest es schaffen.«

»Gott sei Dank!« Evie rannte mir entgegen und nahm mich in die Arme. »Oh Sarah, es tut mir alles so leid. Wenn ich nicht so dumm gewesen wäre, auf Mrs Hartles Lügen und Täuschungen hereinzufallen, wäre das alles nicht passiert. Ich hätte wissen müssen, dass Sebastian nicht am Gatter auf mich warten würde. Ich wollte einfach glauben, dass noch einmal ein Wunder geschehen war.«

»Wunder geschehen«, entgegnete ich, »nur nicht dann, wenn wir es erwarten. Es war Sebastian, oder besser seine Erscheinung, die uns zu dir geführt hat. Aber es war Josh, der dich ins Leben zurückgeholt hat.«

»Ich weiß.« Evie streifte Josh mit einem verwunderten Blick und sagte dann zu mir: »Als ich in diesem steinernen Sarg schlief, hatte ich das Gefühl, als würde ich in Träumen ertrinken. Ich glaubte, Sebastian zu sehen, so deutlich, als würde er noch leben. Aber er war anders, so freundlich. Er erzählte mir, dass es ihm dieses eine Mal erlaubt worden war, mir zu helfen, weil ich in Lebensgefahr schwebte. Und dass meine Schwestern nach mir suchten und noch jemand … jemand, der mich liebte, so wie ich es verdiente, geliebt zu werden. Dann lächelte er mir zu, und sein Gesicht war voller Licht, voller Licht und Schönheit, und plötzlich war er verschwunden. Und ich wusste, dass ich noch nicht bereit war, ihm zu folgen, trotz aller Verlockungen. Ich wollte in die Welt zurück. Und dann hörte ich Josh nach mir rufen. Oh, Sarah«, flüsterte sie, »ich weiß jetzt, warum Sebastian diese Welt für immer verlassen hat. Ich weiß es tief in meinem Herzen, nicht nur in meinem Kopf. Er wird nicht mehr wiederkommen. Alles hat seine Zeit, nicht wahr? Eine Zeit der Trauer und eine Zeit der Heilung. Und ich habe eine zweite Chance bekommen, und ich bin so dankbar für alles.« Ich wiegte sie sacht. Wir hatten in den vergangenen Tagen und Wochen so viel über uns selbst und die anderen gelernt. »Ich danke dir«, sagte Evie, als ich sie losließ, »danke für alles, was du für uns getan hast.«

»Und ich danke dir dafür«, erwiderte ich und gab ihr den Talisman zurück, dann umarmte ich Josh. »Ohne dich hätte ich Evie nicht retten können«, sagte ich, »Helen hatte Recht. Wir gehören zusammen, was auch immer geschieht.«

Schließlich stand ich vor Cal.

»Sarah, oh Sarah«, sagte er mit rauer Stimme und starrte auf mein seltsames Gewand. »Was haben sie nur mit dir gemacht?«

»Alles in Ordnung, es geht mir gut.«

»Ich dachte, ich würde den Verstand verlieren, als ich hier auf dich gewartet habe. Ich wollte in die Höhle zurück, aber die anderen haben mich zurückgehalten. Ich konnte es einfach nicht ertragen, dich allein zu lassen.«

»Ich war nicht allein. Ich war bei den Kinsfolk. Sie sind jetzt mein Volk.«

Cal nahm die Krone aus meiner Hand und setzte sie mir vorsichtig auf den Kopf. »Und du bist meine Königin«, sagte er und küsste mich auf die Stirn, dann zog er mich an sich. »Jetzt und für alle Zeit.«

»Für alle Zeit«, flüsterte ich, und Cal seufzte erleichtert.

»Komm, wir gehen zurück in die Schule.«

Aber in diesem Moment war ein ohrenbetäubendes Donnergrollen zu hören, Rauchschwaden erfüllten die Luft, und Mrs Hartle tauchte aus der Finsternis auf, umhüllt von einer Wolke aus Nebel und grauer Asche. Die Priesterin war zurück.

»Wie rührend zu sehen«, höhnte sie, »wie die Liebe euch schwach und sentimental macht! Zum Glück leide ich nicht unter dieser seltsamen Schwäche. Ihr seid also aus der Höhle geflohen und habt euch im Steinkreis versammelt. Auch gut, für mich ist es völlig egal, wo ich eure Seelen in mich einsauge. Hier geht es ebenso gut wie an jedem anderen Ort.«

Ich begriff nicht, wie sie uns hatte finden können. Konnte sie vielleicht doch meine Gedanken lesen?

»Laura hatte sich in der Höhle versteckt und alles gehört«, fuhr sie fort, »sie hat mir berichtet, wie ihr meine Pläne durchkreuzen wolltet. Oh, es war ein Fehler, Sarah, ein sehr großer Fehler, meine treuen Diener auf deine Seite ziehen zu wollen, kleine Erdfrau. Was könnte ich wohl tun, um dich zu bestrafen?« Ihre Worte kamen schleppend, und ich ahnte, wie wütend sie war. Aber gerade ihre Wut gab mir Stärke, als würde sie ein Feuer in mir entfachen.

»Du magst eine Priesterin sein, aber ich bin jetzt eine Königin«, verkündete ich stolz, »ich war im Reich des Todes und bin mit einer Gabe des Baums des Lebens zurückgekehrt. Mein Volk wartet in den Höhlen auf mich.

Ich nehme keine Befehle mehr an, von niemandem, auch nicht von dir!«

»Eine Königin, sieh an!«, höhnte sie und betrachtete meine Krone und mein Gewand. »Regiert über eine Horde von Wilden mit einem Blechkränzchen auf dem Kopf?« Sie richtete sich zu ihrer vollen Größe auf. »Jetzt bin ich nicht mehr allein. Ich habe die Schwestern der Dunkelheit mitgebracht. Und dieses Mal gibt es kein Entkommen.«

Vermummte Gestalten eilten fast lautlos den Hügel herauf. Sie erreichten die Heiligen Steine und zogen einen undurchdringlichen Kreis um uns, in Erwartung der Befehle ihrer Herrin. Mrs Hartle hob die Hand, und ich wusste, was nun kommen würde. Ein Strahl kalten Feuers hüllte uns ein, und wir waren wieder Gefangene.

»Du zuerst, Schmuddelkind!«, schrie sie und richtete ihren ersten Angriff gegen mich. Evie warf sich dazwischen und hielt ihren Talisman nach oben. Er fing die Kraft des Zauberstrahls auf und ließ ihn in tausende von Lichtpunkten zerbersten, die ins Gesicht der Priesterin zurückgeschleudert wurden. Schock und Wut ließen ihre Stimme erzittern.

»Ergreift sie! Ergreift und fesselt sie!«

Die Dunklen Schwestern zogen lange weiße Messer unter ihren schwarzen Umhängen hervor und kamen auf uns zu. Doch hinter ihnen sah ich, wie Schatten über den Boden krochen, geschmeidig und lautlos wie Katzen.

»Kundar!«, rief ich. »Steh uns zur Seite!«

Die Kinsfolkkrieger stürzten sich auf die völlig überraschten Frauen, schlugen ihnen die Waffen aus der Hand und stießen sie zu Boden. Einige verteidigten sich, und man hörte das Klirren von Metall, das Bersten von Holz und schreckliche Kampfschreie. Die Dunklen Schwestern versuchten, uns trotzdem zu packen, aber die Kinsfolk bildeten einen Schutzwall um uns und wehrten die Attacken mit ihren langen Speeren ab. Blindwütig und zu allem bereit warfen sich die Frauen gegen die Speere. Überall herrschten Chaos und Verwirrung. Helen lag verletzt am Boden, Cal schwang eine Kampfaxt, die er einem Kinsfolkkrieger entrissen hatte. Evie und ich versuchten, uns durch das Schlachtgetümmel zu Helen durchzukämpfen. Alle drei klatschten wir in die Hände, murmelten Schutzbeschwörungen gegen die Angriffe und kauerten uns eng zusammen. Die Wucht der wütenden Attacken ließ langsam nach, zu groß war die Überlegenheit von Kundars kampferprobten Kriegern. Immer wieder wurden die Priesterinnen zurückgedrängt, verwundet von den scharf geschliffenen Speeren der Kinsfolk.

Schon bald waren die meisten Frauen tot oder auf der Flucht, trotz Mrs Hartles wütender Kommandos. Nur die sechs tapfersten blieben übrig, bereit das eigene Leben für das ihrer Herrin zu opfern. Ich glaubte Miss Dalrymple unter ihnen zu erkennen. Kundar und seine Männer holten zum entscheidenden Schlag aus.

»Halt!«, rief ich und rappelte mich wieder auf, »halt ein, Kundar. Wir wollen kein weiteres Blutvergießen.« Ich wandte mich an Mrs Hartle. »Wir werden niemals aufgeben, aber wir wollen auch nicht sinnlos weiterkämpfen und töten. Beenden Sie den Kampf! Geben Sie den Befehl, und lassen Sie uns in Frieden leben.«

Eine unbehagliche Stille folgte. Die Dunklen Schwestern sahen ihre Herrin an und warteten auf ihre Entscheidung.

»Erdfrau!«, zischte sie. »Geschaffen aus Schlamm und

Stein und Staub! Du wirst mir nicht sagen, was ich zu tun habe! Ich kann dich mit einer Hand zerquetschen!« Sie war wie von Sinnen. Dann reckte sie die Arme in die Luft, fletschte die Zähne und murmelte: »Mein Herr und Gebieter … Allmächtiger Führer … sende mir deine dunkle Macht … sende mir die bittere unsterbliche Asche des Todes.«

Der Himmel, der sich inzwischen aufgehellt hatte, verdunkelte sich wieder. Die Sterne erloschen. Beklemmende Schwärze verhüllte das Firmament und nahm mir die Luft zum Atmen. Die Kinsfolk stöhnten und wanden sich wimmernd am Boden, auch meine Freunde um mich herum bekamen kaum noch Luft. Mrs Hartle rief mit grausamer Stimme: »ES GESCHEHE NACH MEINEM WILLEN!« Sie zeigte auf uns, und Feuerblitze schossen aus ihren Fingern, die sich in abscheuliche Riesenschlangen verwandelten und uns zu ersticken drohten. Cal versuchte nach mir zu fassen, aber meine Arme waren wie gelähmt. Die letzte Luft wurde aus meinen Lungen gedrückt. Wieder einmal stand ich an der Schwelle des Todes. Sie würde gewinnen, die Priesterin würde gewinnen, und das Licht würde der Finsternis weichen. Aber das durfte nicht passieren, ich würde das nicht …

Hab keine Angst. Aus irgendeinem Grund musste ich an Miss Scrattons Worte denken. *Hab keine Angst vor dem, was du siehst. Es sind nur Träume und Visionen. Denk daran. Hab keine Angst.*

Und trotz allem, was geschehen war, glaubte ich ihr. Ich vertraute Miss Scratton immer noch.

»Das alles existiert nur in unserer Fantasie!«, rief ich. »Es sind nur unsere Ängste! Fürchtet euch nicht, sie kann uns nichts tun.« Schon fühlte ich, wie die Schlangen von mir abfielen und die Dunkelheit sich aufhellte. Im nächsten Moment wurde ich von einem Lichtstrahl geblendet, der an der Ostseite des Steinkreises aufblitzte. Wahrscheinlich die Morgensonne, dachte ich verwirrt. Aber aus dem Lichtstrahl sprach eine Stimme zu mir. »Du hast ein gutes Gedächtnis.«

Ich kannte die Stimme. Ich kniff die Augen zusammen und erkannte eine Frau in einem grauen Gewand, die auf einem weißen Pferd saß. Das Licht ging von ihr aus.

»Miss … Miss Scratton?«

Sie lachte. »Das ist nicht mein richtiger Name. Ich hoffe, eines Tages werde ich ihn dir verraten können. Aber zuerst gibt es noch etwas zu erledigen.«

Dann verblasste das Licht, und Miss Scratton sah aus wie immer, obwohl sie dunkle Schatten unter den Augen hatte. Sie ritt in den Steinkreis, jetzt sahen sie auch die anderen. Mrs Hartle stieß bei ihrem Anblick ein lautes Zischen aus, und die Schlangen zerfielen zu Staub.

»Du hast versucht, mich von meiner Mission abzuhalten, Celia«, Miss Scrattons Stimme klang freundlich, als ob sie eine Kollegin im Lehrerzimmer grüßen würde, »aber es ist dir nur für kurze Zeit gelungen. Ein genialer Plan von dir und deinen Schwestern, den Autounfall zu inszenieren und mich zu entführen, das muss ich zugeben. Es sah ganz so aus, als hätte ich deine Tochter und ihre Freunde im Stich gelassen. Aber ein treuer Bote wurde zu ihnen ausgesandt, einer, der die Liebe über den Tod hinaus kennt, und Evie wurde gefunden. Du hast wohl gedacht, mit Evie als Köder könntest du Sarah und Helen in deine Falle locken, aber ihre Freundschaft hat die drei zusammengehalten, und gemeinsam waren sie stärker, als du es jemals sein wirst. Und als eine in ihrem Herzen nach mir rief, konnte ich zurückkehren. Ich bin ihr Wächter, und ich werde nicht zulassen, dass du ihr junges hoffnungsvolles Leben zerstörst.«

Mrs Hartle antwortete nicht, sondern schleuderte einen schwarzen Feuerstrahl auf Miss Scratton, doch diese wehrte ihn mit einem einzigen Machtwort ab. Unter Aufbietung ihrer letzten Kräfte stürzten sich die Dunklen Schwestern noch einmal auf die Kinsfolk. Cal und Josh ergriffen die am Boden liegenden Keulen und Messer, warfen sich in den Kampf und versuchten, die wie besessen attackierenden Frauen von uns fernzuhalten. Mir stockte der Atem. Das, was ich jetzt vor mir sah, ließ mir das Blut in den Adern gefrieren. Mrs Hartle und Miss Scratton duellierten sich in einem Inferno aus gleißendem Licht, sprühenden Funken und waberndem Rauch. Ich wollte helfen, wusste aber nicht wie. Dann sah ich, wie Miss Scratton ihre Todfeindin immer näher an den größten Menhir trieb, der sich wie ein drohender schwarzer Finger in den Himmel reckte. Mir kam eine Idee. Ich wich einer bedrohlich nahe gekommenen Angreiferin aus und rief: »Evie! Helen! Der Kreis! Wir müssen den Kreis bilden!«

Evie hatte den Talisman immer noch in der Hand und hielt ihn mir hin. »Hier, nimm eine Seite der Kette, Helen, du die andere.« Ich wusste, was sie vorhatte. Wir verschränkten die Finger um die Kette, zogen sie auseinander, bis sie einen straff gespannten silbernen Kreis bildete. Der herabbaumelnde Talisman pendelte hin und her.

»Ihr Geheimnisse der Erde und der Luft und des Wassers, kommt jetzt zu uns«, rief ich, »Agnes, unsere Schwester, hilf uns! Lass unserem Kreis nichts Böses geschehen!«

»Nichts Böses!«, wiederholten Evie und Helen. »Hilf uns jetzt!«

Der Talisman glitzerte im fahlen Sternenlicht. Unser Kreis war geschlossen. Mit Agnes waren wir zu viert. Vier Mädchen, ganz verschieden und doch in Liebe und Stärke vereint. Agnes lächelte strahlend und sagte: »Habt keine Angst.« Wir hielten den Kreis geschlossen, und die Welt um uns begann sich zu drehen. Wind, Regen und Blitze umgaben uns. Ich wusste, was ich tun musste, und tauchte tief in meine Seele ein, auf der Suche nach allem, was mich stark machte. Meine Freunde. Mein Land. Die Tiefen der Erde. Meine Blätterkrone. Mein Romafreund. Ich bündelte all meine Stärken und richtete einen Energiestrahl auf den schwarzen Megalith, dorthin, wo Mrs Hartle und Miss Scratton noch immer erbittert gegeneinander kämpften.

Hört mich an, flehte ich innerlich, *Steine und Erde, Knochen und Felsen, öffnet euch meinem Willen. Lasst es so sein, wie ich es in meinen Gedanken sehe. Öffnet den Felsen.*

Ein gewaltiger Donner erschütterte die Luft, als würde sich die Erde auftun, und der riesige Menhir spaltete sich in zwei Hälften. Mrs Hartle schrie auf und stolperte rückwärts in den klaffenden Riss. Ihr Gesicht wurde vom Schatten des gespaltenen Urzeitsteins verdunkelt, und obwohl sie sich verzweifelt wehrte, gab es kein Entrinnen.

»Erde, nimm sie zu dir!«, schrie ich. »Fessle sie!«

Meine Schwestern stimmten ein: »Fessle sie!« Dann sangen wir gemeinsam. »Fessle den Wolf, fessle den Schatten, fessle die verlorene Seele.«

»Helen!«, schrie Mrs Hartle verzweifelt, als sie immer tiefer in die Steinspalte gezogen wurde und ihr Untergang besiegelt schien. »Lass das nicht zu! Lass mich gehen!«

Aber Helen sang weiter, obwohl ihre Augen schmerzerfüllt waren. »Fessle den dunklen Geist, fessle den Mörder, fessle die böse Zunge.«

»Verräterin!«, zischte Mrs Hartle und schoss einen letzten Strahl giftigen Feuers gegen ihre Tochter. Geschickt fing Helen das Feuer mit der Hand auf und rief: »Ich befreie diese Energie! Lass es nach meinem Willen geschehen!« Die Flammen verwandelten sich in einen weißen Vogel, der gen Himmel flog und schon bald verschwunden war.

»Wie kannst du es wagen …«

»Ich tue es einfach«, erwiderte Helen ruhig, »du kannst mir nichts mehr anhaben. Meine Kräfte sind zurück. Luft und Wind und Geist in mir sind lebendig. Der Atem des Lebens. Dagegen kannst du nicht ankämpfen!«

Mrs Hartle schrie gellend auf, als Helen ihre Hand hob und eine Sturmbö erschuf, die ihre Mutter noch tiefer ins kalte Herz des Megaliths presste.

»Nein!«, keuchte sie. »Ich verbiete das … ich bin die Priesterin.«

»Und ich bin eine Königin«, verkündete ich. Die Luft war wieder von dröhnenden Trommeln erfüllt, Klänge des Triumphs, die mich willkommen hießen. »Ich bin eine Königin, und ich verbanne dich ins Königreich der Erde.« Der klaffende Riss des Steins schloss sich wieder, und Mrs Hartles Schreie verstummten, als hätte es sie nie gegeben.

Dreißig

Es war vorüber.

Als der Tag blass und silbrig anbrach, hatten die Schwestern der Dunkelheit den Kampf aufgegeben. Sie zogen ihre Kapuzen über die Augen, um ihre Gesichter vor uns zu verbergen, gut bewacht von den Kinsfolk mit ihren Speeren. Sie zitterten vor Angst. Da sprach Miss Scratton zu ihnen:

»Seht ihr jetzt, dass euer Kampf hoffnungslos ist? Celia Hartle ist sterblich, sie weicht dem Tod nur aus. Und jeder Sterbliche muss am Ende der Wahrheit ins Auge sehen, egal, ob er danach sucht oder sie meidet. Bindet eure Hoffnung auf ewiges Leben oder große Kraft und Weisheit nicht an eine solch erbärmliche Kreatur.«

»Sie ist immer noch unsere Priesterin und unsere Herrin!«, zischte eine von ihnen. Ich erkannte Miss Dalrymples fleckiges Gesicht unter der Kapuze. »Sprich nicht so abfällig von ihr! Sie wird wiederkehren. Nichts kann sie auf Dauer gefangen halten, nicht einmal der Tod.«

Miss Scratton seufzte. »Du hast Recht. Eines Tages wird sie zurückkehren, nur der Allmächtige Schöpfer kann sie für immer von dieser Erde entfernen. Aber bis dahin haben wir Ruhe vor ihr.«

»Wir werden auf sie warten.«

»Und dann? Wenn sie wiederkehrt, dann werdet ihr wieder kämpfen und wieder verlieren, und mit jedem Kampf wird eure Seele düsterer und verbitterter, und der Weg zurück zum Licht wird immer schwerer. Tut euch das nicht an. Kehrt in euer eigenes Leben zurück und genießt es.«

Aber die Frauen pressten sich eng zusammen und stimmten herausfordernd einen monotonen Singsang an: »Wir sind die Priesterinnen. Wir sind die Priesterinnen. Lang lebe die Priesterin.«

Miss Scratton neigte den Kopf und seufzte wieder. »Ich habe es versucht, aber ihr habt euren Weg gewählt. Mehr können wir nicht tun. Wir können euch nicht zwingen, so zu sehen, wie wir sehen. Wir werden euch nicht bestrafen oder gar töten. Das ist nicht unser Weg. Ihr bestraft euch selbst mit eurer Entscheidung.« Sie nickte Kundar zu. »Lasst sie gehen.«

Die Kinsfolkkrieger traten zur Seite, und die Frauen verließen den Hügel. Miss Scratton ließ sie ziehen, als plötzlich ein greller Blitz aus der fahlen Morgensonne zuckte. Ein Schrei folgte, und ich sah, wie Miss Dalrymple sich auf Miss Scratton stürzte und ihr ein Messer in die Seite rammte.

Evie schrie entsetzt auf, und wir rannten auf Miss Scratton zu, die mit schmerzverzerrtem Gesicht zusammenbrach. Miss Dalrymple flüchtete Hals über Kopf den Hügel hinunter, die anderen rannten in wilder Panik hinterher. Wutentbrannt wollten Kundar und seine Männer sich an die Verfolgung machen, doch Miss Scratton hielt sie mit einer Handbewegung zurück.

»Lasst sie gehen … lasst sie gehen.« Ihr Gesicht war kalkweiß, und jedes Wort schien sie große Anstrengung zu kosten.

»Kundar«, befahl ich, »komm zurück!« Widerwillig hielten er und seine Männer inne, schwangen ihre Speere und johlten triumphierend, als die Flüchtenden aus ihrem Sichtfeld verschwunden waren. »Der Tag bricht an«, mahnte ich, »ihr müsst in die Höhle zurückkehren, um zu schlafen. Ihr solltet nicht gesehen werden, jedenfalls jetzt noch nicht.«

»Ist die Geistfrau tot?«, fragte Kundar.

»Nein, tot ist sie nicht, aber sie ist jetzt eine Gefangene.«

»Deine Freundin ist verletzt. Ihr Lebenssaft versickert in der Erde. Wir werden sie rächen.«

»Nein«, keuchte Miss Scratton, »ich will keine Rache. Geht in eure Höhle zurück. Tut, was eure Königin befiehlt.«

Kundar tippte sich auf die Brust und die Stirn und verbeugte sich vor mir. Die anderen taten es ihm nach. »Leb wohl, große Königin. Dein Volk wird immer da sein, wenn du es rufst.« Dann verschwanden sie lautlos wie Schatten in einem Traum. Ich sah ihnen nach, dann kniete ich mich neben Miss Scratton.

»Wir müssen Sie in die Schule bringen und einen Arzt holen.«

»Es gibt keinen Arzt, der mich heilen kann«, erwiderte sie, »meine Zeit ist gekommen.« Dann lächelte sie schwach. »Gut gemacht, Sarah. Dass Maria damals den Kinsfolk begegnet ist, hatte einen tieferen Sinn. Ich wusste, dass sich irgendwann alles zusammenfügen würde.« Sie stöhnte vor Schmerz und flüsterte: »Ich bin so stolz auf euch alle, und es tut mir leid, dass ich gehen muss … Es gibt noch so vieles, was ich euch sagen will.«

»Aber ich dachte, Sie sind nicht wie wir«, protestierte ich, »ich dachte, Sie hätten das ewige Leben.«

»Meine Seele … ist unsterblich«, hauchte sie. Ihre Augen verdunkelten sich, und sie musste sich zwingen weiterzusprechen. »Aber mein Körper, in dem ich auf der Erde lebe, kann verletzt und sogar getötet werden. Er hat mir gute Dienste geleistet, all die langen Jahre, die ich durch das Tal von Wyldcliffe gewandelt bin, von einer Generation zur nächsten. Ich trug viele Namen und war an vielen Orten, aber ich gehöre nach Wyldcliffe. Doch jetzt ist es vorbei. Alle Dinge gehen irgendwann zu Ende, selbst der Tod.« Noch einmal zog sie unter grauenvollen Schmerzen die Luft tief in sich hinein, und ich konnte die Tränen nicht mehr zurückhalten.

»Ich werde dieser Frau niemals verzeihen, niemals!«, sagte ich.

»Es war nicht Rowena Dalrymples Messer, das mich umbrachte. Verurteile sie nicht. Vergiss nie: Vergebung ist stärker als Hass. Ich wusste, dass meine Zeit gekommen war. Ich wusste nur nicht, wie es enden würde. Wenn ich verschwunden bin, wird es so sein, als wäre der Autounfall wirklich geschehen. Nur ihr werdet die Wahrheit kennen.« Sie hustete und kämpfte sich mühsam hoch. Cal und ich betteten ihren Kopf in unseren Armen. Evie presste sich eng an Josh, und Helen stand etwas abseits, sehr blass und sehr still.

Miss Scratton schaute sie an. »Helen, ich muss dir sagen …«

»Warum haben Sie gegen mich gearbeitet?«, fragte Helen unvermittelt. »Das waren doch Sie, die mich die ganze Zeit zurückgehalten hat, oder?«

»Ich musste.« Miss Scratton seufzte. »Deine Zeit war noch nicht gekommen. Ich musste das tun, um dich vor deiner Mutter zu schützen. Sie rief nach dir, und andere

Mächte auch. Wir haben um dich gekämpft … Ich musste erst sicher sein, dass Celia Hartle dich durch die geheimen Wege der Luft nicht finden konnte. Sie suchte nach dir, und wenn sie dich gefunden hätte, hätte sie dich entführt und vernichtet. Sie war einmal wie du, sie kennt diese Wege gut. Aber sie lehnte sie ab … die Geheimnisse … die Geheimnisse der reinen Luft … des Lichts …« Miss Scrattons Stimme wurde immer leiser, und wir lauschten angestrengt, um ihre Worte zu verstehen. »Sie fürchtet sich vor niemandem, nur vor dir, Helen. Aber irgendwo in ihrem traurigen Herzen liebt sie dich immer noch, was ihre Furcht, ihren Hass und ihre Wut nur noch steigert.«

»Das stimmt nicht. Sie hat mich nie geliebt. Ihre Liebe wurde vergiftet, und jetzt nährt sie nur noch ihren Hass. Die Priesterin hat versucht, Sie zu zerstören, Miss Scratton, – Sie und alle in Wyldcliffe, um auch das letzte bisschen Liebe aus ihrer Seele zu verbannen.«

»Helen, es tut mir so leid, ich hätte mehr für dich tun sollen.« Miss Scratton winkte sie zu sich, ihre Stimme wurde immer schwächer. »Ich dachte … ich dachte, ich hätte noch mehr Zeit. Ich konnte dir nicht die ganze Wahrheit über die Brosche sagen. Ich habe sie nicht im Büro der Obersten Mistress gefunden, sondern hatte sie die ganze Zeit bei mir, all die Jahre. Ich war damals im Kinderheim, ich war deine Krankenschwester und nahm die Brosche an mich, das Siegel deiner Mutter. Ich habe sie für dich aufbewahrt. Später habe ich veranlasst, dass du nach Wyldcliffe kommst und habe über dich gewacht. Ich habe auch deinen Vater gefunden. Aber dass du unglücklich warst, wusste ich die ganze Zeit. Ich hätte mir so sehr … gewünscht, dass du meine Tochter wärst.« Wieder hustete sie und rang nach Luft. Tränen rannen über Helens Gesicht. Ich ging zur Seite, und sie vergrub ihr Gesicht an Miss Scrattons Schulter.

»Es war Sarahs Zeit«, flüsterte Miss Scratton und umklammerte Helens Hand, »aber auch deine Zeit wird kommen, dein Schicksal ist nah, und deine Gabe ist die mächtigste von allen. Du trägst das Mal. Das Zeichen des großen Siegels.« Sie flüsterte Helen etwas ins Ohr, dann wandte sie sich wieder an uns alle und versuchte lauter zu sprechen.

»Ihr alle seid Teil eines ewigen Tanzes, Gut und Böse, Tag und Nacht, Hoffnung und Verzweiflung. Sie werden versuchen, euch zu zerstören, Wyldcliffe zu zerstören. Aber das Geheimnis … das Geheimnis der Schlüssel naht. Seid bereit … seid bereit, wenn er kommt … der Tanz … ich werde euch finden.«

Dann schlossen sich ihre Augen, und sie sank gegen Cal. Ein sanftes Licht schien sie einzuhüllen. Dann verließ das Leben ihren Körper, und das Licht verlosch. Helen wandte sich ab und verbarg ihr Gesicht in den Händen, Evie weinte und presste sich eng an Josh. Alles war so still, als ob die Welt aufgehört hätte, sich zu drehen.

Der Ärmel von Miss Scrattons Kleid war nach oben gerutscht. Ich streckte meine Hand aus, um ihn zurechtzurücken, und bemerkte dabei ein seltsames Zeichen auf ihrem Arm. Es war ein Kreis, der den Umriss eines Vogels umschloss. Vielleicht waren es auch zwei Flügel. Oder zwei gekreuzte Dolchklingen. Das Zeichen des großen Siegels. Ich zog den Ärmel hinunter und schwieg. Erklärungen mussten warten; jetzt war die Zeit der Trauer.

Wir warteten, bis die fahle Sonne den klaren Himmel eroberte, dann erhoben wir uns. Wir hatten genug geweint, aber unsere Herzen waren immer noch schwer. Als die Sonne heller schien, löste sich Miss Scrattons Körper in einen goldenen Nebel auf. Sie war verschwunden.

Langsam und widerwillig verließen wir den Steinkreis und gingen den Ridge herunter. Eine verschleierte Gestalt, die vor uns im Gras kauerte, stand auf und rannte in Richtung Schule.

»Wer war das?«, fragte Evie.

»Ich weiß es nicht«, sagte Cal, der schützend in meiner Nähe stand, »eine der Frauen des Zirkels, nehme ich an, die gelauscht hat. Jetzt ist sie jedenfalls weg. Wir können nichts mehr ändern.«

Aber ich hatte diese Augen unter dem Schleier schon einmal gesehen. Es war keine Dunkle Schwester gewesen, die uns belauscht hatte. Es war etwas ganz anderes gewesen – ein Prüfstein. Velvet Romaine. Das hatte ich nicht erwartet. Nicht hier. Nicht jetzt.

»Ich hoffe, es war nicht Miss Dalrymple«, sagte Evie und schauderte.

»Keine Angst«, beruhigte Helen, »wir sind zu viert, und sie ist allein.«

»Vier?«, fragte Josh.

»Evie, Sarah, ich und Agnes natürlich«, antwortete Helen.

»Meinst du nicht eher sechs? Cal und ich sind auch noch da.« Josh drehte sich zu Evie um. »Jedenfalls, wenn du immer noch willst, dass wir dabei sind. Willst du das?« Seine Augen baten um mehr, als er mit Worten sagte.

»Ja, ich möchte, dass du bleibst, Josh«, antwortete Evie, »das weißt du.«

Er sah sie dankbar an und legte den Arm um ihre Schultern. Dann gingen sie vor uns im goldenen Sonnenlicht den Hügel hinab.

»Alles wird gut, und alle Dinge werden gut«, murmelte Helen. Dann sah sie zu Cal und mir.

»Vergesst nicht: Haltet euch an das Greifbare, an das Reale wie ein Stein in eurer Tasche.«

»Für alle Ewigkeit«, antwortete ich. Helen nickte und folgte Evie und Josh, Cal und ich blieben etwas zurück. Ein letztes Mal blickte ich mich zum Steinkreis um, der im hellen Morgenlicht leuchtete. Eines Tages, versprach ich mir selbst, eines Tages würde ich Miss Scrattons wahren Namen kennen. Und eines Tages würde ich sie wiedersehen.

Einunddreißig

»Es ist so schade um Miss Scratton«, sagte Sophie bedauernd, »sie war ziemlich streng, klar, aber immer gerecht. Und sie war die Lehrerin meiner Mutter, als sie vor vielen Jahren in Wyldcliffe war. Es ist wirklich traurig.«

Ich warf einen kurzen Blick auf die Schlagzeile der Zeitung in Sophies Hand. Sie schien sich von der Aufregung um Helens Unfall und dem Chaos mit Velvet erholt zu haben. Ich hatte in den aufreibenden Tagen nach der Nachricht über Miss Scrattons »Unfalltod« alles versucht, um sie zu trösten. Die gute alte Sarah, die sich um alle kümmerte, besonders um die Schwachen.

Nein, das stimmte nicht, zumindest nicht mehr. Ich war nett zu Sophie, weil ich sie mochte, und nicht, weil ich das Bedürfnis hatte, alle Menschen um mich herum zu bemuttern. Ich hatte mich verändert, hatte gelernt, dass ich nicht immer und für alle stark sein musste. Manchmal genügt es schon, nur für sich selbst stark zu sein. Und sich stützen zu lassen wie eine Kletterrose, die sich an einem Gerüst nach oben rankt, der Sonne entgegen. Es war meine Wahl, meine Entscheidung. Ich hatte so viel gelernt, und trotzdem würde es lange Zeit dauern, bis die Wunden verheilt waren. Ohne Miss Scratton war Wyldcliffe wieder kalt und düster und gefährlich, so wie all die Jahre zuvor.

»Ich sagte, dass Miss Scratton doch wirklich nett war.

Ehrlich, Sarah, hörst du mir überhaupt zu?«, beschwerte sich Sophie.

»Wie? Oh, ähm … nein«, stammelte ich, »sie war kein böser Mensch.«

Sophie faltete die Zeitung auf und begann den Artikel vorzulesen.

»SCHULDIREKTORIN BEI SCHRECKLICHEM UNFALL GETÖTET. Die Direktorin der Wyldcliffe Abteischule für junge Ladys wurde bei einem Verkehrsunfall getötet, an dem ein Hirsch und ein Minibus beteiligt waren. Das Tier kreuzte direkt vor dem Fahrzeug die Straße, das auf nasser Fahrbahn ins Schleudern geriet. Die Schülerinnen und der Fahrer erlitten bei dem Unfall nur leichtere Verletzungen. Die Gruppe war zur St. Martin's Academy unterwegs, um eine gemeinsame Veranstaltung vorzubereiten.

Dieser Unfall war nicht der einzige tragische Zwischenfall in Wyldcliffe Abbey in den vergangenen Monaten. Die frühere Oberste Mistress, Celia Hartle, wurde in der Nähe der Schule tot in den *Moors* aufgefunden. Ein Fall, der für die ermittelnden Beamten noch immer ein Rätsel ist. Nach diesem Vorfall nahmen einige Eltern ihre Töchter von der renommierten Schule, die landesweit einen hervorragenden Ruf unter wohlhabenden Familien genießt. Die erst vor kurzem als Oberste Mistress ernannte Miss Miriam Scratton …«, Sophie verzog das Gesicht, »ich wusste gar nicht, dass sie so hieß.«

»Das war nicht ihr richtiger Name«, sagte ich leise, »niemand kannte ihren richtigen Namen.«

»Na gut«, Sophie las weiter, »Miss Miriam Scratton hatte ein Modernisierungsprogramm in der äußerst traditionellen Schule angekündigt. Eine Lehrerin, die nicht genannt werden möchte, sagte: ›Ich hoffe, ihre Pläne werden umgesetzt. Wir müssen die Schule in die Moderne führen. Miss Scrattons Tod ist ein großer Verlust.‹ Andere wiederum standen Miss Scrattons Plänen eher kritisch gegenüber und werden sicherlich dafür stimmen, die Traditionen zu bewahren. Wyldcliffe Abbey blickt auf eine bewegte Geschichte zurück. Um die Schule ranken sich viele Legenden, darunter auch die Geschichte über den Geist von Lady Agnes Templeton. Es heißt, sie würde eines Tages zurückkehren, wenn Wyldcliffe Gefahr droht … Oh, meinst du, das stimmt?«

»Sei nicht albern, Sophie«, sagte ich, »wie soll denn jemand von den Toten zurückkehren?«

»Wohl kaum. Und schau mal, hier steht auch etwas über Velvet. Es heißt: ›Der letzte Neuzugang in Wyldcliffe war Velvet Romaine …‹ und da ist auch ein Foto von ihr. Sarah? Wohin gehst du?«

Ich konnte nicht länger sitzen bleiben und zuhören, ohne mich zu verraten. Mein Wyldcliffe war ein anderes als das von Sophie, und ich wollte nicht, dass sie jemals die Wahrheit erfuhr. »Mir ist gerade etwas Wichtiges eingefallen«, sagte ich rasch, »ich muss gehen, wir sehen uns später.«

Ich trat aus dem Raum hinaus in den roten Flur. Es war Sonntagnachmittag, und in der Schule herrschte eine schläfrige Atmosphäre. Evie war mit Josh zu einem Ausritt aufgebrochen, und Helen war in der Bibliothek und schrieb an ihren Vater. Und ich würde mich in einigen Minuten mit Cal bei den Ställen treffen. Und draußen, auf dem Blackdown Ridge, war ein verbitterter Geist gefangen, bei den Menhiren, ein Zeugnis längst vergessener Götter. Mrs Hartles verlorene Seele würde in der Verbannung vom Zahn der Zeit zernagt, zerfressen von der Gier, eines Tages mit ihrer Sklavenarmee wieder zurückzukehren und uns alle zu zerstören. Aber wir hatten uns, und wir hatten die Erinnerung an »Miriam Scratton«, und wir hatten Hoffnung. Und die würden wir nie verlieren.

Zwei schlecht gelaunt wirkende Mädchen im Tennisdress waren unterwegs in den Gemeinschaftsraum.

»Das ist so ungerecht«, beschwerte sich die eine, »es tut mir wirklich leid um Miss Scratton und so, aber was wird jetzt aus dem Ball? Alle sagen, er würde ausfallen.«

»Und die Jungs aus St. Martin's sind so was von heiß …«

Sie gingen weiter. In ihren Augen war der abgesagte Ball die größte vorstellbare Tragödie. Sie standen auf der anderen Seite, wie auch all die anderen Schülerinnen in Wyldcliffe, weit weg von mir und meinem Leben. Ich musste jetzt allein sein, wenigstens für einen kurzen Moment.

Anstatt mich sofort in Richtung der Ställe aufzumachen, ging ich durch den roten Flur bis zur verschlossenen Ballsaaltür. Miss Scratton hatte geplant, den Saal für den Weihnachtsball zu öffnen, um etwas Wärme, Lachen und Fröhlichkeit in das dunkle, verwunschene Gebäude einziehen zu lassen. Damit war es jetzt vorbei. Miss Dalrymple und ihre Kolleginnen würden diese Pläne ad acta legen, da war ich sicher.

Die Ballsaaltür war mit einem von Mäusen zerfressenen Seidenvorhang verhängt. Ich zog ihn zur Seite und blickte auf die beiden hohen Türflügel, die mit eingeschnitzten Blumen und Früchten verziert waren. Dann legte ich meine Hand auf das massive Holz und sprach leise zu den Bäumen, aus denen die Tür gefertigt war, den Abkömmlingen des Baumes des Lebens. Ich berührte das Metallschloss und sah das Erz, aus dem es geschmiedet worden war, eine Eisenerzader aus den Tiefen der Erde. »Lass mich durch«, bat ich. Das Schloss sprang auf, und die Tür öffnete sich. Ich schlüpfte in den Raum und zog den Vorhang wieder zu, so dass niemand bemerkte, dass ich hier war.

Der Ballsaal war wunderschön, wie ein schlafender Palast, der wieder zum Leben erweckt werden wollte. Die Wände waren mit blassgrauer Seide bespannt und mit weißen Rosetten verziert. Silbergerahmte Spiegel reflektierten mein Bild in alle Richtungen, bis es in der Unendlichkeit verschwand. Die Fenster waren mit Rollos verdunkelt und die Kronleuchter mit Tüchern verhängt. Ich meinte, Miss Scrattons Stimme zu hören – »Ladys, wir brauchen Licht in Wyldcliffe« – und ging über den glänzenden Tanzboden hinüber zu einem Fenster und zog das Rollo nach oben. Die Maisonne flutete in den Raum. Draußen wirkte alles ruhig und friedlich: die Gärten der Abbey und die Ruinen und der See.

Ich liebte diesen Ort trotz all seinee Hochmuts. Ich liebte die Geschichte der Abtei, ihre Geheimnisse, und ich liebte die wilden Hügel, deren Wurzeln bis ins Innerste der Welt reichten. Aber Wyldcliffes Geheimnisse waren auch gefährlich. Einige von uns waren verletzt worden. Auch Laura. Dic Pricsterin war noch dort draußen. Velvet war hin- und hergerissen zwischen Freundschaft und Feindschaft und fragte sich, welche Rolle sie in dieser seltsamen Geschichte spielte. Und es war noch nicht vorbei.

Hab keine Angst.

Ich hatte meine Aufgabe erfüllt. Es war meine Zeit gewesen. Ich war aus dem Hintergrund ins Rampenlicht getreten und hatte Erfolg gehabt. Ich hatte meine Versprechen gehalten.

Ich hörte Musik und Gelächter, quirlig und hell und weit entfernt wie die Stimmen von Geisterkindern. Dann begann im Ballsaal alles zu glänzen und zu leuchten, die Kerzen in den riesigen Kronleuchtern brannten. Der Raum war erfüllt von Licht und Wärme und tanzenden Menschen.

Auf dem Balkon standen Sebastian und Agnes und blickten nach unten, ihr Lächeln war wie ein göttlicher Segen. Tanzpaare glitten langsam über das Parkett. Ich sah Josh und Evie, die sich scheu anblickten, und ich sah mich selbst in den Armen von Cal, sein tief gebräuntes Gesicht strahlte vor Stolz. Ich trug das bestickte Kleid, das Marias Mutter gehört hatte, und jenseits der Musik hörte ich leise Trommelgeräusche und das Klopfen meines Herzens. Wir tanzten, wir waren voller Leben, wir waren voller Glück. Und dann sah ich Helen, die Hand in Hand mit einer hochgewachsenen, düsteren Gestalt den Raum betrat, deren Gesicht ich nicht erkennen konnte …

Ich wollte es nicht sehen. Ich wollte nichts mehr wissen. Ich zwang mich aus der Vision heraus, ließ das Rollo wieder herunter und verließ den Raum. Die Zukunft warf ihre Schatten voraus, der ewige Tanz von Gut und Böse würde weitergehen. Aber ich war Sarah, und ich war eine Königin. Was auch immer geschehen würde, ich war bereit.